Hansjörg Schertenleib

Die Geschwister

HANSJÖRG SCHERTENLEIB, 1957 in Zürich geboren, lebte in Wien und London, seit 1996 im County Donegal in Irland und seit 2005 zeitweise auch wieder in Zürich. Er schrieb Hörspiele, Theaterstücke, Gedicht- und Erzählbände sowie Romane, die in mehrere Sprachen übersetzt wurden. Sein Bestseller »Das Zimmer der Signora« (AtV 2106) erhielt 1995 den Kranichsteiner Literaturpreis, für »Der Papierkönig« (AtV 2108) wurde ihm der ndl-Literaturpreis verliehen. Als Taschenbuch lieferbar sind außerdem die Romane »Die Namenlosen« (AtV 1853) und »Der Antiquar« (AtV 2397) sowie »Von Hund zu Hund« (AtV 1912) und »Der Glückliche« (AtV 2276). Im Aufbau-Verlag erschien von ihm zuletzt der Irland-Roman »Das Regenorchester«.

www.shertov.com

Martin, der nach aufgegebenem Studium seine Tage verträumt, sucht seine Abenteuer in der Liebe, im Kino und in der Musik. Martina hingegen lebt in der ländlichen Schweiz, sie ist Lehrerin, eine zerbrochene Ehe liegt hinter ihr.

Unerwartet aber bricht in beider Leben ein Ereignis ein, das Martin wie Martina zwingt, ihr Verhältnis zur Welt zu überdenken. Vorsichtig nehmen die Geschwister nach langem Schweigen ersten brieflichen Kontakt miteinander auf. Und während seine Schwester nach Wien geht, um dort eine neue Wirklichkeit zu finden, die ihren Träumen entspricht, reist Martin als geheimer Kurier nach Mexiko.

Hansjörg Schertenleib

DIE GESCHWISTER

Roman

aufbau taschenbuch
AUFBAU VERLAGSGRUPPE

ISBN 978-3-7466-2445-7

Aufbau Taschenbuch ist eine Marke der Aufbau Verlagsgruppe GmbH

1. Auflage 2008

Umschlaggestaltung Mediabureau Di Stefano, Berlin
unter Verwendung eines Fotos von © Bloomimage/Corbis
Druck und Binden AALEXX Druck GmbH, Großburgwedel
Printed in Germany

www.aufbau-taschenbuch.de

DER FEUERMACHER

Elephants never forget

Erst bei Anbruch des Tages beruhigte sich die See. Die Brecher flachten ab, und das Fährschiff geriet in leichte Schaukelbewegungen. Ich stand im Heck, durch die Aufbauten vom Fahrtwind geschützt. Drehte die Brise, sang sie dünn in der Blechverkleidung der Reling, um gleich darauf knallend in den Flaggen zu stehen.

Wenige Meilen voraus erkannte man die Insel.

Aus dem Dunstkranz wuchs die Kammlinie eines Hügelzuges, und um die Schornsteine kreisten erste Möwen. Andere Passagiere, kaum ausgeschlafen wegen der stürmischen Überfahrt, kamen an Deck und drängten mich von der Aussicht, aufgeregt die nahe Ankunft beredend. Brotstücke wurden geworfen, und die Möwen – eben noch umkurvten sie die Aufbauten – stießen nun streitsüchtig gegen das Deck nieder. Ich hätte mich wehren können, ließ mich aber bis vor eines der Rettungsboote schieben. Ein Paar duckte sich hinter den plachenverspannten Rumpf, befreit lachend; die Nacht war überstanden, jetzt küssten sie sich. Rundum riss man Streichhölzer an, rauchte man die ersten Zigaretten des Tages. Ich ließ mich weiterdrängen, wie ich mich vom Passantenstrom kurz vor Auslaufen des Schiffes in Barcelona in die erste Reihe einer Zuschauermenge hatte drängen lassen, am unteren Ende der Ramblas, wenige Schritte vom Hafen entfernt. Im Licht verbeulter Theaterscheinwerfer hatte eine Gruppe von Straßengauklern eben eine Pyramide aufgebaut, zuoberst stand ein Mädchen, deren Haare in der Abendbrise flatterten, die uns Zuschauern über die Gesichter strich. Das Mädchen jonglierte mit hölzernen Keulen, unterstützt von allerhand Kapriolen der anderen Artisten, aber eigentlich hatte ich nur Augen für den Musikanten gehabt. Er saß etwas abseits auf einem Klappstuhl, fast schon im Publikum, als gehöre er zu uns und nicht zu der Gruppe. Der Mann trug trotz der Hitze einen tintenblauen Bademantel, auf dem Kopf hatte er einen Hut, unter dessen Krempe er Grimassen schnitt, als bliebe sein Akkordeon sonst stumm.

Der Papierbalg orgelte auf und zu; wehmütige Melodien schnaufend, zeigte er ein Wappen, das sich ohne Unterlass zusammenklappte und auseinanderfaltete, da sprang einer der Artisten in die Mitte. Der Mann ging in die Knie und spuckte eine Flamme in den Abendhimmel.

EINS

In den Pupillen des Mannes spiegelten sich sternenklare Nacht sowie pyramidenförmige Verwaltungsgebäude, in denen da und dort Lichter brannten.

Der Mann saß in einem Büro. Über seinem Kopf schaufelte ein Propeller Rauchschwaden. Zwischen den Pyramiden schwebten Hubschrauber, die mit ihren Scheinwerfern die Straßen absuchten. Der Mann ließ sich ohne Regung vernehmen, während er durch die Lamellen der Jalousien einen Kamin fixierte, aus dem Flammen in den Himmel schossen. In den Straßen schoben sich Menschentrauben durch einen Markt, in dem ein heilloses Durcheinander von Ständen, Imbissbuden, fahrenden Händlern, Gauklern und Gaunern herrschte – da riss der Film.

Die meisten Kopien, die wir zeigen, werden seit Jahren Nacht für Nacht in Provinzkinos wie unserem gespielt, entsprechend mies ist ihr Zustand. Und so verbringe ich oft ganze Nachmittage am Schnittplatz. Habe ich einen Film gestartet, lege ich mich auf die Liege unter das Fenster in der Dachschräge. Ich habe das Interesse am Kino verloren. Während ich früher keinen Film verpasste – meist setzte ich mich in die hinterste Reihe des Balkons –, liege ich nun auf der Liege und starre in den Nachthimmel. Ich verstehe nichts von Astronomie, ich weiß nur, dass der Blick durch dieses Fenster mittlerweile das Einzige ist, das mir an meinem Job als Vorführer noch gefällt. Aber ich erledige seit Jahren Jobs, die mich kaum interessieren. Um den Nachthimmel noch weiter auszudehnen, legte ich meine Brille neben die Liege und döste kurzsichtig unter dem Fenster, das dem Bildschirm eines Fernsehers ähnelt, während keine zwei Meter entfernt die Projektoren schnurrten. Schöne veraltete Apparate, die wuchtigen Turbinen ähnlich sehen.

Im Lauf der Zeit habe ich gelernt, auf alle möglichen Geräusche zu achten. Sirrt zum Beispiel die Zahntrommel, muss ich mich beeilen. Aber bis ich heute die verdächtige Ruhe bemerkte, war es schon zu spät. Keine Stimmen waren zu hören, keine Musik, nicht einmal das Nieseln der Filmstille, nichts. Ich drehte vorsichtig den Kopf: Die obere Spule schwang leicht eiernd leer, und das gerissene Filmende klatschte bei jeder Umdrehung gegen das Blechgehäuse des Projektors. Ich reagierte trotzdem erst, als jemand ungeduldig gegen das Kontrollfensterchen klopfte. Ich schwang die Beine von der Liege und trat auf meine Brille.

»Nur wer blindlings einen Film einfädeln und starten kann, ist ein sattelfester Operateur«, behauptet Herr Häuptli, der Besitzer des Kinos. Luxor, wie Häuptli wegen seines Kinos genannt wird, fädelt seit einem halben Jahr überhaupt keine Filme mehr ein, weder blindlings noch nervös mit einer Taschenlampe herumfuchtelnd, wie ich ihn eines Nachts erwischte, als ich mich verspätet hatte. Sein letztes Jahr will Luxor an der Kasse absitzen – dann ist er siebzig und wird seine Revolverküche für immer schließen. Kaum sitzt der letzte zahlende Zuschauer im Saal, verschwindet Luxor drei Häuser weiter; im Hirschen gehört er sozusagen zum Mobiliar, und gelegentlich besetzen ganze Stammtischhorden, denen Luxor eine Gratisvorstellung versprochen hat, den Balkon.

Heute durfte ich also endlich blindlings einfädeln, ich hatte nämlich bestimmt keine Zeit, meine Ersatzbrille aus dem Auto zu holen, immerhin saßen genau 36 Zuschauer im Saal. Bevor Luxor die Schublade der Kasse in seiner Ledertasche verstaut und in der Wirtschaft verschwindet, schreit er mir jede Nacht die aktuelle Zuschauerzahl in den Vorführraum. Seltsamerweise wusste ich genau, vor welcher Szene der Film gerissen war: Die Kamera verfolgt Harrison Ford, den Darsteller des Blade Runner, durch das Gedränge des Marktes, bis der Zuschauer quasi mit ihm in einer exotischen Imbissbude Platz nimmt: »... and nudles«. Und im nächsten Moment legt sich eine Männerhand auf Fords Schulter ...

Ich hatte den Schaden rascher behoben als erwartet. Vier, fünf Minuten dauerte es trotzdem. Aber ich öffnete das Fensterchen und informierte die Zuschauer. Der Balkon, steil wie eine Sprungschanze, war gut belegt. Im Saal dagegen verloren sich keine zehn Nasen. Schließlich startete ich ein zweites Mal, sogar den Vorfilm wollten die Leute noch einmal sehen. Dann konnte ich mir endlich meine Brille ansehen; das linke Glas war zerbrochen, außerdem war der linke Bügel verbogen. Der Rest der Vorstellung lief ohne Schwierigkeiten. Selbst die heikle Stelle am Anfang der dritten Spule, an der ich nachmittags stundenlang herumgebastelt hatte, lief glatt durch den Projektor.

Ich fuhr schnell, trotz der ungewohnten Ersatzbrille. Über dem See standen Nebelschlieren, am anderen Ufer stiegen Raketen in den Himmel, die nach wenigen Sekunden platzten.

Man fährt eine halbe Stunde in die Stadt, wenn man sich an die Geschwindigkeitsregeln hält. Ich kenne Abkürzungen, von denen man nur weiß, wenn man in der Gegend aufgewachsen ist. Eine geraume Weile führt die Straße der Bahnlinie entlang. Alle Bahnhöfe waren dunkel; nach Mitternacht wird die Strecke nur von Güterzügen befahren, langen Kompositionen, die minutenlang mit schlagenden Achsen an den Häusern vorbeirattern. Das Fenster meines Kinderzimmers ging auf den Bahndamm hinaus; erwachte ich mitten in der Nacht, zählte ich Wagen, fasziniert von den Funkengarben, geschlagen von den Loks. Gelegentlich stieg ich die steile Grasböschung hinauf, um mit angehaltenem Atem, Eisengeschmack im Mund, im Luftdruck der Züge nach Italien zu stehen.

Durch das offene Autofenster schlug der Geruch nach gemähtem Gras und schwerer, nasser Erde, vermischt mit dem Gestank von Jauche. Beidseits der Straße drehten Bäume weg, Wäldchen, über dem Hügelzug stand der Schimmer der Stadt. Oft sind es Gerüche, die eine Brücke schlagen: Im letzten Jahr der Kantonsschule bin ich jeden Tag sechs bis sieben Kilometer gelaufen. Ich entwickelte einen eigenen Laufstil, bestimmt völlig unökonomisch, was den Kräfteverbrauch betrifft, aber ich lief mein eigenes Tempo – das ich wohl bis ans Ende der Welt durchgehalten hätte. Am liebsten lief ich nachts. Dann zerfloss die Landschaft zur unscharfen Kulisse, und es gab nur noch Straßen und Wege mit ihren wechselnden Belägen und Gerüchen. Mit der Zeit legte ich mir eine ziemlich genaue Geruchslandkarte meiner Strecke zurecht. Ich gab den Gerüchen Farben und Temperaturen, schließlich sogar Konturen und Formen. Ich lief witternd wie ein Tier, vorwärts, vorwärts durch die Nacht. Bis ich mit schmerzendem Brustkasten in meinem Zimmer stand und das Fenster aufriss. Natürlich fanden es alle sinnlos, nur für mich und also ohne sportliches Ziel zu laufen. Am einzigen Volkslauf, an dem ich teilgenommen habe, bin ich nach halber Distanz von der offiziellen Strecke geschwenkt und über zwei Hügelkuppen nach Hause getrabt. Die Startnummer band ich an einen Baum. Wie ich das Laufen begonnen hatte, gab ich es nach einem Jahr auf: von einem Tag zum andern.

Am Stadtrand steht eine Tankstelle, die völlig überraschend aus der Dunkelheit auftaucht. Nach einer scharfen Rechtskurve hat man das Gebäude plötzlich vor sich, weitab von jedem Haus. Wer die Tankstelle nicht kennt, wird nicht einmal dazu kommen, die Bremse anzutippen. Vor der Werkstatt stand ein Chevrolet Impala mit geschlossenem Lederverdeck, daneben lag eine umgewehte Pappfigur.

Die Drahtseile des ausgedienten Warenliftes schlugen gegen die Schachtwände, während ich durch den langen Flur ging.

In meinem Raum war es finster. Zeppelin erwartete mich

am Fußende des Bettes, blinzelte mir verschwörerisch aus ihrer Katzenwelt zu. Die Digitalziffern meines Radioweckers zeigten 1 Uhr 30. Habe ich jemals zu einer ungeraden Uhrzeit auf diesen Wecker gesehen? Zufall, Glück? Oder sind es die geraden Minuten, die mein Leben bestimmen? Ich legte mich neben Zeppelin. Unsere Beziehung funktioniert nach dem Prinzip der Langsamkeit. Wir nehmen uns Zeit, viel Zeit. Vollkommen ruhig ist es nie in dem Gebäude mit seinen Sälen, Zimmern, Treppenhäusern und Seitentrakten. Auch wenn man ganz allein im Haus ist, knarren Bodenbretter, gurgelt es im kompliziert verzweigten Rohrsystem der Heizung. Die Katze und ich beobachteten uns eine Weile, ohne uns direkt in die Augen zu sehen. Schließlich rieb Zeppelin ihren Kopf an meinem Bein, dann trabte sie entschlossen zum Kühlschrank. Ich gabelte ihr Büchsenfutter in ihren Napf; frisches Fleisch hat sie nie interessiert.

Der Telefonbeantworter registrierte keinen einzigen Anruf. Ich hob Zeppelin hoch, und wir sahen gemeinsam aus dem Fenster. Am Ende der Straße blinkten Ampeln, in Lichtkegeln tanzten Mückenschwärme. Später drehte ich den Stellfaden durch das Skalenfenster meines Radios, bis ich eine passende Frequenz gefunden hatte: andächtiges Nieseln, wie Schnee, der lautlos vor den Fenstern fällt, stundenlang, die ganze Nacht. Und am Morgen liegt eine zarte Schneedecke auf Dächern und Straßen.

So schlief ich ein, meine Katze im Arm.

Es hat mehr als drei Jahre gedauert, bis Zeppelin neben mir eingeschlafen ist. Nun ist es zum Ritual geworden: Zeppelin drängt sich rücksichtslos in meine Armbeuge, um mit gespreizten Pfoten meinen Oberarm zu treten. Milchtritt. Fünf Minuten, die Krallen zwischen die Ballen gezogen, dann lässt sie sich plötzlich zur Seite fallen. Man sollte schlafen können wie die Katzen. Manchmal liege ich eine geschlagene Stunde neben Zeppelin und sehe ihr beim Schlafen zu.

Zeppelin lebt seit nunmehr fünf Jahren bei mir. Damals habe ich einen Freund mit seiner Freundin betrogen. Das Paar lebte am Rand der Stadt, in einem baufälligen, aber sehr romantischen Haus mit Gemüsegarten und angebautem Schuppen, in dem der Bekannte an seinen Freizeitskulpturen herummeißelte. Während er in der Stadt Geld verdiente, lag ich mit seiner Freundin im Bett. Wir trafen uns immer Mittwochnachmittag, als gehöre Regelmäßigkeit zu unserem Verhältnis. Diese Nachmittage liefen nach einem unausgesprochenen Plan ab, den wir genau einhielten: Erst saßen wir in der Küche, tranken Kaffee und unterhielten uns über ihre Seminararbeit, an der sie seit vielen Monaten schrieb. Wir redeten und redeten, als sei nichts zwischen uns, nichts als diese ernsthaften Diskussionen über irgendwelche Probleme. Gute Freunde, die in einer Küche sitzen, ohne sich ein einziges Mal zu berühren, die Kaffee trinken, rauchen und arbeiten. Dann stiegen wir in die Kammer unter dem Giebeldach. Hatte ich die Tür ins Schloss geworfen, veränderte sich unser Verhalten schlagartig. Mit einemmal war eine zornige Gier zwischen uns, die sich in rasender Zärtlichkeit entlud. Zuerst fegte sie jedes Mal die Plüschtiere vom Bett, ihre Versammlung perfekter Unschuld, die sie danach sorgfältig wieder aufbaute, sozusagen als Erinnerung an eine Zeit, in der sie noch nicht mit anderen Männern schlief. Wenn wir uns endlich umarmten, konnten wir nichts falsch machen. Die Nachmittage wurden groß und weit. Ich war ihr Gast. Draußen flutete Landschaft an ferne Horizonte.

Aber wir hatten einen Zeugen.

Weil nämlich jedes Mal eine Katze vor dem Fenster saß.

War das Fenster offen, saß sie auf dem Tisch, aus Stein gemeißelt, und sah uns spöttisch zu. Eines Nachmittags sprang sie mit einem Satz auf unser Bett. Damit ging eine Geschichte zu Ende und eine neue begann. Als ich an jenem Abend ins Auto steigen wollte, lag die Katze auf der Motorhaube. Ich öffnete die Beifahrertür, und sie stieg ein. Am nächsten Mittwoch blieb ich zu Hause. Ich mochte sowieso nicht mehr zusehen, wie das Mädchen, eben erst in ihren Slip geschlüpft, ihre Plüschtiere aufbaute, als säße ich bereits im Auto.

Ich erwachte, ich hatte keine halbe Stunde geschlafen. Durch eines meiner Fenster gelangt man auf die Feuertreppe, die aufs Dach der Fabrik führt. Dort habe ich uns, im Schutz einer Brandmauer, einen Platz hergerichtet. Manchmal schlafen wir auch auf dem Dach. Ich trank Bier und starrte in die menschenleere Straße, ohne wirklich etwas zu sehen. Mein Kopf war leer. Zeppelin lag ruhig auf der Mauer des Geländers. Auf Dächern hat sie sich schon immer wohl gefühlt. Nach fünf Minuten ließ sie sich von mir nach unten tragen.

Ich legte mich auf den Rücken und versank gleich in

Halbschlaf. Scharfe Lichtkegel tanzten durch die Nacht, stachen mir unter die Lider – damals, als ich mit einem Schulfreund am Rand einer dänischen Landstraße übernachtete; wir breiteten unsere Schlafsäcke hinter einem dornigen Buschwall aus. In einem nahen Stadion schrien Fans, ihre Stimmen hakten sich in unserem oberflächlichen Schlaf fest. Und über unsere Gesichter glitten die Scheinwerfer vorbeifahrender Autos.

ZWEI

Punkt halb acht hob ich mein Rennrad aus dem Rechen im Keller. In den Straßen war es kühl, und ich fror an den Beinen. Die Kette sprang geschäftig von Zahnkranz zu Zahnkranz. Ich schlängelte mich durch stehenden Verkehr und radelte stadtauswärts. Ich habe mir angewöhnt, jeden Tag mindestens eine Stunde auf dem Rennrad zu sitzen. Radfahrend erreiche ich einen Punkt, an den ich früher mit Laufen höchst selten gelangte. Nach einigen Kilometern in hohem Tempo, an der äußersten Grenze meiner Belastbarkeit, löst sich die Landschaft auf, und das Gesichtsfeld konzentriert sich auf das Band der Straße.

Eine Weile hängte ich mich an eine Gruppe.

Die sechs Männer trugen einheitliche Renntrikots. Komischerweise hatten sie kleine dunkle Brillen vor den Augen, wie man sie von Schwimmern kennt. Die Männer sprachen kein Wort, weshalb das Team völlig anonym wirkte. Ihr Atem, den sie synchron ausstießen, klang wie das Zischen einer Dampfmaschine.

Nach wenigen Kilometern war ich ausgepumpt.

Noch fünfhundert Meter, und man hätte mich vom Sattel heben müssen, erstarrt zu einem einzigen verkrampften Muskel. Ich ließ mich mit einem entsetzten Ausruf zurückfallen, bremste scharf ab, stieg vom Sattel und bückte mich über das Hinterrad. Keiner der Männer drehte sich um. Für sie hatte ich gar nicht existiert. Wahrscheinlich war es hinter ihren komischen Brillen stockfinster.

Zurück fuhr ich wie ein Rentner.

Meine Wohnung besteht aus einem einzigen Raum. Die 120 Quadratmeter der ehemaligen Maschinenhalle werden durch vier schlanke Säulen unterteilt, über die Decke zieht sich ein Röhrensystem, das früher wohl für die Zu- und Abluft der diversen Maschinen benutzt worden war. Die Werkzeugfabrik musste während der Rezession der siebziger Jahre geschlossen werden. Natürlich dachte man daran, den Backsteinkomplex mit seinen Schuppen und Anbauten niederzureißen, um eine Wohnüberbauung im großen Stil hochzuziehen, aber das Projekt lag seit Jahren in irgendeiner Schublade. ›Eine Frage der Zeit‹, wie alle behaupten, die neidisch in meinem Saal auf und ab wandern, den Kopf im Nacken, um das von Taubendreck gesprenkelte Oberlicht zu bewundern.

Das erste Stockwerk ist an ein Fitness-Studio vermietet. Das Treppenhaus, sonst in himmeltraurigem Zustand, wird auf dem Boden der Bodybuilder zum schicken Eingangsportal in eine Welt von Kraft und Leistung: Silberne Pfeile auf schwarz getünchten Wänden führen zu einem Metalltor, das mit Fotos des Studio-Besitzers in den bekannten Muskelposen tapeziert ist. Im Erdgeschoss haben sich ein Autoelektriker und ein Carosseriespengler Werkstätten eingerichtet. Weitere Räume sowie Schuppen und Anbauten dienen als Lager, und auch die drei anderen ehemaligen Maschinenhallen auf der zweiten Etage sind vermietet. Zwei davon dienen Malern als Ateliers, im vierten wohnt meine Nachbarin, eine Antiquitätenhändlerin, in einem Durcheinander wertloser Möbel, staubiger Klamotten und vergilbter Illustrierten.

An schönen Tagen setze ich mich gelegentlich in die Wiese hinter der Fabrik. Auf allen Seiten begrenzt von übermannshohen Brandmauern, hat man hier eine ländliche Ruhe. Am Blechtisch unter dem Birnenbaum trinke ich über Mittag Bier mit den Spenglern, die mir von alten Volvos erzählen, deren Blech dick wie Elefantenhaut sei. Ab und zu wagen sich sogar die zwei Maler ins Freie. Die beiden sehen sich verblüffend ähnlich: magere große Männer um die dreißig, mit der ungesunden Farbe gelber Weintrauben. Beide haben den beleidigten Blick des Kindes, dem man etwas weggenommen hat. Da sie sich nicht ausstehen können, kommen sie nie zur selben Zeit in den Garten. Allerdings stehen sie oft gleichzeitig an den offenen Fenstern ihrer benachbarten Ateliers. Da lehnen sie dann, dürr und schwarz, und paffen wie die Teufel. Zwillinge, die sich verkracht haben, versunken in lebenslanges Schweigen. Dann gehen sie zurück an ihre Leinwände, und bald darauf stinkt die ganze Etage nach Ölfarbe.

Meist aber sitze ich mit Dittli hinter der Fabrik. Zeppelin hockt über uns in den Ästen und lauert auf ahnungslose Vögel, die sie stolz vor uns zerteilt.

Dittli kam vor mehr als vierzig Jahren aus dem Urnerland in die Stadt. »›Spannort‹, ›Groß-Windgälle‹, ›Titlis‹, ›Düssistock‹ und wie die Klötze sonst noch heißen. Alle gemacht! Mit achtzehn hatte ich alle Berge der Umgebung bestiegen, die meisten mehrmals. Was sollte ich also noch dort?« Dittli arbeitete mehr als zwei Jahrzehnte in einer Bierbrauerei, danach war er Magaziner in der Werkzeugfabrik. »Ich bin der Einzige, der bleiben durfte. Und als Hauswart schiebe ich die ruhigste Kugel meines Lebens – abgesehen vielleicht von meiner Zeit im Kindergarten.« Dittli stellt das Bild des behäbigen Berglers auf den Kopf. Zwar ist er groß und breitschultrig, ein Schrank mit pechschwarzem Bart, doch alles andere denn schwerfällig. Er redet praktisch pausenlos in seinem Urnerdialekt, der sich im Lauf der Jahre freilich abgeschliffen hat. Dittli wohnt seit 1942 in diesem Quartier am Westrand der Stadt, dem traditionellen Industriegebiet Zürichs, in dem vor allem Arbeiter und Ausländer leben. Dittli ist in jedem Quartierspunten bekannt, findet Platz an jedem Stammtisch. Verheiratet war er nie. »Frauen«, sagte er mir einmal übertrieben theatralisch, »Frauen bringen doch sowieso nichts als Ärger, oder?« In einem der Kellerlöcher, in dem schuhhoch der Schutt liegt, legten wir gemeinsam ein Bierlager an. Ein Fahrer von Dittlis ehemaliger Brauerei liefert es uns zu Spottpreisen – die halbe Szene der Stadt kauft bei uns ein.

Kaum war ich eingezogen, zeigte mir Dittli die alten Pläne meines Raums. Ich schlafe am ehemaligen Standort der Bügelsäge; wo mein Tisch steht, war die Zugspindeldrehmaschine in die Bodenbretter verdübelt. In der Ecke, in der ich eine Kochnische installiert habe, hat sich das verglaste Büro des Vorarbeiters befunden.

Übrigens macht Dittli keinen Schritt ohne seinen Hund, einem Mischling mit stumpfem Fell. Kommt man in seine Nähe, wirft er sich japsend zu Boden und zeigt eine Reihe gelber Zähnchen. Es gibt nichts, das stinkt wie der Atem dieses Kläffers. Zeppelin versteht sich ausgezeichnet mit ihm; einträchtig sitzen sie nebeneinander und schnappen in stiller Bruderschaft nach den Fliegen.

Ich schloss mein Rennrad in den Keller.

Dittli mähte eben den Rasen, begleitet von rhythmischen Schreien aus dem Fitness-Studio. Die starken Männer lagen also schon wieder unter den Maschinen und kämpften mit verbissenen Gesichtern gegen sich selbst.

DREI

Im Haus meiner Eltern war es totenstill. Von außen wirkt das Haus groß, der Erker mit dem Zwiebeltürmchen, das Walmdach und die hinter einem Obstspalier verborgene Laube geben ihm das Aussehen eines Schlösschens. Vater hat das Haus vor dreißig Jahren von einem kauzigen Industriellen gekauft – ›der das abverreckte Schloss nur für seine Geliebte gebaut hat‹, wie Vater noch heute lügt. Tatsache ist, dass der Industrielle pleite ging, noch bevor der Dachstock fertig war. Der Mann setzte sich nach Südafrika ab, und das Haus wurde versteigert. Wer es betritt, wird allerdings enttäuscht: Nur die Eingangshalle vermag den herrschaftlichen Eindruck zu bestätigen. Man steht im Licht eines Lüsters unter ausladendem Stuck. Die restlichen Räume sind ernüchternd klein, das Treppenhaus eng und düster. Die reinste Puppenstube. Es gab eine Zeit, da war ich überzeugt, in diesem Haus könne man ein Familienleben höchstens spielen, und erwartete, die Vorderfront werde eines Tages weggebrochen und die Hand eines riesigen Kindes lange in unsere Zimmer, um mit uns verschiedene Familiensituationen nachzustellen.

Im Wohnzimmer war es angenehm kühl.

Durch die geschlossenen Fensterläden war der Sommer

zu hören: Grillen, das Motorengeräusch eines Heuwenders, gestört vom Klappern seiner Gabeln. Ich habe das Haus meiner Eltern immer als eine Art Falle empfunden. Vor den Fenstern spielt sich das Leben ab, während hinter den zugewucherten Mauern die Zeit stillsteht. Mit zwölf hatte ich darauf bestanden, in ein anderes Zimmer umziehen zu dürfen. Ein Raum in der Dachschräge, früher als Gerümpelkammer benützt, war zwar nur meine zweite Wahl, aber auf dem Dachboden, auf den ich eigentlich ziehen wollte, hatte sich schon meine Schwester eingenistet – sie verbrachte ganze Nachmittage allein in ihrem Versteck, ihrem Lese-Bunker. Ihr Reich war nämlich mit Büchern überstellt. Sie war nicht nur neun Jahre älter als ich, sie lebte auch sonst in einer andern Welt. Während ich in der Landschaft verschwand, stieg sie auf den Dachboden, wo sie in ihren Geschichten untertauchte. Wir teilten keine Kindheit, wir teilten das Elternhaus. So war ich eigentlich ohne Schwester aufgewachsen und sie ohne Bruder. Zu groß waren die Welten, die sich zwischen uns auftaten. Mein neues Zimmer hatte eigentlich nur einen wirklichen Vorteil: Das Fenster war sehr tief eingesetzt, und so konnte ich im Bett liegen und in die Landschaft hinaussehen. Der Blick ging über Kornfelder, in die der Wind geheimnisvolle Muster strich – Wellenkämme, die gegen den Bahndamm brandeten. Hinter der Oberleitung der Bahn erstreckten sich Hügelzüge, eine blau schimmernde Verheißung: Der Weg in die Stadt führt über diese Hügel. Ich blieb nur im Haus, wenn es nicht anders ging. Natürlich kannte ich jeden Meter der Gegend haargenau. Im Maisfeld hinter dem Bahndamm etwa befindet sich ein Findling. Ein Granitbrocken, den man vom Rand des ungeschnittenen Feldes gar nicht erkennt. Der Bauer muss um den vermoosten Koloss herumarbeiten. Man hatte zwar versucht, ihn wegzuschaffen, aber der Findling, zu vier Fünfteln in der Erde versenkt, ist ungeheuer schwer. Man müsste eine gewaltige Grube ausheben und mit einem Baukran anrücken. Steine dieser Art lässt man liegen. Die Menschen hier sind empfänglich für mythische Verklärung.

Obschon ich wusste, dass niemand da war, ging ich langsam durch das ganze Haus, bis ich in meinem ehemaligen Zimmer stand. Was noch vor wenigen Jahren die archäologische Fundstätte einer Kindheit war, ist heute leer. Nur eine Matratze liegt noch vor dem Fenster, darüber schweben meine Flugzeugmodelle.

Am Himmel standen Wolken, deren Schatten über die Felder zogen. Der Wind frischte auf. Meine Staffel tanzte im Luftzug des offenen Fensters auf und nieder, drehten sich hin und her und schien in die Tiefe zu stoßen. Messerschmitt. Fokker. Und in der Mitte die B-52. Auf die Unterseiten der Flügel hatte ich zwar mein Kennzeichen geklebt, zwei gekreuzte Stilette, aber es war trotzdem immer gewesen, als patrouillierte die Staffel nur am Himmel, um mich zu suchen.

Als Kind hatte ich einmal eine Schnecke zertreten, das Krachen werde ich niemals vergessen. Ich verschwand in meinem Feld, Züge donnerten in einem Schienenstrang vorbei, der sich in meiner kindlichen Vorstellung um die ganze Erde krümmte. Der Schneckenkörper war gespickt mit den

Splittern seines eigenen Häuschens. Ich saß im Feld, an meinen Findling gelehnt, die zertretene Schnecke auf der flachen Hand. Später habe ich erfahren, dass sich Schnecken winzige Lanzetten aus Kalk in die Leiber stoßen, um sich zu reizen.

Das Haus war still und leer. Auf dem Flur hing eine gerahmte Fotografie, an die ich mich gar nicht erinnerte. Das Bild zeigte eine Gesellschaft, die sich über eine Freitreppe verteilt – Mittelpunkt der Gesellschaft war eindeutig mein Vater, dabei stand er irgendwo in der dritten Reihe. Mutter musste ich suchen, in Gesellschaft war sie selten an Vaters Seite. Die Fotografie war wohl sechs oder sieben Jahre alt. Damals setzte Vater Fett an; ein schwerer Mann war er schon vorher gewesen. Auf seinen Schultern sitzt ein Kopf mit scharfer Vogelnase, die wenigen Haare sind flaumige schlohweiße Büschel, auf seiner hohen Stirn glänzt immer Schweiß. ›Vom ewigen Denken‹, wie er mir erklärt hatte. ›Denken ist Arbeit, vergiss das nie!‹, lautet eine seiner Maximen. Er hat den Kopf eines Denkers auf dem Körper eines Arbeiters. Vaters Erscheinung besteht wirklich aus zwei unterschiedlichen Hälften: Oben strahlt er kluge Würde aus, unten bodenständige Kraft. Hätte man nur seine Beine und seinen Oberkörper gesehen, hätte man ihn glatt für einen Bauern gehalten.

Vater raucht eine Zigarette nach der andern, jede bis zum letzten Krümelchen Tabak. Er trägt ausnahmslos weiße gebügelte Hemden und einen Anzug. Trotzdem wirkt er schmuddelig und unausgeschlafen, denn seine Krawatten sind mit Brandlöchern übersät, seine Hemden und Hosen gesprenkelt von Teespritzern, den er literweise trinkt. Über seine linke Wange zieht sich eine lange Narbe: ›Kein Schmiss, ich war nie in einer dieser idiotischen Burschenschaften. Die Narbe stammt von einem Messerkampf um eure Mutter!‹ Was eine Lüge ist. Mutter hat mir erzählt, Vater sei als Kind bei seiner ersten Fahrt in die Lenkstange des Fahrrades gestürzt. Großvater dagegen behauptet, er habe ihm als Kind aus lauter Wut den Kopf gegen die Heizung geknallt.

Mutter ist noch heute eine schöne Frau. Ihre Lippen sind voll, das schwarze Haar dicht und schulterlang. Mutter ist eine Dorfschönheit gewesen, die bedenkenlos die Männer wechselte, bis Vater auftauchte. Er kehrte von seinem Studium im Welschland zurück und hatte die Leute im Dorf mit seinem Charme vom ersten Tag an auf seiner Seite. ›Als sei ein Komet auf dem Dorfplatz eingeschlagen. Euer Vater hat die Leute sofort zu seinem Publikum gemacht.‹ Mutters früheres Liebesleben ließ Vater alle paar Monate explodieren, dann tobte er durchs Haus und brüllte all die Ausdrücke, die er uns verboten hatte, um kurz darauf kleinlaut in der Küche zu höckeln und sich von Mutter beruhigen zu lassen. Später saßen die zwei dann nebeneinander am Tisch, tranken ein Gläschen Calvados, und Vater plapperte wie ein Schuljunge – voller Reue. Damit war die Sache jeweils vom Tisch – bis zu Vaters nächstem Ausbruch.

Ich trat aus dem Haus meiner Eltern. Mittlerweile war es 18 Uhr. Jetzt lag eindeutig ein Gewitter in der Luft. Schwalben stoben als flirrende Wolke in den Himmel, die sich nach wenigen Augenblicken zum Pfeil formierte. Dann zog der

Schwarm über unseren Dachfirst. Ich bog auf die Hauptstraße und hatte gleich eine einsame Spaziergängerin im Blick, Mutter mit ihrem Hund, weit entfernt in den Feldern.

Ich fuhr trotzdem weiter.

Was Vater betraf, gab es eigentlich nur zwei Möglichkeiten. Ich entschloss mich, ihn zuerst im Schulhaus zu suchen. In der hintersten Bank seines Klassenzimmers saß ein Knirps mit rotem Schopf, der sein Gesicht erst aus dem Schulheft hob, als ich vor ihm stand und ihn ansprach.

»Was machst du denn hier?«

»Schreiben.«

»Am freien Nachmittag?«

»Strafe muss sein. Hat der Herr Lehrer gesagt.«

Der Kleine hatte eine hohe Stimme. Das Piepsen einer verschüchterten Maus – vor der die Katze sitzt und Zähne zeigt.

»Und wo ist der Herr Lehrer?«

»Nicht da. Bei seinen Bienen.«

»Dann könntest du doch auch verduften …«

»Kann ich nicht. Der Herr Lehrer sieht doch alles!«

Meine Güte! Daran hatte ich auch einmal geglaubt.

Ich sah mir die Zeichnungen an, die an den Wänden hingen. Das Thema hatte bestimmt ›Sommerferien‹ gelautet. Auf jedem Blatt wurde getaucht und geschwommen. Vaters Schüler beachtete mich nicht weiter. Ich hörte seinen Füllfederhalter über Papier kratzen, Zeile um Zeile. Ich wollte gar nicht wissen, was er schrieb. Wenn es Vater befohlen hatte, würde der Knirps wohl bis morgen früh hier drin sitzen und schreiben.

In der Ecke des Zimmers stand ein Xylophon, daneben lehnten Gitarren, Flöten und zwei Geigen. Sogar eine Kesselpauke war da. Auf den Musikunterricht legt Vater großen Wert. Seine Schülerkonzerte sind legendär. Dann wird sein Schulzimmer zum Konzertsaal und das ärgste Schlitzohr zum braven Musiker, der mit roten Ohren hinter der Pauke sitzt und auf seinen Einsatz wartet.

Vaters Zimmer liegt unter dem Dach und ist ursprünglich eigentlich als Singsaal benutzt worden. Aber er hat sich im Lauf der Jahre in diesen schönsten Raum des Schulhauses hoch gesessen. Am Dorfklatsch hat sich Vater nie beteiligt; er zieht seine Fäden hinter den Kulissen. Oft ist der Klatsch sogar das Resultat seiner geschickt inszenierten Intrigen. Natürlich hat er es nie nötig gehabt, direkt in die Dorfpolitik einzusteigen. ›Was sollte ich im Gemeinderat verloren haben? Will ich vielleicht billige Stumpen paffen und mir von diesen Langweilern den Kopf vollschnorren lassen?‹ Wichtige Entschlüsse müssen sowieso erst sein Schulzimmer passieren. Darum sieht man regelmäßig Mitglieder des Gemeinderates nachts im Schulhaus verschwinden. Nur unter dem Dach brennt Licht, in Vaters Residenz, hoch über dem Dorf. Schon als junger Mann hat Vater als bester Lehrer der Gegend gegolten, und es war klar, dass der Beruf des Lehrers in der Familie bleiben musste. Meine Schwester Martina besuchte das Lehrerseminar, Vater hatte sie für die Rolle der Pädagogin auserwählt. Mir traute er diesen Beruf nicht zu. Eine Tatsache, die mich nicht enttäuschte, sondern befreite: Er ließ mich, zumindest in dieser Beziehung, in Ruhe.

Auf Vaters Pult stand ein ausgestopfter Adler mit aufgespannten Schwingen. Auch damit hat er sich beschäftigt: Einen ganzen Kleinzoo hat er präpariert, seine Exponate stehen in jedem Zimmer des Schulhauses.

Der Schüler schrieb und schrieb.

Im Treppenhaus roch es nach Desinfektionsmitteln und ungewaschenen Füßen.

Ich machte, dass ich an die frische Luft kam.

Vaters Bienenhaus steht ein ziemliches Stück außerhalb des Dorfes, verborgen hinter Büschen auf einem Plateau am Waldrand.

Vater saß im Unterhemd auf dem Dach und befestigte Teerpappe. Ein Schulfreund hat einmal behauptet, mein Vater könne die Nägel bestimmt mit bloßer Faust einschlagen. Blödsinn, habe ich geantwortet, mein Vater macht nie etwas mit den Händen, er macht alles mit dem Kopf.

»Nimm dir auch ein Bier! Ich bin sowieso fertig.«

Vater half mir aufs Dach. Wir saßen nebeneinander auf der glühendheißen Pappe und tranken Bier. Unter uns summten Bienen, als sei ein elektrisches Aggregat in Betrieb, ein Geräusch, das mich schon als Kind beruhigte. Damals war ich sehr interessiert an seinen Bienen. Aber er hat mir die Arbeit des Imkers nie erklärt. ›Bienen sind etwas für Männer, nicht für Grünschnäbel.‹ Nur im Winter nahm er mich mit in den kalten Keller; dann mussten neue Rahmen genagelt werden. ›Außerdem verlangt die Arbeit an den Stöcken Ausgeglichenheit und Ruhe. Du bringst mir nur die Völker durcheinander mit deinem Gefuchtel.‹

»In deinem Zimmer sitzt übrigens einer und schreibt sich die Finger wund.«

»Der kleine Berger! Der gleiche Trottel wie sein Vater. Diese Dummköpfe haben noch nicht mal genug Grips, um mich zu hintergehen!«

»Meinst du?«

»Mich legt keiner rein – abgesehen von deiner Mutter.«

»Das hast du früher schon erzählt.«

»Weil es früher schon gestimmt hat.«

Das unwirkliche Licht ließ einzelne Landschaftsteile überscharf hervortreten. Die Kuppel des Himmels schien sich auf die bewaldeten Hügel abzusenken.

»Zeigst du heute keinen Film?«

»Doch. In eineinhalb Stunden. ›Novecento‹ von Bertolucci.«

»Was hast du eigentlich vor, wenn Luxor sein Kino zumacht? Willst du bis sechzig wie ein Zigeuner weitermachen? Willst du dich nicht langsam nach einer vernünftigen Arbeit umsehen? Du bist doch kein Kind mehr!«

Die Alpen, durch das Gewitterlicht plastisch modelliert, standen greifbar nah in die Wolkendecke verzahnt.

»Du isst heute bei uns, und dann reden wir über alles.«

Ich nickte. Wir saßen noch etwa fünf Minuten auf dem Dach.

Der Wind hatte aufgefrischt, hinter uns rauschten die Bäume in kurzen Intervallen. Über unseren Köpfen tanzten Vogelschwärme. Dann fuhr ich langsam auf dem Feldweg Richtung Dorf, wobei ich meinen Vater im Rückspiegel beobachtete: Er befestigte Klammern an seinen Hosenbeinen und stieg umständlich auf sein Fahrrad. Ich bog auf die Landstraße.

Die ersten Tropfen trommelten aufs Dach meines Wagens.

Vor mir stand eine schwarze Wolkenwand, es roch nach frisch gemähtem Gras, und es wurde innerhalb weniger Sekunden finster …

Vater radelte mit wehenden Jackenstößen hinter mir her. Er sah aus, als wolle er gleich abheben. ›Du siehst aus wie ein französischer Landpfarrer, der von seiner Geliebten kommt‹, hatte Mutter einmal gescherzt. Vaters Antwort leuchtete mir ein, obschon ich damals gar nicht verstanden habe, was er genau meinte: ›Wer von seiner Geliebten zurückkommt und noch einen solchen Affenzahn hinlegt, hat etwas falsch gemacht …‹

Ungefähr fünfhundert Meter vom Bienenhaus entfernt mündet der Feldweg in die Landstraße. Diese führt steil abfallend in zwei Kehren und einer Schlussgeraden ins Dorf. Ich habe mir angewöhnt, mein Auto dort im Leerlauf rollen zu lassen. Sein Standgas ist tief eingestellt, darum ist es wirklich, als fahre man ohne Motor. Wenn ich die Kurven mit Tempo nehme, bringe ich genug Schwung in die Gerade, um bis vors Haus meiner Eltern rollen zu können.

Große Tropfen klatschten auf die Frontscheibe. Windböen lufteten über die Krete. Heute würde ich es wohl nicht schaffen: Ich kam viel zu langsam aus den Kurven, außerdem standen auf der Höhe der ersten Häuser zwei Autos in meiner Spur. Ich tippte mehrmals auf die Bremse; mein Vater würde das Bremslicht durch den Regen aufleuchten sehen. Ich blickte in den Rückspiegel und wusste sofort, was passierte. Im selben Moment knallte ein Ford Capri in mein Heck, schob sich unter die Stoßstange meines Volvos und stemmte ihn hoch. Ein Schlag zuckte durch meinen Rücken.

Die nächsten Sekunden dauerten länger als ein halbes Leben.

Totenstill war es nicht; Regen trommelte auf Blech. Regen, Regen. Ich saß und saß, konzentriert auf die Sprünge, die rasend schnell über die Frontscheibe liefen, bevor sie mit leisem Knall zerbarst. In meinem Schoß lag das zerbrochene Steuerrad. Die Steuersäule hatte ich aus dem Innenraum gekrümmt. Bei der ersten Bewegung spuckte ich Blut, einen dunklen Schwall. War dies nun das Ende aller Angst? Regen, Regen. Die Welt leuchtete geheimnisvoll. Mein rechter Fuß tat höllisch weh, ich konnte über den Rand der Erde hinaussehen. Summte mein Kopf, das Blech? War alles verwandelt in ein anhaltendes Summen, eine Frequenz, die ich erst jetzt, Blut spuckend, wahrnehmen konnte?

Seltsamerweise stand mein Auto dorfauswärts.

Aus der Motorhaube qualmte Rauch, bevor ich ausstieg, schaute ich auf die zerbrochene Uhr im Armaturenbrett: Die Zeiger würden sich nie mehr weiterdrehen. Sie zeigten 18 Uhr 31. Aus meinem Schuh quoll Blut. Das Pflaster kam mir entgegen, wuchs mir in die Beine. Ich stemmte die Füße gegen den wegtauchenden Boden. Unter meinen Schuhen knirschte Glas. Endlich drehte der Horizont weg, und ich kippte ins nasse Gras neben der Straße.

Vater brüllte.

Er ritt auf seinem Militärvelo wie ein Krieger. Die letzten Meter hob er sich aus dem Sattel. Als er angehalten hatte, ließ er das Fahrrad einfach fallen. Dann rannte er über die Straße und kniete sich neben mich.

»Umdrehen!«, befahl er und bettete mich auf seine Kordjacke. Jetzt trafen die ersten Leute am Unfallort ein. Der Fahrer des Ford Capri lehnte an einem Baum, er zitterte.

Und ich lag im strömenden Regen, den Kopf auf Vaters Oberschenkeln. Eine Frau hielt einen Schirm über uns, es war, als liege ich in einem Zelt mit ihm. Das Gemurmel der Zuschauer mischte sich mit dem Plätschern des Regens; ganz in der Nähe gurgelte Abwasser, in meinem Rücken rauschten Bäume. Durch den Geschmack nach Blut drängte sich bald eine intensive Geruchserinnerung: Erde, frisches Gras und eben erst geführte Jauche. Auf der Straße lag, keinen Meter entfernt, der abgebrochene Auspuff meines Volvos. Er war rostzerfressen, schwarz verkrustet.

Nach wenigen Minuten wurde ein Signalhorn lauter und lauter. Ein Krankenwagen hielt an der Unfallstelle, und zwei Männer sprangen mit wehenden weißen Kitteln auf uns zu.

Blaulicht zuckte. Man legte mich auf eine Bahre, dann wuchtete man sie in die Führungsschiene und schob mich in die Ambulanz. Die Tür schlug zu. Meine Brille fehlte. Hat man dir wirklich auch die Ersatzbrille zerschlagen? Du hast genug gesehen, es reicht. Eine Ordensschwester saß neben mir. Sie lächelte mich an, aber sie meinte einen anderen. Automatisch hatte ich die Hände zum Gebet gefaltet, wie mir jetzt auffiel. Die Schwester kauerte im Wagen, als schlafe sie. Ich hüstelte. Dann stöhnte ich, und sie fühlte mir mit kalten Händen den Puls. Ich war ein Notfall, ich war gerettet. Weiß flatterte Vaters Hand im Regen, und mir fiel zum ersten Mal ein, dass er in wenigen Jahren ein alter Mann sein würde.

Wir fuhren schnell, aber ohne Horn.

Blitze zuckten; das Unwetter war in vollem Gang.

VIER

Der Regen schien sich zu einem regelrechten Sturm auszuwachsen. Windstöße fuhren in die Zierbüsche, über den Schulhof hüpfte eine zerdrückte Coladose. Männer in Regenüberwürfen trugen blinkende Warnlichter über den Parkplatz und sperrten einen Teil der Straße.

Wenn ich nach der Sitzung bloß keinen Umweg fahren muss, dachte Martina. Regen schlug gegen die Fenster des Lehrerzimmers, das sie wie immer an eine Krankenstube erinnerte.

Der Präsident der Schulpflege referierte, aber Martina hörte gar nicht hin. Sie hatte diesem Mann noch nie zuhören können, und sie glaubte eigentlich nicht, deswegen etwas verpasst zu haben. Der Präsident blätterte wie gewöhnlich in seinen Unterlagen, ohne aus dem Redefluss zu geraten. Ein Profi. Er fand sogar Zeit, jeden einzelnen mit ernstem Blick zu fixieren, wobei er sich stur an die Sitzordnung hielt, bis er schließlich nach dem Pappbecher griff, um vom grässlichen Automatenkaffee zu trinken. Martina musste bei jeder Sitzung an eine Rhetorik-Schulung denken, bestimmt hatte er Kurse besucht: Jede seiner Reden wirkte wie die perfekt einstudierte, aber zum Sterben langweilige Inszenierung eines abgefeimten Routiniers. Sie sah ihn in Gedanken in einem Schulungsraum sitzen, alleine mit seinen Unterlagen, beobachtet von zwei Videokameras, die aufzeichneten, wie er hinter seinem Tisch saß und seine Worte mit ausholenden Armbewegungen unterstrich. Schließlich stellte sich Martina auch vor, wie der Präsident vor den Ausbildern saß und sich kritisieren ließ. Das war eine ziemlich anspruchsvolle Aufgabe; Martina übernahm die Rolle der Experten, und formulierte auch die Verteidigungssätze des Präsidenten. Mit solchen Spielen überstand Martina jede Sitzung.

Schon als kleines Mädchen hatte sie es verstanden, sich aus der Realität auszuklinken. War sie an etwas nicht interessiert, verschwand sie ganz einfach in ihrer Traumwelt. An der Schule hatte sie eigentlich gar nie wirklich teilgenommen. Sie saß zwar in ihrer Bank, oft sogar in der ersten Reihe, um gar nicht erst die Lehrer vermuten zu lassen, sie habe etwas zu verbergen, aber eigentlich kämpfte sie sich durch Dschungelhöllen, entdeckte versunkene Städte, die von Schlingpflanzen überwuchert waren. Ihre Phantasiegeschichten schufen ihr einen geschützten Winkel, eine stille Nische, in der eigene Gesetze galten. Sie verschwand in ihren Tagträumen wie eine Zeitreisende. Und als sie an die Grenze ihrer eigenen Phantasie gestoßen war, hatte sie die Welt der Bücher entdeckt. Von da an war sie die eifrigste Benützerin der Dorfbibliothek. Jeden zweiten Abend stand sie in dem muffigen Kellerraum des Pfarrhauses und verließ sich, was die Auswahl der Bücher betraf, ganz auf ihren Instinkt. Sie achtete nicht auf die Umschläge, öffnete die Bücher nicht, las keine Klappentexte. Sie war überzeugt, dass ein gutes Buch anders roch als ein schlechtes, sich anders anfühlte.

Schon damals war ihr bewusst, dass sich ein richtiges Buch nicht an jedem beliebigen Ort lesen ließ. Und so baute sie sich auf dem Dachboden des Elternhauses einen Lesetempel, um sich in der Welt der konstruierten Wirklichkeit zu verkriechen.

Und nun hatte sie schon seit Jahren mit Lehrplänen zu tun, mit Müttern mit bösen Gesichtern, herrischen Kindern voller Streitsucht, öden Lehrerzimmern und Kollegen, die unablässig rauchten und literweise schwarzen Kaffee tranken, um danach nur noch gereizter durch die Korridore zu eilen.

Der Regen fiel mit unverminderter Wucht. Auf den Straßen blinkten Warnleuchten, die Arbeiter hantierten mit Schläuchen und Pumpen. Die Birken im Rasenstreifen bogen sich tief in den Windschlägen. Es war jetzt unheimlich finster. Noch hatte Martina kein Donnergrollen gehört. Oder hatte sie sich derart tief in ihre Gedanken versenkt, dass sie es überhört hatte?

Der Präsident stand an der Tür und drehte das Licht an. Martina sah seinen auf- und zuklappenden Mund, seine sparsam gesetzten Handzeichen, und seine Sätze drangen bis in ihr Bewusstsein vor. Aber dass der Mann zu ihr sprach, begriff sie erst, als sich alle anderen nach ihr umsahen. Der Präsident setzte sich, nachsichtig lächelnd.

Sie hatte noch einige Augenblicke Zeit.

Der Präsident blätterte in seinen Unterlagen und hielt schließlich einen Brief in die Höhe.

»Bitte: Bis auf eine Ausnahme haben alle Eltern unterschrieben. Stellen Sie sich das vor! Etwas Ähnliches hat es noch nie gegeben!« Martina schüttelte unmerklich den Kopf und lachte dem Mann offen ins Gesicht. Damit hatte sie die Rhetorikausbildung gesprengt: In seinen Mundwinkeln zuckten Nerven, seine Finger zupften unsichtbare Flusen vom Anzug.

»Haben Sie gar nichts zu sagen?«

Jetzt verwandelte sich seine Ungläubigkeit in Ärger. So kannte Martina den Präsidenten, so hatte er am letzten Weihnachtsessen neben ihr gesessen, um ihr Anträge ins Ohr zu flüstern. Er hatte gefleht und zuletzt sogar gebettelt.

Einen Moment war es peinlich still im Lehrerzimmer. Eine der Neonröhren tickte. Draußen prasselte Regen auf den Asphalt. Dann begannen alle gleichzeitig zu reden. Meine Güte, dachte Martina, jetzt unterrichtest du seit sechzehn Jahren und hast immer noch mit dem gleichen Kinderkram zu kämpfen. In ihrer Klasse hatten nur dreißig Prozent der Schüler Notendurchschnitte für den prüfungslosen Übertritt in die Bezirksschule erreicht. Und nun liefen die Eltern Amok. Martina tauchte gerade rechtzeitig aus ihren Gedanken, um festzustellen, dass eine Stellungnahme von ihr erwartet wurde. Regen platzte gegen die Scheiben, die Landschaft zerfloss.

Ich muss hier raus, dachte sie plötzlich. Und zwar wirklich. Es wird mir nichts mehr nützen, mich in Gedanken an einen andern Ort zu versetzen. Nicht deine Gedanken müssen hier raus, sondern du. Und zwar sofort. Die anderen Lehrer starrten sie an, die Gesichter gerötet vor Engagement. Sie wollen dir helfen und werden dich mit ihrem elenden Mitgefühl zerfleischen.

»Und?«

Langsam verlor der Präsident die Geduld. Er ordnete nervös seine Papiere und zückte eine lederne Agenda. Martina gab sich keine Mühe mehr. Sie kam nicht ungeschoren aus diesem Lehrerzimmer, aus diesem Schulhaus.

»Und? Nichts und! Die lieben Eltern können mich am Arsch lecken!«

Dem Präsidenten schoss Schamröte ins Gesicht, unvermittelt wie ein Stromstoß. Martina stand auf und verließ den Raum. Auf der Uhr im Flur war es genau 18 Uhr 31.

Sie setzte sich in ihr Auto und fuhr sofort los.

Weg hier, dachte sie, nur weg hier, und musste den Wagen zurücksetzen. Dann ließ sie sich von einem Arbeiter an einem offenen Dohlenschacht vorbeiwinken, aus dem dunkelbraunes Wasser sprudelte. Die Scheibenwischer schaltete sie erst ein, als sie nichts mehr sehen konnte. Man hätte glauben können, in der Kabine eines Fischkutters zu sitzen, der in einem Sturm verschwindet – um am anderen Ende der Welt wieder aufzutauchen.

FÜNF

Am Horizont stand ein erster Streifen Licht.

Der Weg führte noch immer durch Wald. Dürre Äste knackten, gelegentlich klatschte ein Zweig gegen Stoff. Endlich verwandelte sich das monotone Gemurmel in einen rhythmischen Sprechgesang, in den sie sich fallen ließ wie in einen Abgrund. In diesem rauschhaften Zustand verschwand die Wirklichkeit mit der kühlen Morgenluft, der unheimlichen Dunkelheit und dem Gehölz mit seinen unerklärlichen Geräuschen. Beten und gehen, nur beten und gehen, ganz automatisch geschah dies, Schritt um Schritt, Vers um Vers. Martina hörte nichts anderes mehr als den mahlenden Sprechchor, die endlos wiederholten Gebetszeilen, und ihr war, als kippe der religiöse Taumel jeden Augenblick in Irrsinn. Knapp zwei Stunden waren sie jetzt unterwegs, und schon funktionierte ihr Körper wie eine Maschine – sie ging im Gleichschritt, ohne Kraftanstrengung ging sie, ohne Gewicht. Was bin ich federleicht, davon habe ich doch immer geträumt – nun fliege ich. Dabei ähnelte sie eher einer mechanischen Puppe, deren Beine im Takt vorschnellten und ohne Pause Boden wegtraten. Blindlings fand Martina über Wurzelstöcke, zerbrach Knüppel, dick wie Männerarme. Weiter, weiter, Vers um Vers. Versammelt hatten sie sich auf einer Anhöhe am Rand des Dorfes. Die Gruppe stand unter dem Steinkreuz, das aussah wie die Götzenfigur einer fremden Religion. In der Ebene funkelten Lichter umliegender Dörfer, die Straßen waren menschenleer, die Wege auch. Der Wald ein böses Tier, das schläft. Die Männer wärmten sich mit Schnaps aus kleinen Flaschen, die Frauen beteten bereits im Stehen. Dann ging der Pfarrer los, Ministranten an seiner Seite mit lodernden Fackeln. Die Gruppe ging hinterher, eine Prozession, die sich mit jedem Gebet näher zusammenschloss, die mit jedem Vers dichter zusammenrückte, bis sich ihre Mäntel bei jedem Schritt aneinanderrieben. So gingen sie wie eine Herde dummer Tiere, die daran glauben, dass sie bloß beisammen bleiben müssen, damit alles gut wird.

Martina stand an der Fensterfläche ihres Wohnzimmers und starrte in die unruhige Nacht. Sie glaubte, die Stahlträger singen zu hören in den orkanartigen Winden. Auch in den benachbarten Hochhäusern standen Menschen in Fenstern und sahen dem Gewitter zu. In jeder anderen Nacht hätte sie sich gefürchtet. Jetzt beruhigten sie Blitz und Donner. In der Hauptstraße staute sich Feierabendverkehr; eine Girlande glimmender Bremslichter, die im Schritttempo durch die Siedlung ruckte. Dieses Bild hatte Martina an ihre einzige Wallfahrt erinnert. Vierzehn Jahre alt war sie damals gewesen, und sie hatte nur aus einem einzigen Grund teilgenommen: Die Stubenhockerin, die sich tagelang auf dem Dachboden in ihrem Lesetempel verkroch, sollte endlich ihre Angst vor der Landschaft verlieren. Als Kind war ihr die Gegend nämlich als raffinierter Hinterhalt erschienen – ein Hinterhalt, in den man geriet, ohne es zunächst zu bemerken. Und dann war es zu spät: Man war gefangen, lebenslang gefangen in dieser Landschaft, die einen nicht mehr losließ. Daher hatte sich Martina eine Weile gezwungen, draußen zu lesen. Sie fuhr mit dem Fahrrad an einen Teich mitten im ehemaligen Torfgebiet. An diesem kleinen See war es immer unnatürlich still. Das Wasser war spiegelglatt, schwer und ölig, fast schwarz. Im verschilften Ufergürtel wimmelte es von Insekten und Fröschen, auch Schlangen sah Martina, die sich auf heißen Steinen sonnten. Dieser Teich lag mitten in einem dichten Waldstück und war von der Außenwelt völlig abgeschnitten. Manchmal hatte Martina während ihrer Lesenachmittage das Gefühl, sich in einem großen Zimmer zu befinden. Standen die Wolken als tiefe Decke über den Baumwipfeln, war die Illusion perfekt. Dann wohnte Martina in dieser Landschaft. Sie und ihre Tagträume und Utopien. Eines Nachmittages waren dann aber Arbeiter aufgetaucht, die einen bekiesten Weg um den Teich anlegten und Betonfundamente für Sitzbänke gossen. Seither war Martina nicht mehr an diesem Ort gewesen. Sie hatte sich wieder auf ihrem Dachboden verkrochen und hinter Bücherstapeln versteckt.

Nach achtzehn Monaten hatte sich Martina durch das Sortiment der Dorfbibliothek gelesen gehabt. Darum war sie gezwungen gewesen, in Nachbargemeinden zu fahren und schließlich bis nach Zürich, wo sie Mitgliederausweise verschiedener Bibliotheken löste. Dann erinnerte sich Martina ihrer Phantasie, die sie von nun an gezielter einsetzen wollte: Sie würde aufschreiben, was sie sich ausdachte. In der Papeterie des Dorfes kaufte sie einen Stapel Hefte, deren Seiten hauchzart liniert, deren schwarze Einbände kunstvoll marmoriert waren. Huber, der Besitzer der Papeterie, war mit ihr in den Keller gestiegen, wo er den Restposten aus einem Gestell kramte. Martina saß vierzehn Tage Abend für Abend einige Stunden vor dem Heftstapel, ohne ihn anzurühren. Sie hatte keine Lust auf die Art Notizen, die ihre Schulkolleginnen in rosafarbene Tagebücher schrieben. Nach zwei Wochen wusste Martina, was sie wollte: Sie stieg auf den Dachboden und räumte alle Bücher aus ihrem Lesetempel. Dann trug sie die Hefte hinauf und beschriftete ihre Etiketten, eine Arbeit, die mehrere Stunden dauerte. Danach sah ein Heft aus wie das andere, und man hätte glauben können, die Buchstaben seien kopiert und nicht von Hand gemalt worden. Am nächsten Abend schloss sich Martina auf dem Dachboden ein, um das erste der 24 Hefte aufzuschlagen und damit ›Das Buch der Reisenden‹ zu beginnen. Unter den Dachziegeln, gegen die unruhig Äste klopften, sollte ihr die Welt ins Netz laufen. Dort oben, im Dämmerlicht tropfender Kerzen wollte sie von sich schreiben, indem sie eine andere auf Reisen schickte. Eine Doppelgängerin, die alles anders machte als sie, Martina, es je tun würde.

Das Gewitter schien sich nun genau über der Hochhaussiedlung zu entladen. Die Fassade vibrierte unter gewaltigen Donnerschlägen, und Martina schloss jetzt doch die Vorhänge. Vor Unwettern hatte sich ihr Bruder Martin nie gefürchtet.

Er hatte sich im Gegenteil gefreut, wenn die Scheiben

klirrten, wenn Blitze die Felder für Sekunden in grelles Licht rissen. Außerdem konnte er ein aufziehendes Gewitter an den kleinsten Anzeichen erkennen. Martina erinnerte sich an einen Sommertag Ende der sechziger Jahre. Tagsüber war es drückend heiß gewesen, dann hatte es urplötzlich abgekühlt, hatte Wind Gewölk über den Landstrich geschoben. Ihr Bruder hatte das Gewitter bereits am frühen Nachmittag vorausgesagt. Sie saßen auf der Laube hinter dem Obstspalier, und Martin hatte in den wolkenlosen Himmel gezeigt: ›In ein paar Stunden ist hier der Teufel los.‹ Abends hatte Martina am Fenster gestanden, während ihr Bruder durch den prasselnden Regen hüpfte. Sie hatte dieses Gewitter als wahres Inferno in Erinnerung. Und ihr Bruder stand im Garten, die kleinen Fäuste im Himmel. Ein Tier, das sich in die Erde wühlte und schlammverschmiert ums Haus rannte, tanzend und schreiend. Zuletzt hatte Martin im Dreck gelegen – ein Fisch, der wartet, bis das Wasser hoch genug gestiegen ist, um ihn ins Meer zu tragen.

Martina drehte, ohne hinzusehen, den Fernseher an.

Das Gewitter zog langsam ab, und sie wurde ruhiger. Ich habe gekündigt. Ich habe endlich gekündigt, anders können sie meinen Abgang wirklich nicht verstehen. Jetzt bin ich 36 Jahre alt und hocke noch immer in der Gegend meiner Eltern …

SECHS

Ich lag in einem kleinen Raum, der mich an eine Abstellkammer erinnerte. An den Wänden standen medizinische Geräte, auf den Regalen stapelten sich Medikamente und Verbandsmaterial.

Gleich neben der Tür saß ein junger Arzt, das besorgte Gesicht im Kegel einer Tischlampe. Hinter ihm hing ein Plakat: ›Das menschliche Ohr‹, ein Querschnitt, kräftig koloriert. ›Schnecke‹ buchstabierte ich, ›Amboss‹, ›Hammer‹, ›Steigbügel‹. Lesen konnte ich also noch, selbst ohne Brille.

Mein Mund dagegen war ein einziger Schmerz, von Ohr zu Ohr. Mitten in diesem Schmerz lag die Zunge, schwer und unbeweglich. Ein Schwamm, vollgesogen mit Blut, mit meinem Blut. Ich bewegte sie vorsichtig nach vorn und stieß ohne Widerstand durch die aufgeplatzten, tauben Lippen: nichts, keine Schaufelzähne mehr, nichts. Man hatte mir die Zähne eingeschlagen. Der Arzt legte eine gepflegte, kleine Hand auf meine Bettdecke: tröstend und friedfertig.

»Es ist besser, wenn Sie nicht sprechen. Danken Sie ihrem Schutzengel, dass Sie keinen Schädelbruch haben. Allerdings besteht Verdacht auf eine Hirnerschütterung. Außerdem hat Ihnen der Aufprall beide Vorderzähne herausgeschlagen. Die zwei Schaufeln, direkt unterhalb des Zahnfleischsaums abgebrochen, steckten in ihrer Unterlippe. Die Eckzähne sind bloß abgesplittert und werden sich retten lassen. Da Sie sich die Zunge zerschnitten haben, sollten Sie besser nicht sprechen. Lachen Sie nicht, weinen Sie nicht! Für Ihren Mund ist momentan so ziemlich alles schmerzhaft. Zumindest die ersten drei, vier Tage, danach dürften Sie wieder sprechen können.«

Ich schloss die Augen. Hör ihm zu, dachte es in meinem Kopf, dieser Höhle ohne Grund und Boden, hör ihm zu, dem Herrn Doktor. Er weiß, was dir fehlt. Ich hatte also nicht nur genug gesehen, sondern auch genug geredet. Pause, Pause. Du wirst Ruhe geben, du wirst Ruhe haben. Die Zeit des Flanierens war vorbei, dachte ich plötzlich. Ich durfte weitermachen. Aber es war wohl an der Zeit, sich endlich nach einem Ziel umzusehen.

»Nehmen Sie das Ganze als Wink. Sie können heute Nacht getrost so etwas wie eine zweite Geburt feiern. Wenn Sie Ihr Auto gesehen haben, wissen Sie, wovon ich rede.«

Er lachte und zog seine Hand zurück. Ich lag reglos auf dem Rücken, stumm. Eine Mumie, eingewickelt in steife Krankenhaustücher. Wenn er denkt, ich schlafe, lässt er mich vielleicht in Frieden. Tatsächlich ließ mich der Arzt in Ruhe, er machte sogar das Licht aus. Jetzt hatte ich eine Zunge, die Aufmerksamkeit verlangte. Ich schickte sie auf Expeditionen, stromaufwärts, den Zahnhöhlen entlang, bis zum wunden Gaumen und darüber hinaus, ins heilige Nichts. Ich hatte mich in meine eigene Zunge verwandelt. Zerschnitten, blutend, geschwollen. Hier bin ich. Die Zunge. Dein Mund, das unbekannte Wesen. Ruhe, Ruhe, dabei drohte mein

Schädel zu zerspringen. Die Faust, in die man mich hatte laufen lassen, war ein paar Nummern zu groß gewesen.

Später saß mein Vater neben mir. Aber da lag ich bereits in einem richtigen Zimmer; geröntgt, versorgt, genäht und beruhigt.

»Der Rowdy ist angezeigt. Natürlich ein blutjunger Scheißer mit zuviel Benzin im Hirn.«

Vater legte mir Schreibpapier aufs Bett, an einer Schnur baumelte ein Filzschreiber.

»Jetzt wird nicht mehr geredet. Jetzt wird geschrieben.«

Luxor, schrieb ich und darunter, kleiner, aber doppelt so dick: Zeppelin!

»Alles geregelt. Häuptli hat den Film gestartet. Und um die Katze kümmert sich Kathrine.«

Danke, schrieb ich, Danke.

Vater blieb neben meinem Bett sitzen, als halte er Wache. Alle paar Minuten erschien eine Schwester, die mir mit einer winzigen Lampe in die Pupillen leuchtete. Vater blieb geduldig sitzen. Er hatte den Stuhl so platziert, dass er aus dem Fenster sehen konnte. Irgendwann muss ich eingeschlafen sein. Als ich erwachte, schweißgebadet, wurde ich sofort in meine Zunge zurückverwandelt.

Man hatte mir einen Nachbarn ins Zimmer gelegt. Ich bemerkte ihn nicht, weil ich ihn sah, sondern weil ich ihn hörte. Er röchelte und rief gegen die offenbar bedrohliche Stille an, Zeilen aus Liedern und Gebeten, wirres Zeug, das er mit kippender Stimme vortrug. Verzweifelt, höhnisch. Ich hörte ihm eine Weile zu, dann stand ich auf, um ihn mir anzusehen. Er lag auf dem Rücken. Ein klapperdürres Männchen mit eingefallenem Gesicht, das bereits die Züge des Totenschädels abbildete. ›Ignaz Hug‹, las ich.

Röchelte Hug, schnarchte er? Auf dem Flur posaunte eine Männerstimme herum, ausgeschlafen, kerngesund. Aber da war es bereits Morgen, und eine andere Schwester schob einen Wagen ins Zimmer, auf dem dampfende Kaffeekannen standen.

SIEBEN

Martina glitt die ganze Nacht von einem Traum in den nächsten. All die unangenehmen Bilder drehten sich um Schuld und Unschuld. Sie lief durch bedrohliche Szenen, ihre Finger verknotet zu Knäueln, die sie sich von niemandem lösen ließ.

Schließlich hatte Martina genug: Gegen halb vier stellte sie den Wecker auf die gewohnte Zeit. Es war besser, weiterhin zu unterrichten. Sie war Lehrerin. Den Träumen entkam sie trotzdem nicht. Sie jagte weiterhin an erhobenen Zeigefingern vorbei, verfolgt von vorwurfsvollen Blicken. Und als sie endlich vor dem Vater stand, brachte sie nur noch ein Wort heraus: Vergebung.

Als sich der Radiowecker einschaltete, war Martina gerne bereit, sich wie jeden Morgen dem alltäglichen Ritual zu ergeben. Sie stand auf und öffnete die Vorhänge. Unter dem Eindruck der Nacht erschien Martina ihr bisheriges Leben als endloser Kampf mit der Realität, einem besonders gemeinen und unberechenbaren Gegner. In einer Stunde würde sie also wieder vor ihrer Klasse stehen.

Unter der Dusche kamen ihr die ersten Zweifel.

Das Schaumwasser geriet in einen langsam drehenden Wirbel, bis es gurgelnd ablief. Ähnlich war es bisher mit ihren Sehnsüchten gegangen. Ein paar Tage kreisten sie in ihrem Kopf, sorgten für nervöse Spannung, dann verschwanden sie. Was habe ich bisher anderes getan, als mich kopfüber aus der Wirklichkeit fallen zu lassen, wenn ich nicht mehr weiterwusste. Es war an der Zeit, endlich am Leben teilzuhaben.

Später saß sie in der Küche, eine halbleere Tasse Tee vor sich. Auf der Tischplatte schimmerten Lachen, und sie stellte sich einen Augenblick vor, sie überfliege mit einer Propellermaschine eine Seenlandschaft. Brotkrümel stoben wie vermisste Expeditionsteilnehmer auseinander. Martina ging tiefer und warf Notpackungen ab. Plötzlich kippte das Bild, und sie trieb selber im arktischen Eis, in einem winzigen Boot. Am Horizont kreuzten Schiffe, die Zuckerdose und der Aschenbecher. Unter ihrem Kinderblick hatten sich früher Teppichmuster in geheimnisvolle Länder verwandelt, in Grundrisse fremder Städte. Ihr Blick hatte die Wirklichkeit durchdrungen wie die Röntgenaugen der Helden aus den Comic-Heften, die ihr Bruder damals stapelweise las. Meist hatte es einen äußeren Anlass gebraucht, um sie zurückzuholen: Das Telefon schrillte, und die Wüste verwandelte sich zurück in den Teppich des Elternschlafzimmers.

Im Schlagbalken des Sonnenlichts schwebten Staubschwaden, und Martina schloss ihre Hand um die Tasse. Entscheidungen waren ihr noch nie leichtgefallen. Sie ließ sich von vagen Gefühlen leiten, von kurzlebigen Wünschen und Träumen. In ihrer konstruierten Welt waren klare Entscheidungen unnötig. Gangbar war nie nur ein Weg, der sich ja vielleicht doch als der falsche herausstellte. Auf dem

Parkplatz der Siedlung lief das Leben an. Automotoren wurden gestartet, Frauen standen hinter blitzenden Scheiben und winkten. Die tägliche Flucht lief an. Eine Meute Kinder rannte über den Platz, an den Rücken hüpften pelzbezogene Schulranzen. Der Anführer saß auf einem Rad mit Stollenreifen. Auf der Straße setzte er sich von der Gruppe ab, um einige Pirouetten vorzuführen. Sollte Martina wieder warten, bis die Nächte länger wurden, bis das Land in Schnee und Dunkelheit versank? An den Heizkörper gelehnt, abgetaucht in dicke Romane?

Martina legte sich zurück ins Bett. Das Telefon stand auf der Decke wie eine Festung, die es zu erobern galt. Aber wen hätte sie anrufen, was hätte sie sagen sollen? Ich bleibe zu Hause? Weil ich keine Lust mehr habe auf die dummen Fragen und Gemeinheiten der kleinen Lieblinge und Teufel? Schließlich stellte sie den Apparat neben das Bett und wartete. In ihrem Magen gurgelte Angst, herrisch klopfte Blut in ihrem Handgelenk. Gehasst hatte sie keinen ihrer Schüler. Bis auf eine Ausnahme. Es hatte mehrere Wochen gedauert, um herauszufinden, weshalb ihr die Göre mit den drahtigen Zöpfen derart auf die Nerven ging: Das Mädchen hatte Martinas Kunst beherrscht, sich aus der Schulrealität wegzudenken. Die Zeichnungen dieses Mädchens waren Ausflüge in Neuland. Ihre Landschaften stellten jede Geographie auf den Kopf. Seine Welt war aus den Angeln gehoben, seine gemalten Städte waren keine harmlosen Kinderphantasien. Sie zeigten verwunschene Orte, die Farbstriche tief ins Papier gegraben.

Und Martina stand vor der Klasse und sollte die Welt erklären. Dabei war sie nicht Lehrerin geworden, um die Welt zu erklären – verändern wollte sie sie schon gar nicht. Ihr Vater hatte ihr schon als kleines Mädchen erklärt: ›Aus dir machen wir eine Lehrerin‹, und Martina hatte gar nie an einen anderen Beruf gedacht. Sie entrollte abgeschossene Leinwände, knisternde Plachen, brüchig und fleckenübersät. Die Schlachten von Sempach und Morgarten, Farbbilder von Pfahlbauten und Keltensiedlungen. Die Alpen, das Tote Meer, Donau und Rhein. Die Welt ein Rätsel? Die weißen Flecken der Landkarten waren doch längst koloriert. Die Bilder des Mädchens bewiesen natürlich das Gegenteil; sie zeigten eine Welt voller Rätsel.

Eines Tages hatte Martina das Mädchen geschlagen. Grundlos knallte sie ihre flache Hand in dieses manisch lächelnde Gesicht. Danach hatten sie sich stumm gegenübergestanden, viel zu nah, als existierten weder Schulzimmer noch Mitschüler. Nach einigen Sekunden war es gewesen, als starre Martina in ihre eigenen Pupillen – und damit direkt hinaus ins unendliche Schwarz des Alls.

Martina schloss die Gardinen.

Der Ausblick in den schmalen Streifen Himmel irritierte sie. Im dämmrigen Raumlicht konzentrierte sich alles auf die Geräusche des Hauses. Schritte und Stimmen im Treppenhaus, lachende Kinder. Ein Geräuschteppich, der einschläferte. Jeder Atemzug trug Martina zurück, Jahre zurück, und schließlich lag sie als Mädchen auf ihrem Dachboden. Äste scharrten über die Ziegel, ein stetes Geräusch, das bald den Takt für die rudernden Sklaven ihres Buches vorgab. In mürben Lederschlaufen ächzten Riemen, die Äste peitschten nicht das Dach, sondern die Rücken der geschundenen Männer. Über die Wände flackerte Kerzenlicht; der lange Nachmittag war von gläserner Helligkeit, im Garten nickten Büsche im frühherbstlichen Wind. Und sie las sich hinaus auf eine Galeere, hinaus auf die See.

Das läutende Telefon riss Martina aus ihrem Halbschlaf.

Mittlerweile war es kurz vor zehn.

Die Sache lief, lief ohne sie.

Sie meldete sich mit belegter Stimme. Eine Frau nannte den Namen einer Firma. »Moment, ich verbinde.« Erst glaubte Martina, die Leitung sei tot, dann hörte sie ruhige Atemzüge, und der Präsident der Schulpflege meldete sich. Martina nannte nicht noch einmal ihren Namen. Sie hörte seine aufgebrachte Stimme, die Frage an Frage reihte. Sie wäre ohnehin nicht zu Wort gekommen. Schon nach drei, vier Sätzen glaubte sie, nicht einen Telefonhörer in Händen zu halten, sondern ein schuhgroßes Fragezeichen aus Kunststoff.

Sie legte den Hörer auf die Gabel und wählte gleich eine Nummer, die sie auswendig kannte.

Im stillen Haus ihrer Eltern hörte man das Klingeln bis in den hintersten Winkel. Martina sah den schwarzen Wandapparat im Flur hängen, neben dem Kalender mit den Landschaftsbildern, und ihr Anruf schrillte eindringlich durch das Haus ihrer Kindheit.

»Wie spät ist es? Aber genau, bitte genau!«

Normalerweise weigerte sich ihr Vater, das Telefon abzuheben. Wenn es klingelte, wartete er, bis seine Frau abhob. Dann kam er rasch aus seinem Arbeitszimmer und setzte sich auf die Flurkommode direkt neben dem Apparat. So telefonierte man mit beiden gleichzeitig. Ihre Mutter musste jeden Satz wiederholen, er redete dazwischen und verlangte dann doch jedes Mal den Hörer, als müsse er die Sache in die Hand nehmen und das Gespräch persönlich zu einem guten Ende bringen. Alle paar Wochen kam es deswegen zum Streit: Ihre Mutter überhörte das Klingeln, und wenn der Apparat hundert Mal geschellt hätte, lauter und lauter, als läuteten die Glocken aller Kirchen, sie überhörte es. Sie setzte sich in die Küche, um jedes Mal den gleichen Satz in den Gang zu rufen: ›Ich bin doch nicht deine Sekretärin, du sturer Bock!‹

Und so hob, zumindest für ein, zwei Tage, ihr Vater ab.

›Heutzutage nimmt doch jeder Idiot wegen jeder Lappalie den Hörer in die Finger‹, pflegte er zu schimpfen. ›Hätten die Leute ein wirkliches Anliegen, würden sie ihre faulen Ärsche erheben, um höchstpersönlich bei mir vorbeizuschauen. Das Telefon ist Weiberzeug!‹

Für ihn war ein Gespräch nur dann sinnvoll, wenn er es zur Audienz gestalten konnte, was am Telefon schlecht möglich ist. Kamen Leute ins Haus, verschwanden sie für Stunden in seinem Arbeitszimmer.

Nahm Martinas Vater Telefonate entgegen, machte er sich einen Spaß daraus, die Anrufer zu verwirren. Er meldete sich als ›Wohlfahrtsamt‹, als ›Hüttenwart Rigi-Kulm‹, oder er hob blitzschnell ab und stellte gleich eine dumme Frage. Dann stand er lachend im Flur, patschte sich die Hände auf die Oberschenkel und wartete ungeduldig auf den zweiten Anruf. Denn natürlich legten die meisten wortlos auf – um es gleich noch einmal zu versuchen, diesmal mit der ›richtigen‹ Nummer. Die jeweilige Laune von Martinas Vater entschied über den weiteren Verlauf des Gespräches. Entweder er hatte Erbarmen und meldete sich schon beim zweiten Versuch unter richtigem Namen, unschuldig flötend, als habe er etwas zu verkaufen. Oder er beharrte darauf, der ›Verweser einer Kulturstiftung‹ zu sein, ›mit rein karitativem Charakter‹, wie er betonte. ›Länger als drei Runden hat noch keiner durchgehalten.‹ Martinas Mutter sah dem Treiben höchstens zwei Tage zu. Dann kümmerte sie sich wieder um die Anrufe.

»Wie spät ist es? Aber genau, bitte genau!«

»Es ist genau zehn Uhr.«

»Martina? Familienmitglieder sind der Auskunftspflicht entbunden, das weißt du doch. – Warum stehst du nicht vor deiner Klasse?«

»Ich habe gekündigt.«

»Gekündigt? Eine Woche vor den Sommerferien?«

Martina schwieg. In ihrem Schlafzimmer war es still. Die Bettdecke lag vor ihr wie eine Wüste.

»Dann bin ich weg«, sagte Martina.

»Du kommst um sieben zum Nachtessen, dann können wir über alles reden.«

»Es gibt nichts zu bereden.«

»Jetzt nicht«, sagte ihr Vater stur. »Wir fahren ins Krankenhaus. Dein Bruder hatte einen Unfall.«

Martina schwieg.

»Mit dem Auto.«

»Schlimm?«

»Ach was! Hirnerschütterung. Also bis um sieben!«

Sie wollte noch einmal sagen, dass es nichts zu besprechen gebe, gar nichts, sie habe sich entschieden, aber er hatte bereits aufgelegt. Sie lag auf dem Rücken, unfähig, den Hörer loszulassen.

Jetzt legst du dich neben dich, dachte sie. Ganz ruhig legst du dich jetzt neben dich und schaust dir zu, wie du das Kissen aufschüttelst und in der Küche den Cognac holst. Da liegst du, seelenruhig, und trinkst dir dieses Scheißgespräch aus dem Kopf, Schluck um Schluck. Das Bett, das war doch schon immer dein Platz. Es ist alles in Ordnung, du hast gekündigt, es ist der 5. Juli, und endlich ist alles in Ordnung.

Auf ihrem Arbeitstisch lagen Bleistifte verteilt über das heillose Durcheinander aus Heften, Broschüren und losen Notizen; gespitzte Stifte, die in alle Himmelsrichtungen zeigten. Auf einem Stoß unkorrigierter Arbeiten stand eine Glaskugel, die gut in der Hand lag. Wenn man sie drehte, sanken Flocken aus dem gemalten Firmament und ließen den Wiener Stephansdom im Schneegestöber verschwinden.

Mit einemmal hatte Martina ein Ziel.

Sie schüttelte die Kugel. Bald entlud sich ein regelrechter Schneesturm über dem Dom, der sich erst nach ein paar Minuten beruhigte.

Martina beschleunigte und fuhr dicht hinter dem Lieferwagen in das Waldstück. Zwischen den Bäumen leuchteten Felsbrocken, weiße Flecken in brodelndem Grün.

Sie schloss noch dichter auf, um ausgangs des Waldes sofort in die linke Spur zu scheren. Der Fahrer des kleinen

Busses schüttelte die Faust, auf dem Glas platzten Insekten. Autofahren beruhigte Martina; Lichtreflexe sprangen über die Polster, und sie griff nach ihrer Sonnenbrille. Zwischen den Stämmen war es fast dunkel gewesen – nun schoss der Wagen über eine Kuppe in schmerzendes Licht. In schattigen Senken standen Regenlachen vom Unwetter der vergangenen Nacht.

Sie war jetzt seit einer Stunde unterwegs, und ihr war längst klar, wo sie aussteigen würde. Es war jedes Mal dasselbe: Sie setzte sich in ihr Auto, ohne Ziel, und schien doch immer wieder eine Schlinge abzufahren, die sich enger und enger zusammenzog. Und zuletzt musste sie jeweils auf Schritttempo herunterbremsen, um nicht die Abzweigung zu verpassen.

Ein schlechtes Gewissen will beruhigt sein.

Der Heimkomplex lag, unmöglich zu übersehen, auf einer Anhöhe. Die Zufahrt bot alle Zeit der Welt, das Hauptgebäude mit seinen Nebentrakten zu studieren. Selbst die vergitterten Fenster hätte man zählen können. Martina fuhr so langsam wie möglich. Das Areal schien unbewohnt. Aber Martina wusste, wie es hinter der abweisenden Fassade aussah. Sie kannte die Säle mit den Kinderbetten, die fleckigen Linoleumfußböden und gekachelten Bäder, wusste um die Gerüche, die Stille und die Geräusche.

Martina parkte, stieg aber nicht aus.

Vögel schrien, die Motorhaube knackte.

Ihr Kind erwartete sie nicht. Heute nicht, morgen nicht. Ihr Kind hatte sie noch nie erwartet.

ACHT

Langsam, langsam und vorsichtig schiebe ich das brennende Hölzchen in die geöffnete Schachtel und stoße sie bis auf einen Spalt zu: Das Feuer soll sich entfalten können – Flügeltüren werden aufgestoßen, Nahrung für die Flammen, Zugluft! Und tatsächlich schlagen nach wenigen Momenten blaue Flämmchen aus der Schachtel. Der Deckel brennt, rasch frisst sich das Feuer durch die Etikette, die Sky Line New Yorks unter einem Himmel, der jetzt richtig brennt, genau wie die Seitenwände, schön, wie die Flammen auf die zweite Schachtel überspringen. The Lion, rot gefärbt vor Palmen, die jetzt ebenfalls Feuer fangen, wie Zunder lodert das spröde Gras. Unter der Hitze krümmt sich die Etikette weg, rollt sich zusammen, endlich gerät die Mähne des Löwen in die Flammen, Fürio!, Fürio!, noch eine Schachtel und noch eine, Made in Denmark, und alle mitgebracht von einer Reise, die Jahre zurückliegt, und jetzt stehen sie in diesem Suppenteller und brennen wie die Hochhäuser einer Stadt, und ich wärme mir die Hände an der kleinen Katastrophe ...

Ich öffnete die Augen.

Meine Eltern und Kathrine standen am Fußende des Bettes. Kathrine, die mich noch vor achtundvierzig Stunden zum Teufel gewünscht hatte. ›Du bist das letzte Arschloch!‹, hatte sie geschrien und ihre Wohnungstür zugeknallt. Im Treppenhaus hatte es nach angebrannter Milch gerochen, ein versöhnlicher Gestank, der seit einigen Wochen in dem Haus hängt. Die Frau im ersten Stock hat ein Kind geboren; seither scheint ihr Freund ununterbrochen am Herd zu stehen, Milch in der Pfanne, die ihm dann doch immer irgendwie anbrennt.

Ich schloss die Augen; vorsichtig stöhnend.

Hug röchelte und pfiff tapfer aus seinem Bett, fürchterlich und kaum zu ertragen. Ich hatte eine Nacht lang Zeit gehabt, mich daran zu gewöhnen. Jetzt gehörten die Todesgeräusche zu meinen Schmerzen; sie gaben mir keine Chance zu vergessen, wo ich lag.

Ich öffnete die Augen. Ich war bereit; ich durfte schweigen. Wer keine Stimme hat, sollte sich vielleicht auf Fragen beschränken. Kathrine setzte sich auf die Bettkante und küsste meine Lippe, küsste mitten in diesen Schmerz hinein, ins Zentrum dieses pausenlosen Summens. Wir hielten schweigend Händchen, es gab nichts zu sagen. Wir würden dort weitermachen, wo wir vor zwei Tagen aufgehört hatten. Kathrine hielt nicht die Hand eines Verletzten, sie hielt die Hand ihres Freundes. Wir sind seit bald fünf Jahren ein Paar. Zeit genug, um alle Stadien einer Liebesbeziehung zu erleben. Wir lebten zusammen, wollten heiraten, ein Kind zeugen; wir verkrachten uns, brachen gleichzeitig unsere Ausbildung ab, um ausgerechnet im selben Betrieb zu jobben. Wir zogen erneut zusammen, diesmal in eine enge Dachwohnung, in unser Liebesnest, wie wir allen erzählten.

Wir trennten uns ein zweites Mal, um uns Wochen später ewige Treue zu schwören, in einem Hotelbett im Emmental, nach einer langen Nacht der Versöhnung. Doch die Dachwohnung war immer noch eng, und so folgten Monate der Demütigung. Kathrine brachte Männer in unser Liebesnest, ich blieb weg, nächtelang, und führte ihr stolz meinen zerkratzten Rücken vor. Was wehtat, saß tief. Das fein gewirkte Netz aus Verletzungen und Schmerzen hielt uns gefangen – eines Nachts prügelte ich einen fremden Mann aus unserem Bett. Anschließend zerlegten Kathrine und ich unser gesamtes Mobiliar und verschwanden für eine Woche nach Italien. Seither leben wir getrennt, keine zehn Minuten voneinander entfernt, versöhnt; stünde jeder auf dem Dach seines Hauses, könnten wir uns sehen. Heute studiert Kathrine, mir fehlt dafür ein Grund. Vater hatte sich umgehört, jetzt konnte er mir meinen Unfall erzählen. Der Ford Capri hatte mich auf die linke Fahrbahn geschoben, wo ich frontal mit einem VW zusammenstieß, der mit 80 durchs Außerdorf blochte. Diese Kollision drehte meinen Volvo um 180 Grad – mit den folgenden vier Auffahrunfällen hatte ich nur bedingt zu tun. Einer der Wagen knickte einen Strommast ab, es soll geblitzt haben wie bei einer Bombendetonation. Auf einigen Höfen fiel der Strom aus, Melkmaschinen blieben stehen. Kühe brüllten, vier Autos erlitten Totalschaden.

Ich war der einzige Verletzte.

Hug röchelte, Hug pfiff.

Zeppelin, schrieb ich, wie gestern, nur größer.

»Zeppelin ist versorgt«, sagte Kathrine. »Ich habe bei dir

übernachtet. Sogar auf dem Dach war ich mit ihr. Sterne zählen.«

Hug referierte. Rechthaberisch memorierte er ausgerechnet ein Rezept. Er, der seit Tagen jede Nahrung verweigerte, dem man den Tee aus Schnabeltassen in den zahnlosen Mund träufelte, bereitete im Geist ein komplettes Menü zu.

Meine Mutter stellte sich vor sein Bett und redete entschieden gegen seinen Monolog an: »Deine Brille können wir übrigens schon morgen abholen. Sie lag auf dem Beifahrersitz, sauber zusammengeklappt, aber natürlich mit zerbrochenen Gläsern.«

Dabei hatte ich mich schon an den verschwommenen Blick gewöhnt. Hätte ich erklären sollen, dass es meine Ersatzbrille war, die da repariert wurde?

Jetzt referierte Hug ohne Stimme, ruderte mit dünnen Armen.

Sie blieben fast eine Stunde bei mir; ich ließ mich unterhalten. Kein Wort schrieb ich auf den Block, keine Frage, nicht eine Antwort. Stumm lag ich in meinem Schmerz; eine zerfetzte Lippe, prall gefüllt mit rotem Blut, das mir wütend durch die Brust klopfte.

Schließlich hatte ich genug.

Hilfe, schrieb ich. Hilfe, die Buchstaben dünn und verzittert.

»Hast du Schmerzen?«, fragte Kathrine.

Ich nickte.

Vor den Fenstern wartete der Sommer. Blau, heiß.

»Du wirst kaum sterben«, spottete Kathrine.

Doch, schrieb ich. Aber nicht deswegen. Ich riss das Blatt

vom Block und hielt es hoch. Ein Kampfrichter, der seine Wertung zeigt. Und nicht gleich, schrieb ich auf eine neue Seite. Mutter klingelte nach einer Schwester, die mir, friedlich summend, eine Spritze verpasste. Mit entblößtem Gesäß lag ich auf der durchgeschwitzten Decke, doch da warteten meine Eltern bereits auf dem Flur. Kathrine saß neben mir, mein Vater würde sie in die Stadt zurückfahren.

Kaum war die Schwester aus dem Zimmer, summend, summend, griff mir Kathrine ins Hemd. Ich strich ihr die Haare aus der Stirn. Ihre Pupillen pulsten, ich kam schon nach wenigen Handbewegungen. Rücklings und stöhnend wie Hug, der weiterhin tapfer sein Leid klagte. Wir umarmten uns, staunend, wie einfach es war. Fünf Minuten hatten wir uns ganz für uns. Sonnenlicht streifte über die Wände, im Lavabo tropfte Wasser, schön im Takt mit ihrem Puls, der unter meinen Fingerspitzen klopfte. Dann ging Kathrine.

Den Rest des Tages verdämmerte ich in ergebenem Einverständnis mit meinem Zustand. Auf dem Korridor quietschten Gummiräder, Hug sang und leierte einschläfernd, Schwestern lachten leise. Und ich sank von einem Tagtraum in den nächsten. Sah mich als Großmogul auf einem Hügel thronen, summende Massen zu Füßen, um gleich darauf, verwandelt in ein Schwein, in einem stinkenden Koben zu liegen, gottergeben glücklich. Der Nachmittag verging im Flug; ich ließ mir den Puls messen, auch die Blutdruckmanschette wurde mir umgelegt, alles im Halbschlaf, selig lächelnd; asiatisch. Selbst die Visite verdämmerte ich. Weises Gemurmel, eine Handvoll Gesichter – und in der Mitte der Oberguru, schlohweiß, die Schädelkappe fröhlich glänzend. Derweil schwebte ich über einer Landschaft, ich traute meinen Augen nicht: Bäume und Büsche in den verrücktesten Farben, himmelhoch und bevölkert von Schwärmen exotischer Vögel, die meinen Namen gellten. Später schob man mir Teller unter, summend, summend, und Plastikröhrchen zwischen die Lippen. Gemüse schlürfte ich, kleckernd und kichernd, Kartoffeln, sauber püriert, ohne Geschmack.

Aber kurz nach Mitternacht schoss ich auf. Hellwach, mit hüpfendem Puls. Spritze und Schlaf hatten die Schmerzen auf ein schüchternes Wummern reduziert. Hug saß auf seinem Bett und starrte in die Nacht; hypnotisiert, jammernd. Ich stellte mich neben ihn, schweigend und durchaus solidarisch, aber er drehte nicht einmal seinen Kopf. Er wollte allein bleiben mit seinem Wunder, seiner Angst. Schließlich trat ich aus dem Zimmer, barfuß, in den Bademantel geschnürt. Die Zunge auf ihrem gefürchteten Schlachtgang, bewaffnet mit Stift und Papier. Gun Control, Tongue Control. Am anderen Ende des Flurs humpelte ein Patient, offenbar genau wie ich auf dem Weg zu den Toiletten. Die Nachtschwester saß in ihrem Zimmer, weiß und emsig über Stricknadeln gebückt; auf dem Herd qualmte Wasser. Ich rettete einen winzigen Vorsprung ins Pissoir, den Filzstift wirbelnd wie einen Propeller. Der Mann stellte sich vor die Muschel in der Ecke, rücksichtsvoll schweigend; mein Mund sah wohl zerschlagen genug aus. Also nickten wir uns, in den Nachthemden wühlend, verschwörerisch zu. Während der Mann ein Volkslied pfiff, kreuzfalsch, schickte ich meine Zunge auf Expedition. Tief hinein in verbotenes Gebiet, dead zone, vorbei an Heckenschützen, mitten in den Schmerz. Im Waschraum kamen wir uns dann etwas in die Quere, trotz meines Vorsprunges. Spülungen fauchten, hinter Kacheln rauschte Wasser.

Letztlich stand der Mann dann, kleingewachsen, bleich, mit nassen Händen vor dem Trockner, den ich besetzt hielt. Jetzt pfiff er mit dünnem Atem, eine Melodie hatte er aufgegeben. Rasch und verschämt bückte er sich erneut unter den Spiegel, als wolle er im Waschbecken verschwinden. Ich habe Demut noch nie ertragen können. Sie reizt mich, denn sie macht mich traurig. Wahrscheinlich hatte der Mann ein Leben lang gewartet, hatte sich Jahr um Jahr unter Spiegeln weggeduckt, um sich nicht in die Augen sehen zu müssen. Und jetzt wusch er sich zum zweiten Mal die Hände und zeigte mir eine kaum verheilte Wunde, elend lang, quer über den käsigen Rücken. Geduldig, ergeben. Ein klägliches Bild, muss ich sagen, und das mitten in der Nacht. Zum Glück trug der Mann Unterhosen. Ich war der Grund seiner Verrenkungen, mir wollte er nicht in die Quere kommen. Bin ich hilflos, werde ich gelegentlich bösartig, das geschieht ganz automatisch. Es war Zeit für meinen ersten Satz. Den Schreibblock über das Gehäuse des Trockners gelegt, malte ich Druckbuchstaben, bis meine zwei Fragen die Seite füllten.

Und wenn ich mir meine Finger noch einmal trockenreibe?

Waschen Sie sich dann die Hände zum dritten Mal oder was?

Der Mann sah mich verstört an.

Dann stürmte er auf den Flur.

Mit Toiletten habe ich wenig Glück.

Vor einigen Monaten hielt ich einen Betrunkenen zurück, der aus seiner Kabine in den Festsaal laufen wollte. Zwei Stunden zuvor hatte er stolz die Braut in den Gasthof geführt, jetzt krakelte er betrunken herum. Vor allem aber waren ihm die Hosenträger in die volle Schüssel geraten. Und nun liefen dicke Streifen über sein Hemd, einigermaßen dekorativ zwar, aber doch ziemlich übel riechend. Vielleicht hätte ich den Mann nach dem Festmenü fragen sollen, um danach vorsichtig überzuleiten, statt ihn direkt auf das Malheur hinzuweisen. Auch das Grinsen hätte ich mir verkneifen müssen. Der Kerl ging jedenfalls auf mich los, als sei ich schuld an der Sauerei. Ich konnte mich in eine Kabine schließen, gegen die er mit den Fäusten trommelte. Nach einer Weile habe ich die Hose heruntergelassen, um der Hockerei wenigstens einen Sinn zu geben – was mich unweigerlich an eine ähnliche Situation erinnerte: Nach einem Bewerbungsgespräch hatte mich der Personalchef eines Filmkollektives zum Mittagessen eingeladen. Sieg, Sieg, hatte ich innerlich gejubelt, mich dann aber noch vor der Suppe in die einzige Kabine der Toilette geschlossen, tief unten im Keller. Nebenan bollerte die Heizung – und dann brachte ich die Tür nicht mehr auf. Das Fenster ging auf einen Schacht hinaus, mauseng und mit einem Gitterrost abgedeckt. Nach einer geschlagenen halben Stunde befreite mich ein erstaunter Gast; ich hatte geschrien, getobt und gehämmert. Neben meiner kalten Suppe lag die Visitenkarte des Personalchefs: ›Nicht jedes Geschäft verdient soviel

Zeit. Melden Sie sich, wenn Sie entleert sind.‹ Der Mann hatte Humor, ohne Zweifel. Aber die Stelle bekam dann doch ein anderer.

Auf dem Korridor war es ruhig.

Im Aufenthaltsraum brannte Licht, die Polstersessel standen so, als hätten die Patienten fluchtartig den Raum verlassen. Auf den Tischchen lagen leere Packungen von Schokoriegeln und Salzstangen, in Aschenbechern qualmten hastig ausgedrückte Zigaretten. Mitten auf der Tischplatte lag ein Häufchen Asche. Jemand hatte einen Zeitungsbogen verbrannt; einzelne Worte leuchteten aus der glosenden Pyramide. Einzig die gestapelten Illustrierten im Lichtzelt der Stehlampe störten das Bild einer überstürzten Flucht. Der Turm sah aus, als habe sich jemand Zeit genommen, gründlich und nach Formaten geordnet zu stapeln. Aber vielleicht hatte seit Tagen niemand eines der Hefte aufgeschlagen?

Das Licht ließ ich brennen.

Vielleicht kamen die Patienten zurück, Fachleute des Leidens, die sich im Morgengrauen versammelten, um zu debattieren: Krebs, Keuchhusten, Diphtherie, Hirnschlag. Und als Krönung eine Grippe, eine simple, gemeine Grippe – die sich mit Essigsocken und Kräutertee behandeln lässt, am nächsten Morgen steigt man kerngesund aus dem Bett. An diese kleinen Wunder hielten sie sich, nicht an chromglänzende Apparate und Medikamente, von denen einem büschelweise die Haare ausgingen und die den Körper ausmergelten, bis man aussah wie das eigene Enkelkind.

Hug saß mitten auf seinem Bett.

Erst nach einem Moment begriff ich, was sich verändert

hatte: Hug schwieg, Hug hatte endlich aufgehört mit seinem Gejammer. Er war zurück von der beschwerlichen Reise in ein Land, in das ich, die Zunge, erst einen zaghaften Schritt gewagt hatte.

Ich zog die Tür ins Schloss, und durch Hugs Körper ging ein Ruck. Dann drehte er den Kopf.

»Wird bald Zeit, dass du kommst«, bellte er.

Den Schreibblock als Schutzschild vor mir hertragend, trat ich neben ihn.

»Ich hab einen Durst, dass es Gott erbarm. Aber dem kann abgeholfen werden. Mach meinen Schaft auf – der Sprit ist in den Schlarpen versteckt.«

Ich öffnete seinen Schrank. Tatsächlich steckte in jedem Hausschuh ein Fläschchen Träsch, eingewickelt in einen Wollsocken.

»Hilf mir aus dem Nest, ich habe genug von der Liegerei!« Ich warf den Block auf mein Bett, ich brauchte ihn nicht mehr für den Rest der Nacht. Hug wollte nicht zuhören, lesen wollte er schon gar nicht. Er wollte reden. Der alte Mann war federleicht. Ich setzte ihn an die Aussicht wie ein Kind. Wir rissen die Verschlüsse von den Flaschen und stießen an. Hug nuckelte mit hüpfendem Kehlkopf. Sein fleischloser, kantiger Kopf wirkte wie der Steinschädel eines Götzen, eine Figur des Todes. Ich stellte meinen Schnaps auf das gewürfelte Tischtuch, Hug gab seine Flasche nicht aus der Hand.

»Hug war der beste Vertreter«, behauptete er feierlich. »Ich habe den Idioten alles versichert. Alles. Tutti quanti! Ich hab Abschlüsse gemacht, von denen die andern nur träumten. Mein Ordner war dick wie das Telefonbuch von New York!«

Erst jetzt fiel mir auf, dass wir im Dunkeln saßen. Noch schrien draußen keine Vögel, brannte in keinem Haus ein Licht.

»Alles hat ein Ende, nur die Wurst hat zwei! Capito? Und Hug war eine Wurst, das darfst du mir glauben. Es haben doch alle gelacht über den Streber und Mustervertreter! Das andere Ende der Wurst?«

Sein Kopf ruckte vor und zurück. Das Fläschchen, das er an die Lippen presste, sah aus wie der Schnabel eines Hahnes.

»Ich war der König der Falschparker! Bis zum Schluss habe ich es genau auf 926 Parkbußen gebracht. An meinem letzten Arbeitstag habe ich dem Chef die Wahrheit aufs Mahagonipult geknallt, das andere Ende der Wurst! Hug hat all die grünen Einzahlungsscheine kopiert und zu einem schönen Buch binden lassen. ›Hugs andere Bilanz!‹ Den Schriftzug hat mir ein Schönschreiber aufs Deckblatt gepinselt. Kardinalrot! Ich war der Kaiser der Falschparker, der Kaiser!«

Hug kicherte, dann schwieg er.

Er hatte mir den Coup seines Lebens erzählt, das genügte.

Später glühte erstes Licht über der Kuppe des Hügels. Ein Licht, das erst weißkehlige Schwalben aufblitzen ließ, die an einem Himmel jagten, der eben noch ruhig und finster über dem Haus getrieben hatte. Bald darauf schimmerten Dächer und Autos. In Wiesen blitzte Tau, aus einem offenstehenden Geräteschuppen, dahinter erstreckte sich umgeackerte Erde, glänzte Werkzeug.

Hug schlief, noch bevor in der Nachbarschaft Männer in ihre Autos stiegen und zur Arbeit fuhren. Ich nahm ihm die leere Flasche aus der Hand, legte ihn aber nicht zurück in sein Bett.

Als kurz vor sieben eine Krankenschwester in unser Zimmer trat, soll sie im ersten Augenblick geglaubt haben, Hug sei gestorben.

Wir müssen schlafend am Tisch gesessen haben, über die leer getrunkenen Fläschchen gebeugt wie über die Figuren eines entschiedenen Schachspieles.

NEUN

Durch die großen Fensterflächen fiel weiches Morgenlicht, und es war, als schimmerten Wasserlachen auf dem steinernen Fußboden.

Martina trat aus der Halle, den Kopf im Nacken, wie in jeder fremden Stadt. Sie stand vor dem Westbahnhof, als wolle sie einem Regisseur Zeit geben, den Vorspann über den wolkenlosen Himmel zu spulen. Erst dann senkte Martina den Blick, er glitt über Dachfirste und Fassaden, bis hinunter in den Gürtel, wo Verkehr rauschte. Auf einem Rasenstück neben dem Bahnhof schälten sich junge Männer aus Schlafsäcken; Gendarmen standen in der Nähe und scherzten mit einem Zeitungsboten, dem der Stapel vom Fahrrad zu rutschen drohte.

Martina öffnete die hintere Tür eines Taxis und ließ sich auf die Bank gleiten. Der Fahrer drehte nicht einmal den Kopf; er hatte die Haare mit Pomade aus der Stirn frisiert, über dem Kragen seiner Lederjacke fältelte sich seine Haut zum Wulst. Martina schwieg, die Tasche neben sich am Sitz. Schließlich hob der Mann den Blick in den Spiegel, und Martina sah in melancholische Augen, die sie sofort versöhnten. In der Sonnenblende steckte eine Fotografie: Eine Frau hielt stolz lachend ein Kind in die Kamera.

»Wo fahr'n ma denn hin, Madame?«

»In die Innenstadt. Aber bitte über die Mariahilfer-Straße.«

»Wos ein Riesen-Umweg is, wanns recht is.«

»Das ist mir egal«, sagte Martina freundlich, und der Mann startete lächelnd den Motor.

»Das heißt, a Umweg is eigentlich kana. Aber in Wien wird, wie Madame vielleicht wissen, gebaut und gebaut. Es is eh nimmer wie früher, glauben's mir. Sogar die Schlamperei wollen's uns austreiben.«

Im Radio verlas eine Frauenstimme Nachrichten, und Martina fühlte sich gleich wohl bei dieser Sprache, die sie nie ganz ernst hatte nehmen können.

»Bei die andern Gäst sog i jo immer, dass ma uns bei lebendigem Leib verschweizern will. Aber do Madame zweifellos aus dem Land der besten Schiläufer kummt, loß i des.«

»Und den Stern ihres Mercedes brauchen sie auch nur für bestimmte Gäste?«

Der Mann hielt sofort an, mitten auf der Straße, und öffnete wortlos die Tür. Das Gesicht zur theatralischen Maske verzogen, stieg er seelenruhig aus, obwohl im selben Moment ein Hupkonzert losbrach. Er ging vor dem Kühlergrill in die Hocke, und als er wieder hochkam, streckte er den polierten Mercedesstern in die Luft. Jetzt zwängte sich ein Lastwagen neben sie, aus deren Führerkabine sich ein Mann lehnte.

»Wos mochst denn do, du potscherter Hund du!«

Martinas Fahrer ließ sich nicht aus der Ruhe bringen. Er hielt den Stern in die Höhe, triumphierend, als stehe er auf der Bühne des Burgtheaters. Dann steckte er den Stern auf den Kühler und stieg ein, ohne den schimpfenden Mann zu beachten. Dann kurbelte er seine Scheibe herunter.

»Du konnst mi ned beleidigen. Den, der mi beleidigen ka, suach i ma nämlich söber aus. Host mi, Burschi?«

Damit startete er den Motor und fuhr los.

»Die Lage ist hoffnungslos«, jetzt drehte er sich erstmals nach Martina um, »aber no lang ned ernst.«

Das letzte Mal war Martina vor fast achtzehn Jahren in dieser Stadt gewesen. Damals waren die Straßen, gesäumt von rußverkrusteten Häusern, leergefegt gewesen. Ganz Wien war ihr wie eine altersschwache Schildkröte vorgekommen, die sich unter ihrem Panzer verkroch – und zwar für immer. Es war Oktober gewesen, und entsprechend kalt pfiffen die Windstöße um Ecken und über menschenleere Plätze. Die wenigen Menschen, die Martina zu Gesicht bekommen hatte, schienen ohne Ausnahme grüne Lodenmäntel zu tragen, die wie die Fahnen eines bislang geheimen Landes – zweifellos das Reich der verlassenen Schildkröten – um ihre Körper flatterten und schrecklich kratzig aussahen. Immer wieder hatte Martina an den Satz von Karl Kraus denken müssen, den der Lehrer einen Tag vor ihrer Abreise an die Tafel geschrieben hatte: ›Wien bleibt Wien. Die fürchterlichste aller Drohungen.‹ Dass Martina diese Stadt trotzdem liebte wie keine andere, hatte andere Gründe.

Jetzt war Sommer und Wien völlig verändert.

Sonnenreflexe sprangen über majestätische, stucküberladene Fassaden, die in feinsten Schattierungen leuchteten. Auf nahezu jedem Dach standen Putten, imposant strahlend, in den Straßen herrschte schon jetzt, am frühen Morgen, ein unglaubliches Gedränge. Martina hatte an sich im Café Museum frühstücken wollen, genau wie damals, an einem der Tische, an denen man nachdenkliche Männer im Rücken hat, die über Schachproblemen sitzen und nur jede Stunde einmal an ihrer Melange nippen. Doch jetzt entschied sie sich anders. Sie wollte zu Fuß in diesen ersten Morgen in Wien hineingehen, hinüber in die Josefstadt.

Sie tippte dem Mann auf die Schulter.

»Ich hab's mir anders überlegt und geh doch sofort ins Hotel.«

»Wie Madame wünschen. Und wie heißt das Hotel?«

»Gehen. Ich will gehen. Würden Sie bitte anhalten?«

»A bisserl kurz war's schon, di Fahrt. Sind's froh, sitzen's ned in an Fiaker.«

Martina stieg aus und zählte dem Mann den Betrag in die offene Hand.

»Kannst e gehn. I kumm scho z'recht ...«

»Was?«, fragte Martina.

»Des sog'n bei uns die Liebespaare, die wos sich trennen, Madame.«

Im Schlafwagen hatte sich Martina, ausgestreckt unter der Waggondecke, in den Stadtplan Wiens versenkt. Sie hatte sich lange genug mit imaginären Karten beschäftigt; Pläne einer wirklichen Stadt waren ihr kein Problem. Ein paar Minuten genügten, und sie hatte sich die Straßen eingeprägt: Martina würde sich in jeder Stadt zurechtfinden, indem sie einen gesehenen Plan als Raster über Häuser und Straßen legte. So bewegte sie auf ihren Stadtgängen gleichzeitig eine

Figur über eine Karte, die sie in ihrem Kopf auseinanderfaltete.

In Hinterhöfen hüpften Gummibälle, bald würde die Sonne auch in den letzten Hof fallen. Heiß würde es dann sein, drückend heiß. Als Martina in ein Kaffeehaus trat, war es eben zehn Uhr. Aus einem offenen Wohnungsfenster hörte sie eine Uhr schlagen, tiefe, feierliche Töne. Jetzt säße sie im Lehrerzimmer, vor sich die Teetasse und die Zeitung, um mit niemandem reden zu müssen.

Here I am, dachte sie, StraußFreudPrater, Servus, während sie am Tisch mit den ausgelegten Zeitschriften vorbei in den Hintergrund des Lokales ging. Dort saßen Gäste an Marmortischen und rauchten schweigend. Im Nebenraum mit dem Billardtisch setzte eben ein Mann zu einem Stoß an.

Dann klickten die Kugeln, der Mann schwang sein Queue, und Martina setzte sich.

Ihr Zimmer lag am Ende des verwinkelten Flurs und grenzte ausgerechnet an den Raum, an den Martina seit letzter Nacht immer wieder denken musste.

Markus hatte die gleiche Klasse des Lehrerseminars besucht und war von allen Mädchen umschwärmt worden – nur von Martina nicht. Sie hatte ihn behandelt, als sei er Luft. Nicht, weil er ihr nicht gefiel, sondern weil ihr die Art, wie die anderen Mädchen hinter ihm her waren, auf die Nerven ging. Und wieso sollte sich ein Gockel ausgerechnet für die Hühner interessieren, die aufgeregt gackernd hinter ihm her hüpften? Sie hielt sich zwar in seiner Nähe auf, flirtete aber auf eine derart stille Weise mit ihm, dass niemand es bemerkte – außer Markus. Natürlich sorgte Martinas Zurückhaltung für eine Spannung zwischen ihnen, die sich erst in Wien während der Studienfahrt entladen konnte. Am ersten Abend der Studienwoche setzten sie sich ab, gleich nach dem Essen in einem Beisl in der Nähe des Stephansdoms. Sie zogen durch Lokale, immer auf der Flucht vor der restlichen Klasse, um schließlich, kurz vor Mitternacht, Hand in Hand den Ring entlangzugehen. Am dritten Nachmittag hatten sie sich das erste Mal geliebt: Martina hatte sich mit der Ausrede ›Ich muß duschen‹ von den anderen verabschiedet. Sie trafen sich in ihrem Zimmer, und natürlich verschloss Martina die Tür. Sie drehte die Dusche auf, damit man das Wasser selbst auf dem Gang gegen den Vorhang prasseln hörte. Sie fielen sofort kichernd übereinander her, so nervös waren sie. Nach einigen Minuten wilder Knutscherei lagen sie bewegungslos nebeneinander, ohne sich zu berühren. Im Bad rauschte Wasser, in den Straßen hupten Autos, weit entfernt, in einer anderen Zeit. Martina schloss die Gardinen, und das vordem grelle Licht sickerte gedämpft in den Raum. Sie begannen noch einmal von vorn. Behutsam diesmal, neugierig. Auch für Markus war es das erste Mal gewesen, und als er schließlich in sie eindrang, nass vor Schweiß und mit einem Gesichtsausdruck, den Martina noch nie gesehen hatte, als er wimmernd in sie kam, schrie eben ein Mann auf der Straße einen Satz, den Martina nie mehr vergessen sollte: ›Schneller, du Arsch!‹, schrie der Unbekannte.

Schlief Martina heute mit einem Mann, zuckte ihr manchmal diese Stimme durch den Kopf. Alle Geräusche waren damals überdeutlich in das Hotelzimmer gedrungen, als hätte jemand den Ton lauter gedreht: Martina hörte Dialoge aus einem Radio, Sätze, von denen sie kein Wort verstand; Motorengeräusche; das Schlagen der Zugseile im Liftschacht; erst zaghaftes und dann entschiedenes Klopfen an die Zimmertür, die tuschelnden Stimmen von Mitschülerinnen und das Summen eines Staubsaugers in einem Nebenzimmer. Schließlich war auch noch eine Fliege gegen die Scheibe geflogen, immer und immer wieder, bis sich das Insekt in der Gardine verfing, wo es noch eine Weile weitersummte und endlich verstummte. Längst schlug Dampf aus der Dusche, und in ihrem Zimmer war es heiß gewesen wie in einer Sauna. Verschwitzt und verknotet lagen sie auf der geblümten Zudecke, nach Atem ringend, die Finger ineinander verflochten.

Von da an hatten sie sich jeden Tag mehrmals geliebt.

Die Klasse entdeckte flämische Maler und Bauten aus dem Barock, sie den Sex. In den Museen war es ungemütlich kalt, in ihrem Hotelzimmer dampfte die Luft. Während die Klasse fröstelnd durch menschenleere Säle zog, zauberten sie tropische Hitze in den ungastlichen österreichischen Herbst. Den Beginn der Führungen machten sie jeweils mit, dann verschwanden sie. Für sie war Wien die Stadt der halben Führungen. Martina hatte von allem bloß die Hälfte gesehen – den halben Prater, die eine Etage des Kunsthistorischen, zwei Zimmer des Bestattungsmuseums, einen Teil des Schlossparkes.

Jetzt wollte sie die andere Hälfte sehen.

Sie hatten sich nicht nur auf dem Bett geliebt. Sie schliefen in der Dusche miteinander, auf einem Wienerstuhl und einmal sogar auf der Etagentoilette, während auf dem Korridor ein Ehepaar um den Namen einer Pizzeria stritt. Von Markus hatte sie mehr als die Hälfte erfahren: Sie hatten sich alles gezeigt. Martina hatte sich gefühlt, als habe sie in seinem Schweiß gebadet. Sie war überzeugt, dass man ihnen anriechen konnte, was sie Nachmittag für Nachmittag trieben. Zuletzt brauchte sie Markus bloß zu berühren, schon kam er. Sie fühlte sich wund, am ganzen Körper wund von seinen Lippen und Händen. Sie probierten alles aus – zumindest glaubten sie das damals. Und darum konnten sie am Tag der Abreise ruhig in der Hotelhalle sitzen, ohne sich noch umarmen zu müssen. Sie waren sich sicher.

Fünf Jahre später hatten sie geheiratet. Obwohl Martina von ihrer Mutter gewarnt worden war: ›Heirate nie den ersten Mann deines Lebens. Das geht immer schief ...‹

Martina schloss die Gardinen und legte sich hin.

Erst jetzt sah sie das Bild, das über dem Bett hing.

Im ersten Augenblick war sie überzeugt, doch im damaligen Zimmer zu liegen. Im selben Bett, wieder unter dieser schrecklichen Farbdarstellung von Pompeji. Dann stand sie auf und legte das Bild im Schrank unter einen Stapel Wolldecken. Bevor sie die Schranktür schloss, in der Kabine wippten leere Kleiderbügel, sah sie, dass bereits ein anderes Bild auf einem der Regale lag, auch zugedeckt mit einer Wolldecke.

Der kolorierte Stich zeigte ein asiatisches Gesicht, totenstill und kahl. Die Augen des Mannes, um dessen sinnliche

Lippen ein zweideutiges Lächeln spielte, blickten an Martina vorbei in ein versunkenes Nirgendwo. Das Gesicht war außerhalb ihrer Reichweite, aus einer fernen Welt auf das Büttenpapier gebracht.

Sie hängte das Bild über das Bett. Das Gesicht war ihr vertraut, und der hölzerne Rahmen gehörte an den Nagel in der Streifentapete, das spürte sie.

Sie erwachte am frühen Nachmittag.

In der Lange Gasse stauten sich Autos; vor einem Nachtlokal rollten Arbeiter in Lederschürzen Fässer von einer Ladebrücke. Martina stieß das Fenster auf, von einem gegenüberliegenden Sims ließen sich drei Vögel in die Tiefe fallen, schrill geckernd. Die Stadt hatte ihr Gesicht seit dem Morgen nicht verändert, im Gegenteil. Ein geradezu italienischer Himmel spannte sich über die Dächer, und aus offenen Fenstern wehte Geruch nach starkem Kaffee. Martina setzte sich im Café Eiles gleich um die Ecke an einen der Fenstertische, um die Passanten zu beobachten. Einzelne Gäste verschanzten sich hinter aufgeschlagenen Zeitungen; gelegentlich tauchte eine Hand auf, um die Tasse hinter das raschelnde Papier zu führen. Manche Gesichter bekam Martina erst nach dreißig Minuten zu sehen; Taucher, die an die Oberfläche stießen, um für die nächste halbe Stunde Luft zu schöpfen. Ständig waren ein, zwei Gäste auf der Suche nach ausgelesenen Zeitungen, gingen unruhig von Tisch zu Tisch, um sie sich zu schnappen.

Im Eiles war es still wie im Museum. Die Wanduhr hatte keinen Sekundenzeiger. Martina trank drei kleine Schwarze und zwei Melange innerhalb von zwanzig Minuten. Ihr Puls hämmerte, sie spürte ihn bis in die Fingerspitzen. Für die nächste Tasse nahm sie sich soviel Zeit wie die anderen Gäste. Und tatsächlich brachte ihr der Kellner nach einer Weile ein zweites Glas Leitungswasser, ohne dass sie es zu bestellen brauchte.

In den Straßen rauschte Verkehr, im Eiles raschelten Zeitungen. ›In den Wiener Kaffeehäusern treffen sich die Nichtstuer und Tagediebe‹, hatte Martinas Vater einmal gespottet. ›Aber es gibt wohl kaum ein größeres Lob als eben diese Tatsache. Karl Kraus soll gesagt haben‹, erzählte er weiter, ›er würde einen Roman in zwei anliegenden Kaffeehauszimmern spielen und eine Zeit von zwanzig Jahren umspannen lassen.‹ Selbstverständlich hatte Martina ihren Vater nach der Handlung dieses Romans gefragt: ›Die Handlung?‹, hatte er geantwortet. ›Die Handlung bestünde einzig darin, dass sich ein Gast von einem Zimmer in das andere setzt …‹

Auf dem Weg in den Rathauspark kam Martina an mehreren Telefonzellen vorbei, um die sie einen weiten Bogen machte. Nein, sie brauchte sich nicht zu rechtfertigen, vor niemandem. Aber schließlich hielt sie es nicht mehr aus, betrat eine der Zellen und wählte die Nummer ihres ehemaligen Mannes, bevor sie es sich anders überlegte. »Schneller du Arsch!«, sagte sie leise. »Schneller!« Aber als sich das Knacken und Knistern endlich in ein regelmäßiges Tuten verwandelte, legte sie auf. Markus hatte keine Chance, ihren Anruf entgegenzunehmen.

Den Rest des Nachmittages verbrachte sie im Park des

Rathauses. Sie trug einen der Stühle zum Bassin des Springbrunnens; sie brauchte ihn bloß gelegentlich zu verrücken, damit sie an der Sonne sitzen blieb. Ihr war klar, dass sie schon an ihrem ersten Tag in Wien zwei wichtige Stützpunkte entdeckt hatte. Sie sorgte in jeder fremden Stadt zuerst für ein Netz von Gewohnheiten, wählte ihr Café, ihr Restaurant und ihre Geschäfte. Wenn der Wind auffrischte, wehten Wasserschleier durch den Park und die Gläser von Martinas Sonnenbrille überzogen sich mit Tröpfchen, die sie für ein paar Momente blind machten.

Vor dem Denkmal standen Japaner, schnatternd und knipsend, eine ganze Reisegruppe. Schließlich sprach Martina einen der Männer an, dem wie allen anderen auch mehrere Kameras vor der Brust baumelten. Sie hatte die Gruppe eine Weile beobachtet, um sicherzugehen, dass die junge Frau mit dem quengeligen Kind tatsächlich zu ihm gehörte. Aber als sie den Mann mit der Hornbrille endlich ansprach, sammelten sich die anderen Touristen, um in geordneter Kolonne abzuziehen, und die Frau verschwand an der Hand eines anderen in Richtung Innenstadt.

Martina hatte ausgerechnet den Mann ausgewählt, der offensichtlich alleine reiste.

Sie erklärte ihm in knappen Sätzen, was sie von ihm wünschte: »Eine Polaroid-Aufnahme ist es, die ich brauche. Ein Bild, das ich als Erinnerung verschicken will, das ist alles.«

Martina erinnerte sich genau an die Fotografie, die sie nachstellen wollte: Auf der Schwarz-Weiß-Aufnahme, die ihr Vater gemacht hatte, saß sie auf dem Sockel der Figur von Johann Strauß. Das Gesicht nachdenklich auf die rechte Faust gestützt, blickte sie aus dem Bild; gelöst und abwesend. Martin, ihr Bruder, lehnte an einer der Figuren, die den Bühnenprospekt für die Pose des Komponisten bilden. Ineinander verschlungene Leiber winden sich um den Mann mit der angesetzten Geige, Frauen mit vollen Brüsten, muskulöse Männer. Martina hatte die Aufnahme, deren Zentrum trotz der nackten Körper eindeutig sie darstellte, immer als sehr erotisch empfunden. Martins Hand, die auf ihrer Schulter lag, rückte sie für jeden Betrachter in den Mittelpunkt – eine zärtliche Geste, die verschwörerisch und beschützend zugleich wirkte.

Martina setzte sich auf den Sockel der Figur, deren Kopf von Taubendreck gesprenkelt war. Dann dirigierte sie den Japaner an die Stelle, an der damals ihr Vater gestanden hatte. Als endlich alles stimmte, ließ der Mann plötzlich seine Kamera sinken; er kam mit kurzen Schritten auf sie zu, um seine Bedingungen zu stellen: Er mache dieses Bild nur, und jetzt lachte er, wenn er sie zum Essen einladen dürfe. Und zwar im Kursalon im Stadtpark, dort werde später auch getanzt, und zwar unter freiem Himmel.

»O.k.?«, fragte er. Dann verbeugte er sich und lief an die befohlene Stelle zurück, ohne Martinas Antwort abzuwarten. Dort verneigte er sich ein zweites Mal. Der Verschluss schnappte, und gleich darauf stieß der Apparat die Kopie aus.

Dort, wo Martinas Hand auf Misaos Rücken lag, wuchs ein Schweißfleck. Sie tanzten ganz am Rand der Fläche, dicht beim Pavillon, in dem das Orchester saß und wo Scheinwerfer die Luft zusätzlich aufheizten.

Das Orchester war schlecht und reihte ohne Respekt die unterschiedlichsten Melodien zu einer scheußlichen Schmalz-Operette aneinander. Den Touristen war das allerdings egal. Martina sah lauter ausgelassene Gesichter. Frauen kreischten, von ihren Partnern über die Steinfliesen geschoben, als befinde man sich am Opernball, als sitze ein exzellentes Orchester auf der Bühne. Zuerst hatte Misao seine Kameras auf gar keinen Fall ablegen wollen, aber nach dem dritten Tanz konnte sie ihn überzeugen, seine wertvolle Ausrüstung unter ihren Tisch zu legen. Sie hatten Wiener Schnitzel gegessen, die so groß waren, dass sie rundum über die Teller lappten. Die meiste Zeit hatten sie geschwiegen, erst als sie über dem Apfelstrudel saßen, erzählte Misao von Japan. Allmählich hatte es eingenachtet, und im Park waren Lichter angegangen. Gelegentlich entstand sogar so etwas wie ein Moment sinnlicher Nähe zwischen ihnen. Von der japanischen Landschaft etwa erzählte Misao in Bildern, die sie dem Mann mit den leblosen Augen gar nicht zugetraut hätte.

Wenn sie tanzten, blieben sie auf Distanz. Sie hielten sich wie gute Bekannte. Drehten ohne jede Erotik ihre Runden, nicht ungeschickt, aber ziemlich steif und mechanisch. Martina mochte diese neutrale Stimmung. Sie hatte seit Jahren keinen derart entspannten Abend mit einem Mann verbracht.

Kurz vor Mitternacht verlangte Misao die Rechnung. Noch tanzten einige wenige Paare, der Kapellmeister kündigte den letzten Walzer an. Im Stadtpark saßen Sandler um ein Feuer, ein Kofferradio spielte Strauß, im Hilton brannten nur wenige Lichter, auch das Interconti war nahezu dunkel. Sie gingen schweigend nebeneinander, das knisternde Feuer der Stadtstreicher im Rücken, das Klirren ihrer Flaschen, die sie herumgehen ließen. Im Unterholz regten schlafende Tauben ihre Flügel. Misao begleitete Martina zum Schubert-Ring, dort warteten Taxis. Er flog am nächsten Tag nach Rom weiter. Sie standen neben einem Taxi, die hintere Tür bereits geöffnet, ohne zu wissen, was es noch zu reden gäbe. Schließlich küsste Martina Misao auf die Wange – links, rechts, links.

»Das bringt Glück«, sagte sie und stieg rasch ein.

Martina sah sich erst um, als der Wagen in den Ringverkehr einschwenkte: Misao stand am Gehsteig und fotografierte das Auto, das in die laue Nacht fuhr – das Blitzlicht beleuchtete für Sekundenbruchteile die Fassaden der Häuser; auf einem Balkon stand eine Frau und winkte.

In ihrem Hotelzimmer sah sich Martina die Polaroid-Aufnahme an. Das Bild war misslungen. Außer dem Schauplatz hatte sie nichts gemein mit der Fotografie, die sie so liebte. Martina steckte die Aufnahme in ein Couvert des Hotels, dann setzte sie sich an das Pult, um ihrem Bruder ein paar Zeilen zu schreiben. Belanglose Sätze, die ihr rasch und flüssig aus der Hand fließen würden, wie sie annahm.

Aber dann saß Martina bis drei Uhr früh über diesen Worten, die mit einemmal sehr wichtig waren.

ZEHN

Ich fror, dabei lag der Balkon an der Sonne.

Mit Brille hätte ich über die weit geschwungenen Wiesenhänge sehen können, die bis zur Talsohle abfallen, wo die Landstraße durch hochstehende Felder von der Bahnlinie abgegrenzt wird. Kurzsichtig wie ich bin, war die Landschaft reduziert auf intensive Farbflecken, impressionistisch, auf die Dauer ermüdend und sogar verwirrend. Hinter dem Spitalkomplex wurde an einer Parkanlage gearbeitet. Gestern hatten Lastwagen Kies ausgekippt, heute verteilten der Gärtner und seine drei Arbeiter den Kiesberg zu Wegen, die zwischen Zierbüschen und neu gepflanzten Bäumen verliefen. Noch ließ sich in dem angedeuteten Wegnetz kein System erkennen. Die Wege strebten in alle Richtungen auseinander, ohne sich am Teich zu treffen. Der Gärtner saß im Schatten des Hauptgebäudes über einen Plan gebeugt, bis er plötzlich auf die Arbeiter einschrie, die vor Schreck die Schaufeln fahren ließen.

Die drei anderen Patienten, alle in meinem Alter, trafen sich jeden Morgen auf dem Balkon. Die beiden, die auf der Betonbrüstung saßen, Bierdosen in der Hand, trugen das gleiche T-Shirt über dem Spitalhemd: Bier macht dumm & faul. Sie waren vor zehn Tagen von einem Bierfest nach

Hause gefahren und nach wenigen Kilometern mit 120 in einer Kurve von der Straße geraten. Nun lagen sie mit gebrochenen Armen und Rippen in einem Doppelzimmer, übersät mit Schnittwunden. Jeder behauptet, er sei in jener Nacht gefahren – als der Rettungswagen am Unfallort eintraf – ›unsere Maschine brach durch die Bäume wie ein Panzer‹ –, saßen sie neben dem rauchenden Wrack, einträchtig aneinandergelehnt.

»Zwei Stunden nach dem Frühstück ist es höchste Zeit für den ersten Ofen«, meinte der dritte Typ neben der Glastür, der mit eingebundener Hand einen Joint bastelte. Er arbeitet in einer Schreinerei, wo er während jeder Pause ›zwei oder drei harmlose Zigarettchen‹ dampft. Vor einigen Tagen hatte er sich gleich nach der Pause einen Teil der linken Hand weggefräst, ohne zu mucksen. ›Ich war überzeugt, es sei die Hand eines andern, des Chefs, wenn ich ehrlich bin …‹

Auf dem Korridor ging Franz hin und her. Er hatte Nierensteine und hing an einem Dauertropf, mit dem er die meiste Zeit durch die Gänge wanderte. Er blieb vor der Balkontür stehen und hielt Ausschau, dafür gehörten ihm die letzten Züge des Joints.

Wir rauchten schweigend und ohne Hektik.

Im Garten schrie schon wieder der Gärtner, seine drei Arbeiter hüpften über die Wege und schwangen Schaufeln. Kies flog, Erde. Nach wenigen Minuten grinsten wir wie die Eskimos, lehnten an der Brüstung und starrten in die Sonne. »Besser als in den Ferien«, meinte einer und knackte mit seiner Bierdose. Dann wollte ich erklären, warum ich hier war.

Ich legte den Block auf die Brüstung und begann mit dem ersten Satz. Aber die anderen winkten schon nach dem Wort Auto ab.

»Wissen wir längst. Stand heute in der Zeitung.«

Zeitung?, schrieb ich.

»Ohne Bild, wenn du das meinst.«

Mein Unfall? schrieb ich.

»Logisch ist es dein Unfall. Die Oberschwester hat uns erzählt, der Glückspilz aus der Zeitung liege in der siebzehn.«

Franz ging weiter, grinsend die Hand zum Gruß erhoben. Der Gärtner saß wieder über dem Plan, jetzt trank er Bier.

»Baut doch ein Labyrinth«, schrie der Schreiner nach unten, »dann haben wir wenigstens etwas zu suchen!«

Der Meister schwenkte die Flasche hin und her, ohne auch nur den Kopf zu heben. Jetzt hätte ich reden wollen, stumm machten die Bilder in meinem Kopf wenig Spaß; ich verabschiedete mich.

Mein Mund summte und wummerte, schien aber wieder auf die normale Größe geschrumpft. Ich hatte den kühlen Rauch des Joints durch die Mundhöhle ziehen lassen wie Rauchzeichen durch eine Tropfsteinhöhle.

»Um zwei Uhr ist das nächste Gerät fällig.«

Der Schreiner winkte mit einer großen Haschisch-Kugel, die in Stanniol eingepackt war, dann ahmte er die Pose eines Kugelstoßers nach, als wolle er sie vom Balkon werfen.

Auf dem Flur war es sehr still.

Meilen entfernt humpelten Patienten, die Zunge verschwand in ihrem Zimmer, Wunden zu lecken. Unter der

Tür begegnete mir Hug. Er trug einen Bademantel, der wie die Haut eines Reptils schillerte. Hug ging sehr langsam an mir vorbei, jeder Schritt tat ihm weh.

»Kaffee«, murmelte er, »richtiger Kaffee – die lausige Brühe hier kann ja kein Mensch saufen!«

Ich legte mich hin, grinsend und mit einem Puls, der mit Riesenverspätung im Handgelenk klopfte, als sei er nur das Echo des richtigen Herzschlages. Klapperndes Geschirr weckte mich, sanftes Quietschen dicker Gummisohlen. Hug saß am Tisch, schillernd, Messer und Gabel in den Fäusten. Heute wollte er also mit Gewalt hinter das Essen. Ich setzte mich neben ihn, und die Schwester reichte mir das Besteck; die Zeit der Trinkhalme war also bereits ausgestanden. Wenn Hug isst, sagte ich mir, esse ich auch. Hug dachte wohl dasselbe. Er stierte stumm in sein püriertes Menu, das Besteck aufgepflanzt. Ich fühlte mich wie ein Komiker, der mit seinem Partner einen Sketch zum Thema ›Essen‹ spielen soll, aber keine Ahnung hat, wie das überhaupt geht, essen. Schließlich sahen wir uns an und nickten. Ich stand auf und ließ unser Essen in einer Tüte verschwinden, die ich in den Abfalleimer stopfte.

Schnaps, schrieb ich und malte ein dickes Fragzeichen hinter das Wort.

Hug schüttelte den Kopf, und wir legten uns hin, als hätten wir etwas zu verdauen. Schlaf, Schlaf.

Am Nachmittag wurde ich in verschiedenen Räumen untersucht, absolvierte geduldig einen Parcours durch das ganze Gebäude, von Stockwerk zu Stockwerk. Auf jeder Etage traf ich Franz, den Wanderer mit Tropf. Er kannte die Krankengeschichten aller Abteilungen. Seine Nierensteine machten ihn zum Spion, der ungehindert von Lager zu Lager wechseln durfte.

»In der Sieben liegt ein Unfall mit Starkstrom«, flüsterte er im Vorbeigehen. »Der Mann ist vom Scheitel bis zur Sohle schwarz …«

Eine Schwester schleuste mich durch weitere Untersuchungszimmer, zum Schluss trug ich einen Pappbecher mit meinem warmen Urin ins Labor. Dann durfte ich endlich zurück in mein Zimmer.

Hug schlief, aufgestützt von einem Berg von Kissen.

Meine Mutter saß am Tisch und las Zeitung. Ich küsste sie auf die Stirn, die Hände auf ihre Schultern gelegt, als besuchte ich sie und nicht umgekehrt. Ich blieb eine Weile so stehen, Mutter hielt die Augen geschlossen. Sie hatte sich die Lider geschminkt, hauchzart, ihre nackten Schultern waren weich und warm. Dann setzte ich mich neben sie.

»Mir ist erst jetzt klar, was du für ein Glück gehabt hast!« Sie schob die Zeitung über den Tisch. Ich überflog den kurzen Text. Beschrieben wurde kein Unfall, sondern eine Katastrophe. Der Lokalreporter übertrieb maßlos. Sein letzter Satz verstieg sich zur Behauptung: »Am Unfallort hat es ausgesehen wie nach dem Absturz eines Flugzeuges; ein Absturz, den wohl niemand überlebt hat.«

»Du wirst übrigens angezeigt. Du sollst keine Gurte getragen haben.«

Ich nickte. Hug schnaubte.

»Außerdem sind alle vier Reifen abgefahren. Der Beamte

hat zwar gemeint, ich solle dir besser noch nicht von der Anzeige erzählen. Ihr Herr Sohn ist ja nur knapp mit dem Leben davongekommen, hat er mir am Telefon gesagt …«

Langsam wurde mir die Sache unheimlich. Hätte ich im Bett liegen müssen? Röchelnd, im Delirium?

»Hast du etwas von Martina gehört?«

Ich schüttelte den Kopf.

»Sie ist nämlich verschwunden. Sie ist vor drei Tagen aus einer Sitzung mit der Schulpflege weggelaufen. Seither lässt sie ihren Unterricht ausfallen. Zuhause ist sie auch nicht. Nicht einmal Markus weiß, wo sie steckt.«

Ich schüttelte noch einmal den Kopf. Gibt es jemanden, von dem ich weniger weiß als von meiner Schwester? Ich wusste nicht, wo sie war, und ich wusste nicht, wer sie war. Ich hatte mich bislang gar nicht für ihr Leben interessiert. Ihre Existenz war mir immer vorgekommen wie ein unübersichtliches Haus, das ich lieber nicht betreten wollte – und zwar aus Angst, nie mehr herauszufinden.

Mutter legte meine reparierte Brille auf den Tisch.

Ich ließ sie liegen. Mittlerweile gefiel mir der verschwommene Blick, ich hatte mich an eine undeutliche Welt gewöhnt. Außerdem hatte ich in einem der Untersuchungszimmer zufällig in einen Spiegel gesehen und auch ohne Brille erkannt, dass ich genau so aussah, wie es mein Mund erahnen ließ: bleich, hohlwangig, krank. Mit Brille würde ich all das nur zu deutlich erkennen können. Wir saßen schweigend nebeneinander; eine Situation, die mich an früher erinnerte. Wir verbrachten ganze Nachmittage miteinander in der Küche, vertieft in irgendwelche Arbeiten, ohne viel zu reden. Unser Schweigen hatte nie etwas Bedrücktes; es gründete in der Übereinkunft, dass wir uns auch ohne Worte verstehen. An sich mache ich mir nichts aus Schweigen; wortkarge Menschen sind mir unheimlich. Aber schon als Kind war mir bewusst, dass Schweigen die beste Art der Kommunikation zwischen Mutter und mir war.

Jetzt hatte Hug die Augen offen. Er beobachtete uns aufmerksam. Vielleicht erinnerte ihn die Situation an ähnliche Momente mit seiner Mutter, mit seiner Tochter. Wir gaben ein Stück, das er offensichtlich kannte. Besser als wir schwieg niemand. Insofern hatte Vater recht mit seiner Bemerkung: ›Sucht eine dieser blöden Quiz-Sendungen einmal das schweigsamste Paar, melde ich euch an. Ich sehe die Schlagzeile schon vor mir: Mutter und Sohn aus der Schweiz die größten Schweiger!‹

Ich begleitete Mutter zum Eingang. Unter dem Vordach war es drückend heiß, wir umarmten uns im Schatten. Ich setzte die Brille auf, um sehen zu können, wie Mutter über den Parkplatz ging und sich in ihren Fiat setzte.

Mutter fuhr am Eingang vorbei, ohne mich noch einmal anzusehen.

Sie hatte alle Fenster geöffnet, und ich hörte laute Radiomusik.

Hugs Bett war leer. Die aufgetürmten Kissen sahen aus wie die Mauern einer geräumten Festung.

Ich ließ die Würfel rollen, ohne hinzusehen; ich sah auch in Kathrines Augen, wie das Spiel lief. Mein Großvater hat mir beigebracht, in die Augen meiner Spielpartner zu sehen. »So glaubt jeder, du wüsstest immer, was du wirfst. Nur Anfänger fixieren die Würfel.« Ich kenne nichts Schöneres als Kathrines Augen, gerade wenn sie sich ärgert. Dann scheinen ihre Pupillen zu pulsieren, wird das Grün kalt, fast blau.

Innerhalb einer Stunde nahm ich ihr vierzig Franken ab. Sie ließ die Würfel über die ganze Tischplatte springen, konzentriert auf ihre Wut. Ich nahm mir Zeit für meine Würfe; einmal schüttelte ich die Würfel fast eine Minute, bis Kathrine mich anschrie, ich solle endlich weitermachen.

Zeppelin verweigerte das Fressen; kam Kathrine in meine Wohnung, verschwand die Katze aufs Dach. Dort saß sie auf dem Spitzgiebel einer Lukarne, unerreichbar für Kathrine, die jeden Tag andere Dosen anschleppte; ohne Erfolg. Fühlt sich Zeppelin vernachlässigt, lässt sie einen links liegen. Außerdem ist sie eifersüchtig, vor allem auf Kathrine. Als wir das erste Mal im Bett frühstückten, zerkratzte sie ihr beide Waden.

Dittli hatte Kathrine eine Flasche Rotwein mitgegeben, den Kork bereits gezogen und wieder in den Hals gedrückt. »Er wünscht dir gute Besserung, kann aber nicht persönlich vorbeikommen. Die Fabrik brauche seine Aufsicht.« Dann überreichte sie mir ein A4-Couvert von Reto. Es enthielt einen Wälzer und eine kurze Nachricht: ›Lies den Novadent-Katalog und mach dir keine Sorgen. Viele Zahnärzte sind besser als ihr Ruf!‹ Der Katalog zeigte Hunderte von kleinen Abbildungen unter der beunruhigenden Sammelbezeichnung ›Rotierende Instrumente‹: Bohrköpfe, Schaber, Finierer, Fräser, Hartmetall-Schneiden. Ich warf den Katalog in den Abfalleimer, die Zunge im Zentrum eines Schmerzes, den ich vergessen hatte.

Der große Tisch im Aufenthaltsraum war auch heute von den alten Männern besetzt, die bis in alle Nacht Karten spielen. Gleich nach dem Frühstück kommen sie aus ihren Zimmern, verschanzen sich in ihren Bademänteln hinter aufgebauten Medikamenten, Pappbechern und Zigarettenschachteln und scharren wütend mit ihren Pantoffeln, wenn sie nicht gewinnen. Ein Greisenparlament, das sich jeden Morgen im Aufenthaltsraum versammelt. Vor dem Fernseher saß ein Kind, paralysiert von den schnell wechselnden Bildern, einen Teddy an die Brust gedrückt. Nur wenn man genau hinsah, bemerkte man, dass das Mädchen weinte; ihr unsicheres Schniefen fügte sich perfekt in die Fernsehstimmen und die Musik ein.

Kathrine und ich spielten weiter, ich setzte die Hälfte meines Gewinns, dabei spürte ich, dass ich nun bereit war, zu verlieren. Und das ist das Ende, wie ich von Großvater weiß. »Die Würfel spüren, wenn du nicht an sie glaubst«, hat er immer behauptet, wenn er den anderen die Taschen leerte. Nach zwei Runden hatte ich den Gewinn verloren. Wir einigten uns auf ein letztes Spiel, um den symbolhaften Betrag von einem Franken. Die Stimmung war jetzt an dem Punkt, an dem sie leicht gehässig wird. Das letzte Spiel sollte uns versöhnen, die Gewinnmünze die Hand wechseln wie ein Liebespfand. Um Kathrine nicht zu provozieren, starrte ich nun auch auf den Tisch, knapp an den Würfeln vorbei. Kathrine gewann mit dem letzten Wurf; sie brauchte eine

Fünf, und sie legte eine Fünf auf den Tisch, ohne den Würfel auch nur einmal geschüttelt zu haben.

In ihren Augen blitzte Triumph, sie musste mich davon abhalten, die Würfel vom Tisch zu fegen. Der Beweis ihres Sieges musste liegenbleiben, ich sollte die Würfel ansehen, die die nötige Punktzahl zeigten. In dem Moment ging ein Alarm los. Das Kind löste sich vom Bildschirm, der neue Reiz war stärker. Fasziniert sah es auf den Korridor hinaus, beruhigend auf den Teddy einredend, dem es mechanisch den Kopf tätschelte.

»Der Lift«, meinte einer der Alten ungerührt. Die Männer spielten weiter. Sie würden die Karten erst aus ihren zittrigen Händen geben, wenn sie tot umfielen. Was war ein steckengebliebener Lift im Vergleich zu ihren Kartenschlachten? Nichts. Also spielten sie weiter, ohne auch nur die Köpfe zu heben.

Der Alarm dauerte keine halbe Minute. Schwestern und Krankenpfleger rannten durch den Korridor, ein Mann in Overall stieg in die untere Etage. Kathrine schob die Münzen über den Tisch; niemand hatte etwas gewonnen, niemand etwas verloren. Bis auf den einen Franken, das Pfand. Ich drückte ihr die Münze in die Hand. Das Kind hatte sich mittlerweile wieder dem Bildschirm zugewandt, und schon nach wenigen Augenblicken begann das leise, rhythmische Weinen von vorn. Offensichtlich war es Bestandteil eines Rituals, das ich nicht verstand. Die Knopfaugen des Teddys schauten nun ebenfalls in die Richtung des Apparates. Er sollte wohl den Kitzel der Angst mit dem Mädchen teilen. Die Alten klatschten ihre Karten auf den Jassteppich, bis auf die seltenen Spielkommentare schwiegen sie. Ihre Welt war auf Worte nicht angewiesen, sie wollten nichts zu tun haben mit einer Zeit, in der kleine Mädchen den ganzen Tag vor Fernsehern saßen und weinten.

Wir verabschiedeten uns vor einem offenen Fenster über dem Eingang. Ich vergrub noch einmal das Gesicht in Kathrines blonden Haaren, in diesen Geruch nach Sommer und Sex an einsamen Waldrändern, abends, wenn der kühle Wind Grashalme über die nackten Beine streicht, bevor ein warmer Regen fällt.

Irgendwo tickte ein Rasensprenger. Als sich unsere Zungen in dessen Rhythmus bewegten, brachen wir den Kuss ab. Kathrine machte sich los. Sie trat einen Schritt zurück und warf die Münze aus dem Fenster.

»Soll uns Glück bringen.«

Auf der Treppe drehte sie sich noch einmal um. Ihr Gesichtsausdruck war völlig verändert; sie sah aus, als müsse sie sich auf etwas ungemein Wichtiges konzentrieren. Ich wartete eine Weile und trat dann ans Fenster. Kathrine kniete im Rasenstreifen neben dem Eingang und suchte das Gras ab. Schließlich fand sie die Münze, die in der Abendsonne aufblitzte. Unser Pfand. Kathrine hob nicht einmal den Kopf: Sie war sich ihrer Sache sicher. Aber der Verletzte lag nicht wieder im Bett, ich stand am Fenster, verborgen durch Gardinen, die sich bauschten. Brauchte Kathrine das Geld, oder wollte sie das Glück für sich alleine?

Sie nahm nicht den Fußweg zum Bahnhof, sondern ging rasch über den Parkplatz, als werde sie dort erwartet. Ich machte, dass ich vom Fenster wegkam. Ich wollte gar nicht sehen, ob sie tatsächlich in eines der Autos stieg, die im Schatten der Baumzeile standen.

In meinem Zimmer dauerte es mehrere Minuten, bis ich bemerkte, dass Hugs Bett abgezogen worden war.

Der Tod, der Tod.

Hug war im Lift gestorben. Er war in der Cafeteria aufgetaucht, hatte an einem Einzeltischchen eine Tasse Kaffee getrunken und Selbstgespräche geführt. Dann war er in den Lift gestiegen, wo sein Herz stehenblieb. Er muss mit der Stirn gegen die Schalttafel gefallen sein und so den Alarm ausgelöst haben. Als man endlich die Tür aufbrachte, lag er am Boden, die Hände auf die Brust gepresst.

Die Frauen und Männer versammelten sich nicht im Licht der Stehlampe, um ihre Leiden und Gebresten zu besprechen. Sie standen um einen Mann herum, der offensichtlich eine Vorstellung gab.

Ich ging ein paar Mal an der gläsernen Tür des Aufenthaltsraumes vorbei, ohne etwas Genaues erkennen zu können. Der kahlrasierte Schädel des Mannes – er mochte um die Siebzig sein – ruckte vor und zurück und ging blitzschnell zur Seite, als weiche er den Hieben eines unsichtbaren Boxers aus. Schließlich blieb ich vor der Glastür stehen. Die Patienten würden mich gar nicht bemerken; sie waren völlig auf den Mann konzentriert. Sein Kopf verschwand zwischen den Schultern seiner Zuschauer, und als er wieder hochkam, verbarg er sich hinter einem aufgefalteten Zeitungsbogen.

Offenbar ging etwas schief.

Einige Zuschauer murrten jedenfalls enttäuscht, dann sah ich die Flammen, die sich rasch ausbreiteten: Die Zeitung brannte. Der Mann sah mich streng an, als sei ich schuld am Misslingen seines Tricks. Die Zeitung – sie loderte wie eine Fackel – schien er gar nicht wahrzunehmen. Er hielt sie ausgebreitet in die Höhe, als wolle er allen Ernstes in ihr lesen. Ich ging rasch weiter.

Der Balkon war leer, und die Luft hatte sich endlich abgekühlt. In wenigen Minuten war Mitternacht; in der Ebene waren Autos unterwegs, Scheinwerferpaare, die rasch durch die Dunkelheit glitten. Ganz in der Nähe schlug ein Hund an, bald kläffte ein zweiter los, weit entfernt auf einem Bauernhof.

Die Balkontüre wurde geöffnet, und jemand trat hinter mich.

Dann hörte ich das Klicken, das ich kenne wie kaum ein anderes Geräusch, immerhin habe ich selbst unzählige Male den Deckel meines Zippo-Feuerzeuges geöffnet. Der Mann mit dem kahlen Kopf trat neben mich an die Brüstung. Er hielt eine Zigarre in die bläuliche Flamme und schnappte den Deckel zu. Ich roch verdunstetes Benzin. In der Ebene pfiff eine Lokomotive.

»Es geht mir nicht um den Trick. Ich bin doch kein Hanswurst, der in Spitalgängen Seidentücher verschwinden lässt. Mumpitz!«

Der Alte redete in die Nacht, ohne mich anzusehen. Vom Gang fiel Licht auf den Balkon, das sich auf seinem glänzenden Hinterkopf spiegelte.

»Ich will die Zeitung brennen sehen. Das ist es.«

Nach einer kurzen Pause wandte er sich an mich, die Zigarre zwischen die Lippen geklemmt. Auf seinem Kinn standen Bartstoppeln, seine Augenbrauen wirkten, als seien sie versengt worden.

»Angenehm«, sagte er. »Blöchlinger. Aber man nennt mich ›Der Feuermacher‹.«

Damit streckte er mir seine Hand entgegen.

Ich hatte drei Tage geschwiegen. Kein einziges Wort hatte ich gesagt, ich hatte es nicht einmal versucht.

»Fischer«, sagte ich, »Martin Fischer.«

»Ich weiß. Du bist der Enkel des Mongolen. Dein Großvater war ein Freund von mir.«

Wir schüttelten uns die Hand.

Erst jetzt sah ich das Feuer, das am Waldrand brannte, keine zweihundert Meter entfernt. Im Schein der Flammen standen mehrere Personen, die Holz nachlegten, und ich roch den Rauch, den der Wind in die Ebene trug. Auch damals hatte Wind den beißenden Rauch unseres Feuers zwischen die Dornbüsche gedrückt – damals, am Rand der dänischen Landstraße, als wir aus unseren Schlafsäcken krochen und ein Feuer entfachten gegen die Kälte und die Angst vor den Männern, die auf einem nahen Parkplatz herumgrölten und Bierflaschen zerschlugen …

ELF

Wien hatte sich über Nacht nicht in die alte Schildkröte zurückverwandelt. Die Sonne leuchtete Gassen aus und ließ Scheiben aufgleißen. Tauben flogen über den Stephansplatz, man hätte glauben können, der Wind werfe die Vögel zwischen die Häuserschluchten, aber dann drehten sie ab und landeten auf einem Dachgiebel. Der Schwarm saß keine Minute über den Straßen, dann flatterte er hoch, und die Tauben jagten erneut über den Platz, diesmal knapp über die Köpfe der Menschenmenge.

Markus hatte Vögel nie ausstehen können, Tauben schon gar nicht. Eine einzige genügte, mitten auf einem Platz konnte sie hocken, sanft gurrend, und er verweigerte jeden weiteren Schritt.

Martina hatte diese Angst nie ganz ernst genommen. Auch seine Vogelträume und bösen Erinnerungen aus der Kindheit hatte sie eher als erfundene Erklärungen für seine Panik verstanden. Einmal wollte er mit einer Grippe im Bett gelegen haben, keine zehn Jahre alt, als eine Krähe durchs offene Fenster in sein Zimmer flatterte. Der Schreck muss ihm den Schrei abgewürgt haben, er lag im Bett, die Fäuste vor den Augen, während die Krähe am Ende des Bettes saß und ihn bewachte. Natürlich habe er den Vogel als Boten des

Todes verstanden, mit dieser Vorstellung sei er damals eingeschlafen. Als er erwachte, war die Krähe verschwunden. Dafür lag unter dem Fenster eine blauschwarze Feder. Diese Feder will er in einem Teller verbrannt haben, in der Hoffnung, seine Vogelangst gehe in den Flammen auf. Seine Vogelangst verlor Markus damit natürlich nicht. Jetzt war er im Gegenteil davon überzeugt, die rituelle Verbrennung habe alle Vögel gegen ihn aufgebracht. Und so musste Martina ihn beschützend in den Arm nehmen, wenn sie einem Vogel begegneten.

Die Zuschauermenge auf dem Stephansplatz rückte vor und zurück, Zentimeter bloß, trotzdem verschärfte sich dadurch die Stimmung. Aus der hintersten Reihe schrien Männer, jetzt sah Martina Lodenmäntel, die bis über die Knie reichten: Da war sie wieder, die Schildkröte. Vorsichtig schob sie ihren Schädel aus dem Panzer und fixierte Martina mit unbewegten Augen. Auf dem Weg in die Innenstadt hatte es von Polizeibeamten gewimmelt, sie lehnten in Hauseingängen, Funkgeräte umgehängt, Streifenwagen patrouillierten. Das Gebiet um den Heldenplatz war regelrecht abgesperrt gewesen. Martina hatte einen großen Bogen um diesen Platz gemacht, auf dem jubelnde Massen den neuen Bundespräsidenten Waldheim feierten. Von der Gegenveranstaltung hatte sie zufällig im Radio gehört; am Stephansdom werde ein trojanisches Pferd enthüllt.

Die Männer – sie drängten sich an Hauswände – gaben keine Ruhe. Mit erhobenen Fäusten brüllten sie, flankiert von kurzangeleinten Hunden, Martina traute ihren Ohren nicht: ›Pack verdammtes‹, ›Juden ewige‹ und ›Vergasen‹

hörte sie, und niemand griff ein. Polizisten gingen auf und ab, grinsend, die Arme verschränkt. Martina erkannte bald den abgezirkelten Parcours, den die Beamten abschritten, sie setzten keinen Schritt über den unsichtbar abgesteckten Bezirk. Und so kam keiner in die Nähe der Männer, die ihre Hetzparolen gegen die Bühne schrien. Das Holzpferd – als Martina sich unter die Menge gemischt hatte, war es bereits enthüllt – trug einen Schweif in den Farben Österreichs. Daran steckte eine Rondelle mit aufgenähtem Hakenkreuz, um die offenbar eine Diskussion im Gange war. Mehrere Beamte standen um das Hinterteil des Pferdes, und das Hakenkreuz wurde tatsächlich entfernt – auf polizeilichen Beschluss, wie der Redner auf der Bühne erklärte. Das trojanische Pferd stand auf der Ladefläche eines Lieferwagens. ›Flott‹, las Martina und brauchte eine Weile, um zu begreifen, dass so der Name der Verleihfirma lautete.

Flottflott und über die Köpfe schossen erneut Tauben, ohne einen Schrei, was noch unheimlicher wirkte. Die Lautsprecherstimme bedankte sich, Applaus setzte ein, Hände gingen in die Höhe, während in den hintersten Reihen Fäuste geschüttelt wurden. Martina bahnte sich einen Weg nach hinten, sie wollte die Gesichter dieser Menschen sehen, die Worte skandierten, die Martina aus jedem Sprachschatz gestrichen geglaubt hatte.

Nach wenigen Schritten sah Martina einen Mann, den sie erkannte. Sie war mit Markus hinter dem Mann hergegangen wie hinter einem Wunder. Er trug wie damals eine weiße Toga, hatte einen Kranz aus Blättern auf dem Kopf und schwenkte eine weiße Fahne. Sie waren ihm Hand in Hand durch die ganze Innenstadt gefolgt, hatten ihn zu ihrem Glücksengel erklärt.

Er schwang seine Fahne über den Köpfen der Zuschauermenge, dazu hielt er wohl eine Predigt. Martina sah seine Mundbewegungen, ohne etwas verstehen zu können. Nach den gehässigen Szenen am Stephansplatz wirkte der Lächelnde, der ruhig seine Fahne schwenkte, nicht wie ein Verkünder des Heils, sondern wie ein Bote des Unglücks. Ein gesetztes Paar drängte sich durch die Zuschauer, bis es vor dem Prediger stand. Die beiden verspotteten ihn, klopften ihm hämisch auf die Schultern und lachten. Da löste sich die Fahne von der Stange und schien einen Moment über dem Paar stehenzubleiben. Dann griff ein Windstoß in den Stoff und wickelte sie um ihre Köpfe. Die beiden wehrten sich wie verrückt, wickelten sich dadurch aber nur noch mehr ein. Schließlich standen sie da, als steckten sie gemeinsam in einem schlecht gewickelten Turban. Martina ging rasch weiter, um nicht mitansehen zu müssen, wie der Prediger das Paar aus seiner Fahne befreite.

Am Opernring war Martina, eben noch in heftigem Geschiebe, plötzlich ganz alleine. Selbst die Geräusche schienen abgeschaltet, als halte Wien einen Augenblick den Atem an.

Martina hatte einen untrüglichen Sinn für Momente, die anzeigten, dass eben doch ein geheimer Plan existiert, in welchem der Lauf der Welt aufgezeichnet ist. Jetzt war ein solcher Moment. Und als sie die einsame Taube aus dem Himmel stoßen sah und gleichzeitig das unheilvolle Rattern einer Straßenbahn hörte, wusste sie Bescheid. Bevor die Taube zielstrebig in die Frontscheibe der Fahrerkabine segelte, lief die Realität mit einem leisen Ruck wieder an. Und so hörte Martina den Aufprall nicht. Die Taube blieb am Scheinwerferring hängen, dann rutschte sie unter die Straßenbahn. Martina hätte gerne weggeschaut, aber sie konnte die Augen nicht von der Straßenbahn lösen, die mit einemmal nicht mehr von der Stelle kam, dabei war schon nach wenigen Augenblicken alles vorbei.

Martina konnte unmöglich weitergehen. Der Vogel schien unverletzt, rührte sich aber nicht mehr. Einige Halsfedern sträubten sich im Wind. Ein Flügel lag abgetrennt zwischen den Schienen. Sie ging in die Knie und hatte schon fast den Hals der Taube berührt, da legte ihr jemand die Hand auf die Schulter.

»Lassen Sie mich das tun.«

Hinter ihr stand ein Mann in einem dunkelblauen Sommeranzug.

»Ist sie tot?«

Der Mann kauerte sich neben Martina und drehte die Taube auf den Rücken. Er trug weiße Turnschuhe, an seinem Revers steckte ein Schmetterling aus Blech.

»Ja«, sagte er, »tot ist sie.«

»Und jetzt?«

»Jetzt muss sie hier weg. Sonst fährt gleich der Nächste drüber.«

»Weg? Wohin?«

»Helfen Sie mir?«, fragte der Mann.

Martina sah ihm in die Augen. Der Mann hatte ein markantes Gesicht und kurze schwarze Haare. Sie kauerten für einen Augenblick nebeneinander, als gebe es keine tote Taube. Erst das Klingeln einer Straßenbahn brachte die Dinge wieder in Gang. Er entfaltete rasch eine Zeitschrift und schob die Taube darauf. Martina hob den Flügel hoch, obschon sie sich ekelte, und dachte an Markus. Jetzt nehme ich dir deine Angst vor den Vögeln, dachte sie. Man muss sich verbünden mit dem, was einem Angst macht. Ich werde diese Federn nicht verbrennen, ich werde sie beerdigen oder wenigstens vergraben …

»Legen Sie den Flügel dazu. Ich weiß einen Platz für das arme Viech. Dort werden wir es begraben.«

Sie gingen nebeneinander den Ring entlang, gemeinsam die Zeitschrift mit der toten Taube tragend.

ZWÖLF

Sie hatten ihm die Fenster geöffnet. Alle vier Flügel standen offen, als müsse der Frühling noch ein letztes Mal in dieses Krankenzimmer hineinwachsen.

Eine Woche zuvor hatte ich ihn auf seinem Sofa gefunden, flach atmend, leblos. Seither saß ich täglich an seinem Bett, während er auf dem Rücken lag und aus dem Fenster starrte. Der Schlag hatte Großvater aus der Welt katapultiert; er hatte keine Sprache mehr, nicht ein Wort. Die Hirnblutung hatte nicht nur seinen Sprachschatz gelöscht, sie hatte auch die linke Hälfte seines Körpers gelähmt. Und so lagen zwei völlig verschiedene Hände nebeneinander auf der Decke: die linke, schneeweiß und aufgeschwemmt, schien bereits abgestorben, die rechte hingegen war unablässig in Bewegung, behände und voller Kraft. Die ersten Tage bewachte ich Großvaters Atemzüge, um bei jeder Unregelmäßigkeit nach der Schwester zu klingeln. Dabei hatte er kaum je so ruhig geatmet wie hier im Krankenhaus, sogar sein Husten hatte sich gebessert. Er hatte ein Leben lang geraucht, eine Mentholzigarette nach der andern, Nordpol, ohne jemals die Asche abzustreifen. Es war interessant zu beobachten, wer ihm die Aschenbecher nachtrug und wer nicht. Auch seine Hustenanfälle schienen nicht selten inszeniert, um die Reaktionen seiner ›Zuhörer‹ zu testen.

Meist saß ich neben dem Bett und schwieg. Zuerst hatte ich Fragen gestellt, dann Geschichten erzählt, bis ich ihm schließlich aus der Zeitung vorlas. Lokales, Sport, Ausland, Kultur: Großvater zeigte keine Reaktion, nicht einmal bei den Todesanzeigen, von denen ich mir einiges versprochen hatte. Ich hatte schlicht keinen Platz in seiner Wahrnehmung; er sah stur an mir vorbei in den Frühling des Jahres 1982. Am vierten Tag nahm ich ein Kartenspiel mit, schließlich war er als Spieler bekannt, der die Karten in der verrauchten Beizenluft wie ein Akkordeon auffächerte. Er galt als Feierabendzauberer, der am Stammtisch für Begeisterungsstürme sorgte. Seine Kartenhäuser, die nicht einmal dann in sich zusammenfielen, wenn irgendein Trampel gegen den Tisch stieß, waren legendär. Die luftigen Bauten aus abgegriffenen Blättern sorgten für eine feierliche Stimmung, man schwieg, ließ die Zigarren in den Aschenbechern abbrennen und vergaß sogar das Trinken. Vor vielen Jahren hatte er mich als Helfer für seine Kartentricks gebraucht; vielleicht konnte er sich jetzt an die Einführungsnachmittage im Hinterzimmer seiner Drogerie erinnern oder an die Spiele in den umliegenden Beizen.

Ich mischte, verteilte und steckte ihm seine Karten in die rechte Hand. Großvater starrte verständnislos darauf, schloss die Faust und sah ungerührt aus dem Fenster; die zerknüllten Karten fegte er vom Bett.

Er teilte das Viererzimmer mit einem Mann, der sich jedes Mal abwandte, wenn ich eintrat. Eine Schwester hatte mir erzählt, dass es erbitterte Kämpfe um den Nachttisch gegeben hatte. Großvater schlug die aufgebauten Fotografien des Mannes herunter, glaslose Rähmchen, die sich aufstellen ließen; aber man begriff erst nach dem zehnten Mal, dass er es mit Absicht tat. Legten die Krankenschwestern Großvaters Fellmütze und sein ledergefasstes Buch auf den Nachttisch, räumte der andere Patient ab. Schließlich stellte man ein weiteres Tischchen in das Zimmer.

Die Fellmütze – Großvater trug sie sommers und winters – war schuld an seinem Übernamen: Seit er vor Jahren mit der Mütze im Sternen aufgetaucht war und behauptet hatte, sie stamme aus der Mongolei, wurde er nur noch Mongol genannt. Ein Pelzverkäufer aus der Stadt hatte der Wirtshausrunde eines Nachts bestätigt, das Fell nicht zu kennen, was als Beweis genügte, dass die Mütze tatsächlich in der Mongolei genäht worden war. Und zwar aus dem ›Fell eines einzigen Nagers‹, wie Großvater behauptete.

Auch ohne das ledergefasste Buch hatte ich Großvater nie gesehen. Er hatte die Originalausgabe in den vierziger Jahren in einem mittlerweile aufgelösten Antiquariat gekauft. Er hatte sich nie das Geringste aus Büchern gemacht und war auf der Flucht vor einem Platzregen in das Geschäft geraten. Um den Antiquar, der ihn misstrauisch beobachtete, nicht zu verärgern, hatte er sich durch die Regale gewühlt und schließlich ein Buch gekauft. ›Ich wählte einen Titel, den der Mann als Hinweis hätte verstehen müssen: das »Handbuch des Schwindels« sollte ihm zu verstehen geben, dass ich ihm den bibliophilen Spinner nur vorspielte.‹ Großvater las das Buch noch in derselben Nacht und erklärte es zu seiner Bibel, die er nicht mehr aus der Hand gab: ›Es reicht, ein einziges Buch zu besitzen. Es muss nur das Richtige sein.‹ Das ›Handbuch des Schwindels‹ war im Frühjahr 1922 erschienen und noch im selben Sommer verboten worden. Seinen Autor Ewald Gerhard Seeliger brachte es für sechs Wochen in eine Pflegeanstalt, wie mir Großvater wieder und wieder erzählte. E.W. Seeliger starb am 8. Juni 1959, an meinem Geburtstag. ›Ein deutliches Zeichen‹, fand Großvater, ›und einer der Gründe, warum du der einzige Verwandte bist, den ich ertrage!‹ Viele Punkte des Lexikons kannte er auswendig, und an einem Umzug der Männerriege hatte er sich vor dem Fahnenträger aufgebaut, um lauthals das Handbuch zu zitieren: ›Fahne, das bunte Schwindeltuch der Staatsgewalt. Wer eine Fahne hebt, erstrebt, dass den anderen davon möglichst bunt oder zum mindesten rot vor Augen wird. Wer hinter einer Fahne herzieht, zieht über sich selbst her!‹ Der junge Turner ließ die Fahne sinken und brachte damit den ganzen Umzug durcheinander. Selbst die Blasmusik war aus dem Takt geraten: ›Da sieht man, was die Wahrheit anrichtet‹, hatte der Mongol gebrüllt und war im Sternen verschwunden …

Aber an meinem achten Besuchstag war meinem Großvater nicht nach Zitaten gewesen. Sie hatten ihm die Fenster geöffnet, und das andere Bett war leer, der Mann war gestorben, kurz nach dem Nachtessen.

Großvaters aufgerissene Augen blickten an mir vorbei, als sähen sie etwas, das niemand für möglich gehalten hatte. Die

Gaze über der Infusionsnadel war verkrustet von seinem Blut. Er pfiff Todesgeräusche und lag halb sitzend in seinem Bett.

Ich schloss die Tür und zog den Stecker des Telefons aus der Dose. Dann löste ich die Bremsen seines Bettes und schob es unter das offene Fenster. Es war heiß und hell. Zweige wippten auf und nieder, eine Bewegung, die Großvater nach wenigen Sekunden mit seiner rechten Hand nachahmte. Sein Gesicht, über Nacht spitz und fast fleischlos geworden, wurde beherrscht von seinem weißen Schnurrbart, der jetzt zitterte und bebte. Das Pfeifen wurde zum Jammern, und schließlich drehte Großvater den Kopf; endlich drehte er den Kopf und nahm mich wahr.

Ich hatte mir in all den Jahren immer wieder vorgestellt, er falle um, wenn er sich rasend vor Wut aufplusterte. Aber das hatte er jedes Mal verhindert: Plötzlich stand er jeweils bocksteif da, atmete ruhig und zählte leise bis zehn. Danach war er wieder ruhig. Gelegentlich hatte ich ihn im Lager der Drogerie überrascht, wo er vor einem Regal stand, rhythmisch in den Knien wippte und laut furzte, getreu seinem Motto: ›Jeder Darmwind stiehlt dem Doktor fünf Franken!‹ Einmal hatte er mir unreifes Spalierobst mitgegeben, das ich auf dem Schulhof verteilte. ›Dann geht endlich etwas los in der Schule‹, hatte er gemeint, und wirklich verbrachten etliche Klassen den Nachmittag mehr oder weniger auf der Schultoilette.

Und jetzt starb er, der Mongol und Oberschwindler.

Und zwar in meinem Arm, denn ich hatte ihn zu einer letzten Umarmung hochgenommen. Seine rechte Hand hielt meinen Unterarm, aber der Druck wurde von Minute zu Minute schwächer. Vor dem Fenster lärmten Vögel, ein Schwarm Spatzen, der einen Moment flirrend im Fenster stand; Motoren wurden gestartet, Autotüren geknallt. Es wurde eine lange Umarmung, und doch dauerte sie mir nicht lange genug. Großvaters Rechte lag bereits auf der Decke, schlaff wie seine Linke, als er sich noch einmal aufraffte. Dann sagte er, der seit acht Tagen ohne Sprache war, einen Satz, ich hatte gar nicht gewusst, dass Großvater Englisch spricht, er klammerte sich an mir fest und sagte den letzten Satz seines Lebens: ›Elephants never forget.‹ Ich ließ ihn in sein Bett sinken und drückte ihm die Augen zu. Dann schloss ich das Fenster, informierte einen Arzt und verließ das Krankenhaus.

Die Landschaft hatte sich verändert. Während unserer Umarmung war das Licht versöhnlich gewesen, nun war es düster. Eine Welt ohne Licht und ohne Schatten war es, durch die ich trabte. Der Geruch nach warmer Milch lag in der Luft, unter einem Stalldach hockte ein alter Mann, den Spazierstock zwischen die Knie geklemmt. Eine Statue aus Holz, die man gegen Abend ins Haus trug und aufs Ofenbänklein setzte. Irgendwann stand ich am Ufer eines Baches. Wozu sollte ich weiterlaufen, wohin? Den Krampf, der mich schüttelte, hatte ich früher erwartet. Nach wenigen Minuten fiel erlösender Regen.

›An meiner Beerdigung werde ich der einzige sein, der im Trockenen liegt‹, hatte Großvater schon vor Jahren gespottet. Und genau so sollte es kommen: Kaum schwenkte der Trauerzug auf die Hauptstraße, begann es aus heiterem Himmel zu gießen. Niemand hatte an einen Schirm gedacht, und wir Trauergäste waren schon nach den ersten hundert Metern nass bis auf die Haut. Großvaters Beerdigung sollte sowieso zum Tag der späten Rache werden: Mein Vater hatte in den sechziger Jahren den ersten Radrennclub der Gegend gegründet, und Großvater hatte sich immer maßlos über diese sportliche Aktivität seines einzigen Sohnes geärgert. ›Sport‹, zitierte er sein Buch, ›Sport ist schweißtreibender Arbeitsersatz für Unmenschen, Sicherheitsklappe für überschüssige Schmarotzerkraft und Betätigungsausrede für Denkfaule!‹ Natürlich fuhr auch ich Radrennen, und anfangs der Saison begleitete ich Vater in den Wald, wo wir einen Glasbehälter, ein Drittel mit dickem Sirup gefüllt, in einen Ameisenhaufen stellten. Auf diese Weise entstand das Massageöl, auf das mein Vater und Coach schwor. ›Wir müssen den schönsten Haufen des ganzen Waldes finden. Mein Sohn darf sich die Beine keinesfalls mit dem Öl von Ameisen massieren, die nicht einmal einen anständigen Haufen hinkriegen!‹ ›Das ist verboten‹, wetterte Großvater jedes Jahr, ›Ameisenhaufen sind geschützt!‹ ›Rennfahrer auch‹, schrie Vater jeweils zurück.

Am Tag von Großvaters Beerdigung fand ein Junioren-Rennen statt, und natürlich passierte das Feld ausgerechnet die Straße, durch die sich der Trauerzug im Schritttempo bewegte. Die zwei Junioren, die das Feld kurz vor dem Dorf abgehängt hatten, griffen zwar voll in die Bremsen, landeten aber trotzdem in einem frisch umgepflügten Acker. Nur Sekunden später folgte das Feld. Trauergäste stoben auseinander,

Onkel und Tanten, die ich jahrelang nicht gesehen hatte. Und an der Spitze des Zuges stand der Pfarrer, das Kreuz in den Himmel streckend, als gelte es den Leibhaftigen zu bannen. Das Debakel sorgte für hämische Zeitungsnotizen und einige Aufregung im Vorstand des Clubs. Zwei Funktionäre mussten zurücktreten, und an der nächsten Generalversammlung gab Vater das Präsidium ab. ›Aus Altersgründen‹, wie er stur behauptete.

Großvater hatte dem Männerchor untersagt, an seiner Beerdigung zu singen. Er war mehr als zwei Jahrzehnte ein unauffälliger aber zuverlässiger Bass in der hintersten Reihe des Chores gewesen. Als Vater Dirigent des Chores wurde, trat Großvater aus: ›Oder soll ich mich etwa vom eigenen Sohn herumdirigieren lassen?‹ Vater bestand auf zwei Liedern bei der Beerdigung, während Mutter an Großvaters Verbot erinnerte. Es kam zu wüsten Szenen in der Küche, und schließlich erschien der Chor vollzählig bei der Beerdigung. Die Männer bauten sich sogar auf, aber auf ein Lied verzichteten sie. Immerhin hatte Großvater gedroht, jeden zu verfluchen, ›der es wagt, an meiner Beerdigung das Maul aufzumachen, um zu singen!‹

Für Großvater gab es lange Zeit nur drei Arten der Fortbewegung, die er akzeptierte: mit Pferd und Wagen, per Zug oder zu Fuß. Er erledigte jahrelang alle Besorgungen mit Pferd und Wagen. Auf der Ladebrücke stehend – einen Kutscherbock hielt er für kindisch –, lenkte er sein Gespann durchs Dorf. Vor Jahren saßen wir im Sternen, ich sekundierte bei einem neuen Trick, den wir lange geübt und in einem Restaurant an der Kantonsgrenze ausprobiert hatten, als sich der Gemeindepräsident neben Großvater setzte: ›Gäbe es Touristen in meiner Gemeinde, ich würde dich glatt als Attraktion anstellen mit deinem Gespann, Mongol!‹ Wir spielten die Runde fertig, ohne dass einer den Schwindel bemerkte und unter der Tür posaunte Großvater seine Antwort durch die Gaststube: ›Wenn es in deinem Witznest Touristen gäbe, würde ich meinen Wagen nur noch brauchen, um dir den Mist vors Gemeindehaus zu karren, Präsident!‹

Eines Tages hatte Großvater die Drogerie, die er über dreißig Jahre geführt hatte, verkauft, um mit seinem Pferd eine der letzten mobilen Schnapsbrennereien durch die Gegend zu fahren. Er verließ seine Frau, die zwei Monate zuvor erfahren hatte, dass sie krebskrank war. Damit war er selbst für viele seiner Freunde erledigt. Er zog in einen heruntergewirtschafteten Hof am Rand des Moores. ›Störbrenner‹, hatte er mir erklärt, ›ist der Beruf, von dem ich seit Jahren geträumt habe. Ich kann all die traurigen Gestalten nicht mehr sehen, die jammernd in meiner Drogerie stehen. Ich habe lange genug von Schweißfüßen, Durchfall, Sodbrennen und schmerzenden Gelenken gehört. Die Leute standen in meinem Geschäft wie in einer Kapelle, leidend und bittend. Und eigentlich habe ich ja nur die ehemals wichtigste Abteilung fahrbar gemacht. Ab sofort verkaufe ich die einzig richtige Medizin!‹ Die ausgesuchte Spirituosenabteilung seiner Drogerie war tatsächlich Anlaufstelle vieler heimlicher Trinker gewesen; an manchen Nachmittagen saßen bis zu zehn Männer in seinem Hinterzimmer. Nun wechselte er von März bis Ende Oktober von

Brennplatz zu Brennplatz, um das Obst der Bauern in das klare Wasser zu verwandeln, das in Korbflaschen in Kellergewölben verschwand. Mit siebzig hatte er genug und nahm den Tod seines Pferdes als Grund, um aufzuhören. Die Brennerei stellte er auf seinen Hof, trotz hoher Angebote weigerte er sich, sie zu verkaufen. Selbst die Gemeindeverwaltung war an der Brennerei interessiert, um sie zu verschrotten. Jeden Herbst brachte er den Kessel auf Dampf und brannte einen hochprozentigen Kirschschnaps, den er, umgefüllt in einen Flachmann in Lederfutteral, stets auf sich trug. Wir saßen ganze Nachmittage an der Bahnböschung, damit Großvater sein Notizbuch überprüfen und nachtragen konnte. Die meisten Lokführer kannten ihn und hoben grüßend die Hand, wenn sie uns passierten. Der Flachmann reichte jeweils genau für einen Nachmittag, wobei er den letzten Schluck in den Schotter schüttete, weil das Glück bringe. Alle paar Monate unternahmen wir zusammen eine Zugreise; wir fuhren immer in die Südschweiz, wo wir stundenlang in Seerestaurants saßen, Touristen mit Kartentricks verblüfften oder wortlos übers Wasser sahen. Während der Rückfahrt saß Großvater jeweils am Fenster und trug sein Notizbuch nach: Er kannte nicht nur das Bahnnetz wie kein zweiter, sondern zum Beispiel auch die Schwellenhöhe jedes Bahnhofes, den wir auf unseren Reisen passierten.

Sein Testament fand man erst eine Woche nach der Beerdigung. Die Verwandten hatten das ganze Haus mehrmals vergeblich auf den Kopf gestellt, bis ihnen endlich der Zettel auffiel, den er an den Rahmen der Kellertür genagelt hatte. Großvater vermachte mir das ›Handbuch des Schwindels‹, seine Schnapsbrennerei und ein Archiv, von dem kein Mensch gewusst hatte, dass es existierte …

Mein vierter Tag im Krankenhaus war nicht nur der Tag der Erinnerungen, sondern auch der Tag der Nachrichten: Ich würde nie mehr unter meinem Kinofenster liegen, Häuptli kündigte mir am Telefon. Gleich darauf rief Kathrine an und teilte mir mit, sie komme mich heute nicht besuchen. In der Wohngemeinschaft unter ihr stieg eine Party für einen Musiker aus Italien, der offenbar seit Tagen für erotische Unruhe sorgte. Frauen saßen keifend in der Küche, eifersüchtige Männer knallten Türen.

Später – ich war wohl eingenickt – lag ein Couvert auf meinem Nachttisch. *Hotel Rathaus, Lange Gasse, Wien*. Ich riss den Umschlag auf, und eine Polaroid-Aufnahme glitt zu Boden.

Ich hatte meine Schwester kleiner in Erinnerung, sie saß auf dem Sockel eines Denkmals, ich hätte sie kaum erkannt. Sie hatte ihre schwarzen Haare hochgebunden und straff nach hinten frisiert, ohne dadurch streng zu wirken. Um ihr Lachen hatte ich sie immer beneidet. Sie trug ein engsitzendes schwarzes Wollkleid und flache Schuhe. Neben ihr lag eine Tasche, ein großer Lederbeutel.

Lieber Martin,
oder darf ich Dich wie früher Brüderchen nennen? Neun Jahre jünger bist Du ja auch heute noch. Warum hast Du mich eigentlich nie Schwesterchen genannt? Schwester – das klang

eher wie Mutter oder Vater. Ich habe meine Stelle hingeschmissen, eine Woche vor den Ferien, stell Dir vor! Beruhigt Dich meine Kündigung? Du fandest es doch immer total daneben, dass ich Lehrerin wurde! Es wird kein Zufall sein, dass ich ausgerechnet ein Zugbillet nach Wien löste. Erinnerst Du Dich an Vaters Foto? Der Schauplatz stimmt, der Rest nicht. Du fehlst.

Auf unserem Dachboden stand ein Bild, weißt Du noch? Die billige Reproduktion stellt eine Winterszene dar: Mehrere Kinder laufen Schlittschuh auf einem Teich in einem verschneiten Wald.

Ich hatte nicht gewusst, dass Du das Bild kennst, bis mir zufällig Dein Aufsatz in die Hände geriet. Du warst damals in der 5. Klasse. Ich habe Deine Bildbeschreibung mehrmals gelesen, bis ich begriff, welches Bild Du beschriebst. Ich sah es nämlich ganz anders als Du. Für Dich zählten nur die Jungen, die Eishockey spielten, und die beiden Mädchen, die Pirouetten drehten.

Hast Du das Mädchen, das mitten im Wald saß, überhaupt gesehen? Für mich war es die Hauptsache des Bildes. Es saß an einen Stamm gelehnt, eine Wollmütze ins Gesicht gezogen, die Schlittschuhe neben sich im Schnee.

Ich habe stundenlang geübt, mich in meine Lieblingsbilder zu versetzen. Und dieses Bild ist jahrelang mein Lieblingsbild gewesen. Es hat ziemlich lange gedauert, aber dann habe ich das Bild durch die Augen des Mädchens gesehen. Und mit einemmal stimmte Deine Bildbeschreibung.

Das Ölbild heißt übrigens »Die Geschwister«.

Komisch: Da schreibe ich Dir das erste Mal überhaupt einen

Brief, und was mache ich? Ein Bild beschreiben. Das Du beschrieben hast.

Nach Deinem Autounfall frage ich nicht.

Du bist ja immer durchgekommen, überall. Oder ist das bloß die Meinung der großen Schwester?

Nimm den Brief als Blick aus meinen Augen in Deine.

Deine Schwester Martina

An die Reproduktion konnte ich mich erinnern, an meinen Aufsatz nicht. Ich hatte gelegentlich Martinas Truhe in ihrem Lesetempel durchsucht und mir dabei den gerahmten Druck angesehen. Das Mädchen im Wald war mir nicht aufgefallen. Vielleicht war es eine Erfindung meiner Schwester, genau wie der Titel des Bildes und mein Aufsatz. Immerhin hatte sie mir ab und zu Geschichten erzählt, die sie nicht nur erfand, um mich zu unterhalten: Einmal mixte sie mir eine heiße Schokolade, die Eltern waren in Zürich im Theater. Kaum hatte ich die Tasse geleert, behauptete sie, die Schokolade verwandle mich in einen Winzling, kleiner als ihr Daumen. ›Du brauchst eine Woche bis in dein Zimmer. Der Teppich im Gang ist ein Urwald für dich, und die Treppe …‹ Ich ließ sie gar nicht zu Ende erzählen. Ich rannte in mein Zimmer und legte mich ins Bett, ohne mich zuzudecken: Das Duvet hätte mich glatt erstickt, wenn ich tatsächlich geschrumpft wäre.

Ich steckte das Polaroid meiner Schwester in den Umschlag zurück. Es gibt nur ein paar wenige Fotos aus meiner Kindheit, an die ich mich erinnere. Das Bild aus Wien gehört dazu, weil es das Verhältnis zu meiner Schwester umgekehrt darstellt. Meine Hand auf ihrer Schulter hat etwas Beschützendes und macht mich vom Brüderchen zum großen Bruder. Es ist das letzte Mal gewesen, dass Martina Ferien mit uns machte. Wir haben in einer Pension in der Nähe des Praters gewohnt, ich teilte das Zimmer mit ihr. Sie hat sich jeden Abend eingeschlossen, weil sie in ihr Buch schreiben wollte und ich sie dabei störte. Ich habe auf dem Flur der Pension gewartet und mir Martina in dem Zimmer vorgestellt. Am zweitletzten Abend in Wien habe ich Martina nackt gesehen und einen Augenblick vergessen, dass sie meine Schwester ist.

DREIZEHN

Endlich packten die beiden älteren Herren die Dominosteine in ihre Ledertasche und verschwanden im wogenden Grün der Rathausanlage.

Damit war der Tisch frei; Martina stellte ihn neben ihren Stuhl, unmittelbar an den Rand des Brunnens. Nun konnte sie ihre nackten Füße auf den steinernen Brunnenrand legen und die Zeitschrift auf der Blechplatte ausbreiten.

Vor ihrer Klasse stand bestimmt längst eine Vertretung.

Am ehesten eine der jungen Frauen, die noch an den Unterricht glauben, die voller Erwartung den gelernten Mist des Lehrerseminars ›anwenden‹ wollen. Eine junge Frau, die ihre Sache zweifellos besser machte als sie. Sie hatte sich ja nie für die Wirklichkeit interessiert, auf die sie ihre Schüler vorbereiten sollte. Nach dem Seminar unterrichtete sie achtzehn Monate in einer kleinen Gemeinde, keine zehn Autominuten von ihrem Elternhaus entfernt. Die Schüler kamen aus fünf weit über den Hügelzug verstreuten Weilern und abgeschiedenen Höfen in das Schulhaus, im Winter mit den Skiern. Martina unterrichtete die vier Klassen der Unterstufe in einem kleinen Saal mit Riemenboden und Kachelofen, man hätte glauben können, man sitze im letzten Jahrhundert, wenn man sich hinter eines der Klapppulte zwängte.

Die Oberstufe wurde von einem Mann in Martinas Alter unterrichtet, der das Lehrerpatent auf dem zweiten Bildungsweg erworben hatte; auch für ihn war es die erste Arbeitsstelle. Seine Schüler standen ganze Nachmittage auf verschiedenen Hügelkuppen und verständigten sich mit Flaggensignalen, während er in der Wiese vor dem Schulhaus lag und mit einem Feldstecher die gezeigten Signale überprüfte und benotete. ›Wir sollen den Schülern das Alphabet beibringen. Die Frage ist bloß welches?‹ Er baute Morseapparate mit seiner Klasse, von denen bei der Vorführung am Elternabend – sogar ein Schulinspektor saß im Publikum – gerade einer funktionierte. Eine geschlagene Woche übte er das Abseilen an der Schulhausfassade, und vor Martinas Fenstern schwebten Schüler vorbei, lauthals korrigiert von ihrem Lehrer, der sogar vor Martina den Bergführer spielte und von Schlechtwetterfronten und neuen Routen schwärmte.

Auch Martina hatte nur nach Lehrplan unterrichtet, wenn einer der Inspektoren vorbeikam, die sich aber vor allem für die Baufälligkeit des Gebäudes interessierten und verblüfft in rieselndem Verputz standen oder zersprungene Dachziegel über den Platz schoben. Martina erinnerte sich an Gespräche mit anderen Lehrern, die an größeren Gemeinden unterrichteten und stundenlang von Reformen und freier Schulführung redeten; Gespräche, die sie meist kopfschüttelnd verließ. Summerhill mit seinen antiautoritären Ideen lag für Martina nicht in England, sondern in dem winzigen Dorf, in dessen einzigem Wirtshaus Bauern saßen, die Ende der sechziger Jahre am liebsten selber in die Stadt gefahren wären, um die Studenten mit Jauche abzuspritzen. Martina unterrichtete am äußersten Rand der eidgenössischen Schulrealität, und das war das Beste, was ihr passieren konnte. Ihr Lehrerpult wurde jede Woche einmal mit einer Holzplatte in einen Altar verwandelt, und der Vikar las die Schulmesse. Sein Messgewand hing in Martinas Schrank neben Heften und Tintenfässern.

Auf dem Dachboden des Schulhauses gab es eine holzgetäfelte Kammer, in der ein altes Plüschsofa stand. Auf diesem Sofa trieben es die zwei Lehrer miteinander, und zwar jeden Tag. Das jedenfalls stand in einem anonymen Brief, der eines Morgens mit einem geplatzten Kondom auf Martinas Pult lag. Einige Tage später waren die zwei Hamster aus ihrem Käfig verschwunden; Martina fand sie auf dem Spieß eines Feuers hinter dem Schulhaus. Die folgenden Monate waren das reinste Kesseltreiben. Elternabende wurden zu gehässigen Redeschlachten, und die anonymen Anschuldigungen häuften sich. Als handgeschriebene Anschläge an Stallwänden und vor Beizen klebten, gab Martina auf: Sie kündigte und wollte nie mehr Schule geben. Nach drei Jahren begann sie an der Schule einer Schlafgemeinde für pendelnde Angestellte – und alles war anders. Summerhill lag noch immer nicht in England, Summerhill hatte es gar nie gegeben. Vor Martinas Fenstern ließ kein Kollege Heißluftballons steigen, die gleich nach dem Abheben in Flammen aufgingen; kein Lehrer lag im Gras, während seine Schüler Totempfähle mit den Köpfen der Schulpflege aus Baumstämmen schlugen. Vor den geputzten Scheiben dieses Schulhauses lag eine sauber geharkte Weitsprunganlage mit Klettergerüst und dahinter ein Parkplatz.

Sie blieb den ganzen Nachmittag im Park des Rathauses. Ein warmer Wind wehte, und sie blätterte im Takt der wippenden Äste in der Illustrierten, ohne sich auf den Text konzentrieren zu können. Sie saß an ihrem Tisch, dessen Blechplatte höllisch heiß war, und ging in Gedanken ihre letzten Jahre durch, auf der Suche nach dem Riss durch ihr Leben, der sie letztlich aus der Konferenz und nach Wien getrieben hatte.

Sie saß unter ihrem hellblauen Badetuch, hier an diesem Blechtisch hinter ihrer Sonnenbrille, wie damals nach dem samstäglichen Bad als kleines Mädchen, als sie im Wohnzimmer einen Sessel vor den Heizungsradiator rückte, um mit dem Tuch ein Zelt zu bauen, in dem sie verschwand, die Stimmen der Eltern in der Nähe, bis sie einschlief und erst erwachte, wenn der Vater sie ins Bett trug. Rauch zog in den Schuppen, und gleich darauf fiel ein Regen, der leise auf die Dachziegel trommelte, unter denen sie mit dem Jungen aus der Stadt lag, der seine Sommerferien auf dem Land verbrachte und Martina zeigte, wie man richtig küsste, und dazu seine Spange aus dem Mund nehmen musste. Und dann saß sie im Nachtzug nach Amsterdam, im Arm eines Mannes, von dem Markus nichts hatte wissen dürfen, immerhin waren sie seit einem Jahr ein Paar. Sie hatte den Mann an einem Fest kennengelernt, und nun saß sie mit ihm in einem fast leeren Zug, trank warmen Sekt und ließ sich von ihm den Hals abküssen. Diese Reise nach Holland war keine Flucht gewesen, nicht einmal das. Sie saßen in Bars und Cafés, weil draußen ein Wind ging, der nicht auszuhalten war. Die Nacht verbrachten sie in einem heruntergekommenen Hotel in der Innenstadt, auf der Gracht vor dem Fenster glitten Ruderboote vorbei, während sie sich liebten. Das Gesicht des Mannes brachte Martina nicht mehr zusammen; seine Hände waren jedenfalls unheimlich groß gewesen und doch samtweich über ihren Körper geglitten. ›Wie Bärentatzen, denen man die Krallen gezogen hat‹ – so hatte Martina diese Hände in einem Brief umschrieben, der über mehrere Seiten die zwei Liebesnächte mit dem Mann beschrieb. Seiten, die sie bereits auf der Rückfahrt theatralisch in Fetzen riss und vor den Augen des verheirateten Mannes aus dem Zugfenster streute. Jahre später trat Martina an das Gitterbett ihres Kindes; Ralph lag auf dem Bauch und zeigte seinen zerkratzten Rücken. Der Junge hatte sich das erste Mal blutig geschrammt, als wären Hunde über ihn hergefallen. Und das war nun auch für Markus endlich Grund genug gewesen, um mit dem Kind einen Arzt aufzusuchen. Martina hatte die Diagnose längst selbst gestellt: Ralph war ein Autist, wie ihr der Spezialist bestätigte. Am Kinderbett, ihre Hände auf den Schrammen, hatte Martina an jene Nacht denken müssen, in welcher sie, dessen war sie sich sicher, ihr Kind gezeugt hatten. Sie war erwacht, als Markus schon in sie eingedrungen war, knurrend wie ein Wolf, die Fingernägel in ihre Schultern gekrallt. Neun Monate und sechs Tage später gebar Martina nachts um halb zwölf keinen Wolfsjungen, aber ein Kind, das jede Zärtlichkeit zurückwies und sich nur mit etwas beschäftigte: mit sich selbst. Bald begann Ralph, seinen Kopf gegen Zimmerwände zu schlagen, immer und immer wieder, ohne zu schreien, bis er blutete und verwundert aufhörte. Er saß stundenlang vor einem Kreisel aus rotem Plastik, dessen Flächen einfache Symbole zeigten: Mond, Sonne, Fisch und Vogel. Die anderen Spielsachen schien er gar nicht wahrzunehmen. Trat Martina neben ihn, wandte er sich ab. Hob sie ihn hoch, ließ er beide Arme hängen.

Martina schlug die Illustrierte zu. Der Wind hatte sich gelegt, und es war wieder drückend heiß. Die Bilder wechselten immer rascher, und schließlich saß Martina über das Magazin gebeugt wie damals auf dem Dachboden der Eltern, als sie glaubte, sie könne mit den Strichen ihrer Füllfeder erwachsen werden, bevor sie es wirklich war.

Martina lehnte sich gegen die Flügeltüren der Telefonzelle und drückte sie auf, dann fütterte sie den Apparat mit Münzen und steckte ihren Zeigefinger in die Wählscheibe: ›Schneller, du Arsch, schneller …‹

Sie zählte mit, vier, fünf, sechs, da hob Markus ab und meldete sich mit atemloser Stimme, als sei er gerannt.

»Markus«, sagte Martina schnell, »ich bin's …«

»Martina? Wo steckst du denn, verdammt nochmal! Dein Vater rennt mir die Bude ein, und der dämliche Präsident der Schulpflege …«

»Ich bin in Wien. Stell dir vor, in Wien.«

»Ach Gott«, sagte Markus. »Du wohnst doch nicht etwa im Rathaus?«

»Doch! Weißt du noch?«

Markus schwieg. Im Hintergrund lief Musik, Martina konnte sogar den Verkehr der nahen Autobahn hören.

»Aber nicht im gleichen Zimmer, das nicht, oder doch?«

»Nein. Aber über dem Bett hängt das gleiche Bild wie in unserem Zimmer. Kannst du dich erinnern?«

»Findest du das nicht ein bisschen dramatisch? Eine Woche vor den Ferien? Hättest du nicht warten können? Fünf Tage, mein Gott, das ist doch lächerlich! Aussteigen! Was ist eigentlich los mit dir?«

Martina schwieg. Die Münzen rasselten schnell durch den Apparat. Auf der anderen Straßenseite stand ein Mann, der seinem Hund ins Fell griff; das Tier ließ sich zu Boden fallen und verwöhnen.

»Martina! Bist du noch da?«

»Alles ist los«, sagte Martina trotzig.

»Und was hast du vor? Wann kommst du zurück von deinem kindischen Ausflug? Oder willst du vielleicht auswandern und im Prater Würstchen verkaufen? Du musst doch ...«

»Ich muss rein gar nichts.«

»Mide«, sagte Markus, »du musst doch wissen, was du vorhast!«

So hatte er sie seit Jahren nicht mehr genannt. Mide. Sie hörte den aufgeregten Atem ihres ehemaligen Mannes.

»Nein«, sagte sie schließlich leise, »ich weiß es wirklich nicht.«

»Meine Güte«, rief Markus unbeherrscht, und Martina legte auf. Sie trat rasch aus der Kabine, ohne die Münzen, die durch den Apparat rasselten, aus der Schale zu klauben.

In der Nähe des Hotels gab es ein Gemüsegeschäft, in dem Martina jeden Tag einen Beutel Obst kaufte. Heute musste sie sich beeilen: Die Verkäuferin trug bereits das

Gemüse von der Straße in den Hinterraum, und in einigen Minuten würde die Besitzerin, eine weißhaarige alte Dame, ihr Geschäft schließen. In dem Lokal war es angenehm kühl; heute roch es nach frischer Minze und einem Gewürz, das Martina nicht kannte. Die Besitzerin unterhielt sich mit einer Kundin in ihrem Alter, die einen verwaschenen Trainingsanzug trug. Martina hörte kaum, was sie redeten, denn sie dachte plötzlich daran, dass ihr Markus einmal erklärt hatte, für ihn sei die Auslage eines Gemüsehändlers genauso schlimm wie für gewisse Leute das Schaufenster eines Metzgers. All das furchtbare Gemüse …

»Wissens, das wird schon nicht so schlimm nicht sein! Ich hab ja ganz andere Sorgen. Künden hab ich schon wieder einem müssen. Nicht zum Aushalten sind sie, die jungen Männer. Ständig reklamieren tuns und dann die Miete nicht zahlen. Wissens, was ich mir wünschen tät? Ein Fräulein tät ich mir zur Untermiete wünschen.«

Martina wurde von der Verkäuferin angesprochen und verlangte ein Pfund Birnen. Als sie bezahlte und das Obst in ihren Lederbeutel steckte, verließ die andere Kundin das Geschäft; Martina musste sich beeilen. Sie ging hinter der Frau her, die ihre Einkäufe in einem Rucksack mit sich trug, um sie wegen des Zimmers anzusprechen.

VIERZEHN

Der Feuermacher schwang seine Beine aus dem Bett und schmetterte einen Hausschuh an die Wand, dass es knallte.

Dann baute er sich zwischen den anderen Patienten auf, die erschrocken aus ihren Betten sahen. Ich setzte mich an den Tisch.

»Ruhe? Ruhe gibt es nicht in einem solchen Haus! Immer schnorrt dir einer den Kopf voll. Aus ihren Betten heraus jammern sie dich an, wie Scheintote mit ihren dünnen Stimmchen, und erzählen von ihren Gebresten und steinharten Würsten, die sie um keinen Preis der Welt in die Schüssel drücken wollen. Diese Idioten! Verdauung ist nämlich wichtig! Ohne gute Verdauung kein klarer Kopf. Ich lege meine Wurst, jeden Tag lege ich meine Wurst, und dann bück ich mich über die Schüssel, man will ja schließlich sehen, was man geleistet hat. Wenn ich spüle, ist der Kopf frei. Über fünfzig Jahre hat man euch an der Nase herumgeführt, und jetzt hockt ihr tagelang an Wirtshaustischen in euren Prostatahosen, sammelt Briefmarken oder züchtet Kaninchen, die kein Schwanz will, und die ihr selber fressen müsst. Wenn ihr von den eignen Kindern redet, kommt ihr ins Schwärmen und Plagören oder bestellt den zwölften

Humpen. Habt ihr euch wirklich dreißig Jahre ausgekotzt für dieses Fernsehprogramm, zwei Wochen Rimini oder Bratwurst mit Zwiebelsauce, ihr Heulbojen? Und wenn ihr die mundgeschmierten Postkarten der Krebsliga einmal nicht bezahlt, hockt ihr tags darauf im Beichtstuhl, ihr Hosenscheißer!«

Der Feuermacher unterstrich seine Tirade mit heftigen Armbewegungen. Die anderen Männer verkrochen sich unter den Decken oder taten, als schliefen sie.

»Noch jammern sie, aber gleich knien sie in der Kapelle und beten und beten, bis sie wunde Knie haben. Wo hockt er denn, euer Gott, wo schwingt er sein Zepter? Hä? Na, wo hockt er?«

Jetzt hob einer der Greise den Kopf aus seinem Bett, aber als er sah, wie der Feuermacher die Hände verwarf, verkroch er sich schnell wieder.

»Wenn der Priester ins Zimmer kommt, das ist natürlich etwas anderes, wenn alle nur noch flüstern, wenn du überhaupt einen hast, der für dich flüstert und heult, das ist natürlich etwas anderes, einverstanden. Das wär's dann gewesen. Wenn der Priester am Bett steht, sowieso – hoppla, Berger!«

Er tappte mit seinem nackten Fuß über den Linoleumboden, um nach dem Hausschuh zu angeln und tanzte auf einem Bein durchs Zimmer.

»Ans Meer, vielleicht sollte man ans Meer reisen. Dabei hasse ich die Sonne. Eine halbe Stunde an der Sonne, und ich verliere den Verstand. Und wer will schon ans Meer? Hä! Den ganzen Tag im Schatten hocken und den Touristen zuhören, die in den Spaghetti herumstochern oder Minestrone fressen. Die Menschen haben ja kein Taktgefühl, nie gehabt. Sie trampeln dir zu jeder Tages- und Nachtzeit ins Zimmer, ohne anzuklopfen! Und was machen sie dann? Was? Puls messen! Halbgare Nudeln auftischen und Sirup! Wie im Kindergarten! Und diese Pyjamas, immer diese Pyjamas, die pure Frechheit, wie sie mit ihren Gummisohlen die Gänge lang quietschen. Ich wünsche mir Ruhe und werde den ganzen Tag von alten Fürzen und jungen Dingern belästigt, die in weißen Schürzchen vor meinem Bettchen stehen und mit mir reden, als sei ich ein Säugling, der in die Leintücher kackt! Scheiße ich etwa ins Bett?«

Er schlug mit flacher Hand auf eine Bettdecke.

»Habe ich etwa je ins Bett geschissen, hä! Will vielleicht einer behaupten …«

»Jetzt langt's! Halt endlich den Mund Blöchlinger! Toben kannst du auf dem Gang. Wir sind krank!«

Der Mann saß mit entblößter Brust in seinem Bett.

In diesem Moment wurde die Tür geöffnet, und zwei Krankenschwestern trugen das Nachtessen ins Zimmer. Der Feuermacher setzte sich wortlos an den Tisch, auch die anderen Patienten stiegen aus den Betten und setzten sich neben ihn, als sei nichts geschehen. »Man unterbricht mich«, flüsterte er mir verschwörerisch zu, aber ich ging rasch aus dem Zimmer. Franz, der Pilgerer zwischen Medizin, Chirurgie und Geriatrie, hatte mir erzählt, was er von Blöchlinger wusste: Der Feuermacher stammte aus einer traditionsreichen Ofenbauer-Familie. Mit Dreißig übernahm er die Leitung der eigenen Manufaktur und baute Öfen, die bis ins

Ausland gerühmt wurden. Er verzichtete auf Massenproduktion und baute teure Einzelstücke. Wenige Monate vor seinem fünfzigsten Geburtstag kam es zu einem Skandal: Eines Morgens fuhren mehrere Streifenwagen auf den Hof der Fabrik und verhafteten Blöchlinger, der sich widerstandslos abführen ließ. Er gestand noch in derselben Nacht, und damit war der Brandstifter gefasst, der drei Jahre den ganzen Kanton Aargau terrorisiert hatte. Blöchlinger verschwand nach einem kurzen Prozess zuerst im Gefängnis und dann in einer Klinik. Seine Manufaktur wurde verkauft, und als Blöchlinger ins Dorf zurückkam, war er Alkoholiker und wurde schon bald in der Pflegeanstalt versorgt. Seither galt er als Original, das im ehemaligen Moor Holz aufschichtet, um ein paar Tage später riesige Feuer zu entfachen. Er wurde alle paar Monate ins Krankenhaus gebracht, meist im Delirium tremens. Nach ein paar Tagen entließ man ihn, und er hockte wieder für eine Weile in seinem abgetragenen schwarzen Anzug vor dem Hauptgebäude der Anstalt.

Nach dem Essen wählte ich die Nummer von Kathrines Wohngemeinschaft. Jemand hob gleich nach dem ersten Klingeln ab, legte den Hörer aber weg, ohne sich zu melden. Aus dem Hintergrund war ausgelassenes Gelächter zu hören. Vielleicht tanzten alle um den Musiker aus Italien, friedlich vereint in gemeinsamer Verehrung. Sollte ich nach Kathrine rufen? Aus dem Bett heraus in dieses Fest hinein nach Kathrine rufen wie ein eifersüchtiger Sizilianer? Ich legte auf.

Im Flur war es still, nur meine Schlarpen knallten. Der

Tisch im Aufenthaltsraum war von der üblichen Männerrunde besetzt.

Der Feuermacher stand allein auf dem Balkon. Er trug eine Lederjacke über dem Nachthemd und schwere Stiefel.

»Wenn der Mongol Zwetschgen gebrannt hat, klopften die Steine gegen die Kupferwand des Brennhafens. Das war vielleicht ein Geräusch! Wir haben jeden Brand probiert, ein Mostglas voll von jedem Brand. Ich habe immer das Holz in den Tender geschoben und dabei geschwitzt wie ein Bär. Ein Mostglas von jedem Brand, bis wir ins Gras fielen und die Sterne anfluchten.«

Er zog den Reißverschluss seiner Lederjacke zu.

»Bist du ein Feigling?«, fragte er.

»Ein Feigling, ich?«

»Kannst du Töff fahren?«

»Was?«

»Ja oder nein?«

Zwei Minuten später fuhren wir mit dem Lift ins Kellergeschoss. Der Feuermacher führte mich durch einen Korridor und einen Lagerraum, wo er eine Metalltür öffnete, die nicht verschlossen war. Wir traten auf der hinteren Seite des Gebäudes ins Freie, liefen über einen Rasen und folgten dann einem Feldweg, der nach wenigen hundert Metern durch ein Wäldchen führte. Wir gingen schweigend nebeneinander, der Alte machte Tempo. Die Nacht war ohne Geräusche, bis auf den schwachen Wind, der in Blättern rauschte und den Stacheldrahtverhau vor einem Munitionsdepot zum Knarren brachte. Nach einer Viertelstunde erreichten wir eine Lichtung, auf der eine Holzhütte stand, die nicht größer war als eine Garage. Der Feuermacher führte mich hinter die Hütte und öffnete ein Tor, das die ganze Stirnseite einnahm. Dann drehte er sich stolz grinsend um. Den Zeigefinger an die Lippen gelegt, als werde er eines der Weltwunder vor mir enthüllen, riss er eine Plache zur Seite und enthüllte eine aufgebockte Maschine, eine BSA 500 mit Seitenwagen, deren schwarzer Lack samtweich schimmerte und deren Chromteile auf Hochglanz poliert waren.

»An die Arbeit«, befahl der Feuermacher leise.

Wir manövrierten die Maschine ins Freie, und er drückte mir einen Helm in die Hand. Ich winkte ab, aber der Alte kletterte bereits in den Seitenwagen.

»Der Fahrer trägt den Helm. Ich sitz ja hinter der Scheibe.«

Dann erklärte er mir umständlich die Maschine, und ich schwang mich in den Gummisattel und trat mit voller Kraft in den Startbügel. Der Motor sprang knallend und hustend an.

»Abfahrt«, schrie der Feuermacher, und ich fuhr los.

Er dirigierte mich fast eine halbe Stunde über Nebenstraßen, von denen ich höchstens die Hälfte kannte, dann hieß er mich vor einer Wirtschaft anhalten, die weit draußen im Moor lag. Der Schankraum – er befand sich im Souterrain und einen guten Meter unter dem Straßenniveau – war mit verrauchten Holztapeten ausgeschlagen. Die dicke Wirtin saß neben dem Spültrog, wo sie an einem Röhrenempfänger herumdrehte und Musikfetzen auf die Handvoll Männer losließ, die an langen Holztischen saßen und in ihre

Gläser stierten. Wir setzten uns unter die Fahnen des Turnvereins. Der Feuermacher brauchte nur die Hand zu heben, schon füllte die Wirtin Rotwein in eine Karaffe. Dazu brachte sie uns einen Teller mit Speck und Zwiebeln und einen Kanten Brot. Der Feuermacher zündete sich eine Zigarre an, dann prosteten wir uns zu; er leerte sein Glas in einem Zug und füllte es sofort wieder auf.

DER BOTE DES LÖWEN

EINS

Die Josefsgasse ist eine ruhige, kaum befahrene Straße. Aus dem Fenster des Bades konnte Martina einen Teil des Gehsteiges erkennen; die wenigen Autos, die durch die Straße fuhren, sah sie nicht. Sie hörte nur das Prasseln der Reifen und gelegentlich Musik. Im Haus gegenüber befand sich eine Pension, und sie beobachtete ankommende Gäste, die sich im Meldebuch eintrugen und später Koffer auf die Betten ihrer Zimmer legten und öffneten.

Wenn Martina allein in der Wohnung war, wanderte sie durch den verwinkelten Flur und die verschiedenen Zimmer der riesigen Wohnung, die sich über das ganze Dachgeschoss erstreckte. Bei diesen Erkundungsgängen wurde sie von Frau Brandls Katze begleitet, einem dicken schwarzen Kater, der schnurrte, sobald sie ihn berührte. Am hinteren Ende des Flures hatte der Läufer einen Riss, der die verschiedenen Schichten des Fußbodens offenbarte: sandfarbenes Linoleum, Teppiche mit Veilchen- und Schilfmuster, zuoberst rotes Plastik.

Hatte sie ihren Rundgang beendet, setzte sie sich in die Bibliothek. In dem großen Zimmer mit den schweren Gardinen, die nie ganz offenstanden, war es angenehm dunkel, die Stehlampe warf nur ein schwaches Licht auf die Regale, die aus allen Nähten platzten. Die diversen Tischchen waren mit aufgeschlagenem Lesestoff belegt, sogar am Boden stapelten sich Bücher und Bildbände. An den Wänden hingen Stiche der Donau-Monarchie, gesprenkelt von Stockflecken, ergänzt mit handschriftlichen Bemerkungen, die Martina nicht entziffern konnte. In Bibliotheken können durchaus Menschen verschwinden, das hatte Martina schon als Kind verstanden: Bücher rochen verführerisch, ein Duft, der betörte und einschläferte. Sie hatte sich früher immer vorgestellt, ein Forscherteam finde sie in tausend Jahren auf ihrem Bett liegend, das Gesicht in ein Buch versenkt. Wie wäre wohl ihr Leben verlaufen, hätte sie nichts gelesen, keinen Satz? Was wäre aus ihr geworden, tilgte sie jedes Buch, jede literarische Figur aus ihrem Bewusstsein?

Das Arbeitszimmer ihres Vaters war die reinste Bibliothek. Die dunkel gebeizten Bücherwände drohten unter Erstausgaben und schweren Gesamtausgaben in Schubern einzustürzen. Die Bücherschränke waren verglast, und wäre nicht der ganze Raum mit aufgeschlagenen Romanen übersät gewesen, hätte man annehmen können, niemand habe je eines der Bücher geöffnet. Der Raum hatte die würdige Stille einer Abtei und wirkte doch eher wie die Festung eines Bildungssüchtigen. Der Plattenspieler, versenkt in ein Möbel, das er hatte anfertigen lassen, thronte mitten im Raum. Martinas Vater war zweifellos der Erste im Dorf, der eine richtige Stereoanlage besaß. An manchen Abenden brachte er es fertig, sich mit aufgesetzten Kopfhörern an den Esstisch zu setzen; das Kabel, über verschiedene Rollen geführt, lief durchs halbe Haus bis in sein Zimmer. Hörte er dort Musik, war es ihnen verboten, den Raum zu betreten. Sie hatte durchs Schlüsselloch gesehen, dass er im Erker stand, die Partitur der Symphonie, die er sich anhörte, vor sich auf einem Notenständer, ohne sich zu bewegen. ›Nur arme Idioten dirigieren zu Schallplatten‹, war er überzeugt, ›ich höre Musik wegen der Musik, und nicht um mir in der Rolle des Stardirigenten zu gefallen!‹

Das Erdgeschoss ihres Hauses war, zumindest einige Jahre lang, von ihrer Großmutter beherrscht worden. Die alte Frau verließ ihr Zimmer nur zu den Mahlzeiten, sonst blieb sie den ganzen Tag in ihren vier Wänden, wo sie laut und vorwurfsvoll vor sich hin hustete. Öffnete sie die Tür, wehte ein sonderbarer Geruch durchs Haus, eine Mischung aus Krankheit, Pfefferminz und geheimnisvollen schweren Ölen. Ein Geruchstableau bodenloser Verlassenheit; Kellerverliese rochen ähnlich. Zum Essen kam sie als leibhaftiges Gespenst in die Küche, den Rosenkranz in den Händen, den sie nicht einmal beim Essen weglegte. Nachts plagten sie religiöse Alpträume: Sie lag wimmernd im Bett, vertrieb böse Seelen und stemmte sich gegen die drohende Hölle. ›Du kommst bestimmt in den Himmel‹, musste ihr die versammelte Familie jeden Morgen versichern, ›die Hölle gibt es nämlich gar nicht!‹ Die Träume der Großmutter fingen Punkt halb drei an, sie hätten die Uhr nach ihren Schreien richten können. Nur Martinas Vater hatte sich nie stören lassen: ›Soll ich wegen jedem Furz aus dem Bett springen oder was? Außerdem ist es ja nicht meine Mutter! Ich erwache nur, wenn es sich lohnt!‹ Die Anfälle dauerten nie länger als zehn Minuten. Danach verebbten die Schreie der alten Frau und gingen über in ein unheimliches Jammern.

Martina blieb nie lange in Frau Brandls Bibliothek. Der Raum war ihr nicht geheuer, wie überhaupt die ganze Wohnung, groß, düster und stickig wie sie war. Sie suchte die Regale ab und trug die Bücher in ihr Zimmer. Auf diesem Weg folgte ihr die Katze nur bis zu einem bestimmten Punkt; der Flur beschrieb dort eine Kurve, und die Farbe des Läufers wechselte von hell- zu dunkelbraun. Auf dieser Farbgrenze streckte sich die Katze aus, als habe sie die Einliegerwohnung mit den Zimmern der Untermieter zu bewachen. In den drei Wochen hatte Martina die zwei anderen Mieter nur ein einziges Mal gesehen. Sie standen in der Küche und rührten gemeinsam Beutelsuppe in siedendes Wasser. Beide rauchten einen stark parfümierten Tabak in altmodischen Pfeifen, trugen Kordanzüge und sahen aus wie Konfirmanden. Ihre Hände waren klein und rosig, die Gläser ihrer Hornbrillen dick. Sie kamen aus Bayern und studierten in Wien Theologie, ›weil das einfacher ist‹, wie sie ein paar Mal betonten. Während des kurzen Gesprächs gingen sie unaufhörlich hin und her, zogen Schubladen auf, schoben sie wieder zu, verrückten Geschirr und Gewürzdöschen. ›Weil es einfacher ist‹, schien ihr Programm zu sein: Sie aßen Dosenwürstchen und ungetoastetes Toastbrot, tranken Pulverkaffee und rührten die Limonade mit Brausetabletten an; meist verzichteten sie sogar auf Geschirr und löffelten ihre Fertiggerichte direkt aus der Pfanne.

In der ganzen Wohnung gab es nur eine Pflanze: Im Kabinett gleich neben der Eingangstür stand ein Farn aus Plastik.

Martina musste die Blätter immer wieder anfassen, weil sie überzeugt war, sich beim letzten Mal getäuscht zu haben. Dabei wäre jede echte Pflanze in der düsteren Wohnung in Wochenfrist eingegangen.

Ihr Zimmer lag am Ende des Flures und war furchtbar eingerichtet. Der Teppich war orange und braun gewürfelt, Bett, Schrank und Pult waren aus Furnier. Dafür war das Zimmer groß, hoch und viel heller als der Rest der Wohnung; zwei Fenster gingen auf den Innenhof hinaus, auf dem verbeulte Container, die Nummern der Treppen mit schwarzer Farbe aufgepinselt, vor einer Ziegelmauer standen. Manchmal spielten Kinder auf dem Hof, droschen mit Latten auf die Container ein oder kickten immer und immer wieder einen Lederball gegen ein Garagentor. Einige Fenster in anderen Wohnungen standen den ganzen Tag über offen; alte Frauen lehnten bis in die Nacht auf dicken Kissen, bewegungslos und stumm, bis die Kinder auftauchten: Dann schimpften sie und schüttelten ihre dürren Fäuste.

An den tapezierten Wänden von Martinas Zimmer hingen schreckliche Aquarelle neben schrecklichen Radierungen; über dem Pult war ein Kalender mit Fotos aus dem Tirol an die Wand geheftet. Das Zimmer war ein Kabinett des schlechten Geschmacks, dem man das ehemalige Jungenzimmer ansah. An den Seitenwänden des Schrankes klebten Abziehbilder: Shell, Gulf, Agip und ›Tu den Tiger in den Tank‹. Bereits am zweiten Abend hatte Martina die Wände leer geräumt und den Plunder im Schrank verstaut. Nun war Platz für das Bild des Asiaten, das sie aus dem Hotel Altstadt mitgenommen hatte. Sie zog alle Nägel aus der

Streifentapete und platzierte das Bild über dem Bett. Lag sie auf dem Rücken, sah sie das lächelnde Gesicht; weise, kahl. Erst jetzt entdeckte sie weitere Einzelheiten: Die helle Fläche des Gesichtes war ohne Schatten und wirkte trotzdem ausgesprochen plastisch, was wohl von dem kurzen schwarzen Strich auf der Wange herrührte. Der kleine Mund war leicht geöffnet und schien ein Wort zu formen; Martina verbrachte Stunden vor dem Bild, lag auf dem Bett, vertieft in den Blick des Asiaten, während das Sonnenlicht über die Wände wanderte.

Sie frühstückte jeden Morgen im Café Eiles. Sie wollte weder den Theologen mit ihren Toastbroten begegnen, noch hatte sie Lust, allein in der muffigen Küche zu hocken. Nach dem Frühstück spazierte sie zum Park des Rathauses hinüber, um sich die Beine zu vertreten. Nachmittags hatte sich Martina in den ersten Tage nach einem Merian-Reiseführer gerichtet: Sie besuchte Kirchen, Museen, Gedenkstätten und Parks. Und anders als auf der Seminarreise vor achtzehn Jahren sah sie diesmal nicht nur die Hälfte. Aber sie hatte bald genug von der Rolle der Touristin – sie ließ den Führer in der Cafeteria des Museums Moderner Kunst liegen.

Es dauerte eine Woche, bis sie fand, was sie gesucht hatte. Im Schloss Schönbrunn wimmelte es zwar von Touristen, allerdings nur vor dem Haupttrakt. In dem großen Park verliefen sie sich rasch, und am Rand der Anlage war man nahezu alleine. Dort stand ihr dritter Fixpunkt dieser Stadt: das Palmenhaus. Das Glashaus sollte renoviert werden und war daher bis auf weiteres geschlossen; ein Umstand, der Martina gelegen kam. Sie wollte keine Enttäuschung erleben und setzte sich auf eine Parkbank, die bestimmt dreißig Meter entfernt war: Aus dieser Distanz ließ sich die verrückteste Innenwelt für den Bau vorstellen. Als Kind hatte sie Jules Verne verschlungen, und mit dieser Lektüre hatte das Palmenhaus zweifellos einiges gemein. Trotz der langen Fahrt quer durch die Stadt saß Martina jeden Tag auf ihrer Bank. Sie war natürlich nicht die Einzige, die regelmäßig in der Nähe des Treibhauses saß; etlichen Pensionisten, die auch kein Auge von der Glaskonstruktion ließen, begegnete sie mehrmals in der Woche. Vor über zwanzig Jahren hatte Martina die Pläne des Palmenhauses auf dem Schreibtisch ihres Vaters gesehen. Er wollte damals ein Gewächshaus bauen und stellte sich ein stark verkleinertes Modell des Wiener Palmenhauses vor. Nach lautstarken Auseinandersetzungen mit mehreren Fachleuten hatte er den Plan dann aber letztlich aufgegeben und gar kein Treibhaus bauen lassen.

Einzelne Glasluken waren offen, im Innern standen wegen des Umbaus nur wenige Palmen. Martina verwandelte den Verbindungsgang zwischen den Kuppeln in eine Schiffsbrücke, die städtischen Arbeiter in Matrosen und Seemänner. Dieselmaschinen stampften; das gläserne U-Boot war vor mehr als hundert Jahren durch den gepflegten Rasen gebrochen, jetzt lag es hier vor Anker und wartete auf jemanden, der es Kraft seiner Phantasie aus dem Schlosspark steuerte.

Die Nächte verbrachte Martina im Café Alt-Wien in der Innenstadt. Gleich das erste Mal hatte sie sich unter die Männer an den Tresen gestellt. An den Tischen herrschte panische Bereitschaft, jemanden kennenzulernen, am Tresen war es ruhig. Zudem gefiel ihr die Rolle der einsamen, unberührten Schönheit. Sie trank Bier, bereit, jedem eine andere Geschichte aufzutischen. Einen ersten Satz durfte allerdings niemand von ihr erwarten. Schon in der dritten Nacht ließ man sie in Ruhe. Sie ging immer zu Fuß zurück in die Josefsgasse, obschon sie dazu fast eine Stunde brauchte. Nur selten begegnete sie anderen Fußgängern, meist Männern, die ihre Hunde ausführten, und nicht selten sah Martina gestreifte Pyjamahosen unter Mantelstößen. In der Wohnung wurde sie von Frau Brandls Katze erwartet, die blinzelnd in der Dunkelheit des Flures saß. In ihrem Zimmer stand Martina jeweils ein paar Minuten am offenen Fenster. Im Haus gegenüber waren oft noch Fenster erleuchtet – in einem Zimmer brannte jedoch fast immer Licht: Eine Frau im Gymnastikdress saß in perfekter Lotus-Haltung auf einem Tisch direkt vor dem Fenster …

ZWEI

In meiner linken Wade zuckte ein Muskel.

Ich stand seit vierzig Minuten ohne Bewegung und brauchte dringend eine Pause. Dummerweise war das Podest, auf dem ich stand, mitten im Raum aufgebaut, und so konnte ich nicht aus dem Fenster sehen.

Das Haus liegt direkt am Fluss, am anderen Ufer befindet sich ein wunderschönes Schwimmbad mit Holzkabinen und Lattenrosten, die geradezu imprägniert sind von den verschiedenen Sonnenölen aus all den Jahren. In dem Kurszimmer direkt unter dem Dach war es unglaublich heiß.

Zum Glück war ich nackt.

Die Kursteilnehmer saßen rund um das Podest auf ihren Bänken, die Zeichenblätter auf Brettern fixiert. Ich hatte mir das Ganze schlimmer vorgestellt. Zwei Tage zuvor hatte ich hinter der Fabrik gesessen, als der eine der beiden Maler fluchend aus dem Gebäude lief. Er sollte einen Ferienkurs für Akt-Zeichnen leiten, aber das Modell hatte ihm gerade eben abgesagt. Eine Sitzung dauert neunzig Minuten, dafür bezahlt mir die Schule hundert Franken. Seit ich aus dem Spital entlassen worden war, hatte ich nichts gearbeitet, nichts verdient. Ich hatte mehrere Stunden im Sessel eines Zahnarztes verbracht, einem Freund von Reto, der große braune

Augen hatte, die beruhigend über mir schwebten, während mir das Blut im Mund stand.

Meinen Volvo hatte ich auch noch einmal gesehen; das Wrack wurde vor meinen Augen in die Schredder-Anlage geschoben. Auf den Anblick des Blechwürfels, in den die Anlage mein Auto verwandelte, konnte ich verzichten.

Sonst hatte ich tagelang auf dem Fabrikdach gelegen; faul und apathisch. Drohte ich vollends zu versacken, braute ich Kaffee, den ich mit Rum versetzte. Aber selbst das half wenig; ich kam nicht aus meiner Lethargie, lag ganze Nachmittage neben Zeppelin, die Hände in ihrem silbern gestromten Pelz. Ab und an tauchte ich aus dem Halbschlaf auf und stieg in meine Wohnung hinunter, um die nächste Flasche Bier zu öffnen. In der Etage unter mir brüllten Männer unter Gewichten, ließen sich von Hardrock antreiben. In den Straßen brandete Verkehr, am Himmel zogen Flugzeuge. Dittli holte mich Nacht für Nacht vom Dach; wir spielten Karten, bis mir die Schulden zu hoch wurden.

Das Angebot des Malers kam also genau im richtigen Moment.

Ich hatte mir das Modellstehen schlimmer vorgestellt, aber nicht so anstrengend. Das Geräusch der Bleistifte auf den Papierbögen gefiel mir; das Problem waren nicht die zeichnenden Hände, das Problem waren die Augen, die prüfenden Blicke. Ich versuchte ins Leere zu sehen, vorbei an all den suchenden Augenpaaren. Gegenüber platzte der Putz von der Wand; würde der eiförmige Fleck, in den sich verschiedenste Formen hineinsehen ließen, neunzig Minuten lang als Imaginationsfläche genügen? An einer anderen

Wand hingen großformatige Aktzeichnungen, die nicht eben ermutigend waren.

Die Blicke, die Blicke.

Ich kam nicht los von einzelnen Augen, die – eben noch sahen sie aufs Papier – über meinen Körper glitten, eine halbe Minute, eine ganze Minute, manchmal noch länger. Kann man am ganzen Körper rot werden? Mein Puls beruhigte sich erst, als ich Schüler entdeckte, die mich verschämt ansahen und dann sofort den Blick aufs Papier senkten. Hätte ich irgendwo Hingabe vermutet oder auch nur Interesse, ich wäre verloren gewesen. Ich war froh, nicht liegen zu müssen; das strenge Stehen nahm der Situation alles Vulgäre und jede Sinnlichkeit.

Ich konzentrierte mich auf den abgeplatzten Verputz.

Im Flussbad schrien Kinder, Körper klatschten ins Wasser. Über den staubigen Riemenboden streifte Nachmittagslicht, Papier raschelte. Der Maler, der den Kurs leitete, stand am Fenster und rauchte. Warme Luft strich mir über die Schultern, jetzt spürte ich den Schweiß, der mir den Rücken hinunterlief. Die Tropfen sammelten sich über dem Hintern und liefen mir zwischen die Backen. Der zuckende Muskel wurde zu einem Krampf, der die linke Wade hoch kroch.

Ich ging in die Hocke und griff nach meinem Badetuch.

»Pause«, rief der Maler und klatschte in die Hände.

Meine Kleider hingen in einer fensterlosen Kammer neben dem Kursraum. Aber ich hatte keine Lust, mich anzuziehen. Die Rolle gefiel mir noch zu wenig, ich musste sie üben. Ich schlüpfte in die Badehose und hängte mir das Tuch um die Schulter.

Auf dem Grundstück der privaten Kunstschule, das zum Fluss hin abfiel, standen Tische und Stühle bis ans Wasser. Wir tranken Kaffee, die meisten Schüler trugen Badeanzüge unter ihren Kleidern. Einige sprangen in den Fluss, andere setzten sich zu uns an den Tisch. Über der Wasseroberfläche sirrte Licht, Mückenschwärme tanzten. Die Situation war entschärft; jetzt, da Papier und Bleistift fehlten, sah man mich anders an. Man sah mir in die Augen. Es war später Nachmittag, aber immer noch drückend heiß. Ein Gespräch kam kaum zustande; wir rauchten und schlugen nach den Mücken. Eine der Frauen trug trotz der Hitze schwarze Strümpfe. Die Sonne schillerte in der feingewirkten Maschenstruktur, die sich bei jeder Regung veränderte; an ihren Knien wurde das Schwarz heller und durchlässiger, ich konnte Äderchen erkennen.

Erst kurz vor Ende der Pause bemerkte ich, dass die Frau einen kleinen Notizblock in der linken und einen Stift in der rechten Hand hielt. Sie hatte die ganze Zeit weitergezeichnet, ich hatte mich ablenken lassen von ihren Beinen.

Ich stand rasch auf.

Im Haus war es sehr still. Einzig im Sekretariat lief ein italienischer Sommerschlager. Ich schloss die Tür des Kurszimmers und verschob vorsichtig die Bühne. Ich wollte wenigstens den Fluss und das Schwimmbad sehen.

Dittli und ich traten nebeneinander aus dem gläsernen Windfang auf die Straße hinaus. Es war noch nicht einmal 22 Uhr, und inzwischen hatte es aufgehört zu regnen. Der Sprühregen hatte uns aus der Gartenwirtschaft in den

Schankraum gescheucht; jetzt glänzte der Asphalt, Schachtdeckel schienen mit hauchzarten Eisdecken überzogen. Häuser standen schwarz vor dem schon wieder klaren Himmel, Reklame strahlte. Die Luft hatte sich kaum abgekühlt, aber der Regen verstärkte den Geruch nach Eisen und Ruß. Auf nahen Rangiergeleisen verschob man Güterwagen, die nahezu geräuschlos durch die Nacht glitten; auf Trittbrettern standen Arbeiter, Funkgeräte umgehängt.

Dittli hatte die ganze Zeit geredet, jetzt schwieg er. Er ging ein paar Schritt vor mir her, seinen Hund an der Leine. Aus offenen Fenstern tönte Musik, auf einem Balkon saß ein Paar unter einem Lampion, der schaukelte. Dittli ging dicht den Häusern entlang; er hatte gewürfelt und sich von einem Typen ausnehmen lassen, der Zigarillos rauchte und die Sonnenbrille nur abnahm, wenn er seinen Gewinn in die hohle Hand wischte.

Kurz vor der Fabrik begann der Hund zu winseln.

Er kam mit eingekniffenem Schwanz auf Dittli zugerannt, die Leine hinter sich herschleifend, und brach zusammen. Er zitterte am ganzen Körper, zwischen seinen steifen Hinterläufen breitete sich eine Lache aus: Er konnte sein Wasser nicht mehr halten. Dittli löste die Leine vom Halsband und hob das Tier vorsichtig hoch.

»Stirb mir nicht hier auf der Straße, Fighter. Bitte nicht hier auf der Straße, verdammter Scheißdreck!«

Dittli war vor wenigen Tagen mit dem Hund beim Tierarzt gewesen, der ihm empfohlen hatte, das Tier gleich einschläfern zu lassen, aber Dittli hatte sich geweigert. Und jetzt trug er den Hund in seine kleine Fabrikwohnung, wo er ihn in die Wolldecke wickelte, auf der er die letzten zwölf Jahre geschlafen hatte.

»Ich muss Fighter erschießen. Und du wirst mir dabei helfen. Wir begraben ihn im Hof.«

Dittli holte einen Karabiner, ich hatte nicht einmal gewusst, dass er ein Gewehr besaß, und wir stiegen in den Keller. Fighter lag wimmernd auf der Decke; seine Vorderpfoten zuckten unkontrolliert, seine Augen sahen uns flehend an. Dittli kniete sich neben ihn und kraulte ihm das Fell. In Abflussrohren gurgelte Wasser. Dittli nahm sich Zeit für den Abschied.

Dann erschoss er seinen Hund.

Er wickelte Fighter in die Decke, ich hob im Hinterhof ein Loch aus, zwei Meter neben dem Birnbaum. Während ich schaufelte, saß Dittli im Gras, das Bündel im Schoß. Nach einer Weile stand er auf und nahm mir die Schaufel aus den Händen; ich ging in meine Wohnung, um eine Flasche Rum zu holen. Aus einem der Fenster im Treppenhausschacht sah ich ihm eine Weile beim Schaufeln zu: Er arbeitete langsam, ohne Pause, und wenn das Schaufelblatt gegen Steine stieß, grub er sie mit bloßen Händen aus.

Als ich auf den Hof trat, war das Loch bereits zugeschüttet.

Dittli saß mit gefalteten Händen am Tisch. Die Nacht war ungewöhnlich still, am Himmel standen Sterne. Wir leerten die kaum angebrochene Flasche, wortlos und in weniger als vierzig Minuten. Wir setzten Fighter kein Kreuz, ›Kinderzeugs‹, wie Dittli meinte. Zeppelin würde auf dem Grab des Hundes sitzen und alleine nach den Fliegen schnappen.

Dann verabschiedeten wir uns und verschwanden im Gebäude.

Mein Briefkasten befindet sich neben dem Haupteingang, den abgesehen von den Bodybuildern niemand benutzt. Ich konnte mich nur mit Mühe auf den Beinen halten; zuletzt hatten Dittli und ich mit Steinen nach der leeren Rumflasche geworfen. Er hatte schon nach dem dritten Wurf getroffen, meine Steine knallten gegen die Wand des Schuppens, einer wie der andere. Ich hatte den Briefkasten seit Tagen nicht mehr geleert, abgesehen von einem Stapel Werbung enthielt er nur drei Rechnungen und eine Ansichtskarte aus Verona. Kathrine war gleich nach dem Fest der Wohngemeinschaft mit dem Musiker in den Süden abgereist. Ich drehte die Karte um: ›Alles anders, als du denkst. Wir sind zu dritt. Ich bin die Dritte. Ich werde kein Italienisch lernen. Kuss. Ka.‹

Bilder schnappten weg, eine rasche Folge, bis sie zum Standbild gefroren: Kathrine in den Armen des Italieners, in einem abgedunkelten Hotelzimmer am Rand von Veronas Altstadt, ihre Pupillen waren groß und strahlten für den Falschen, für einen andern. Meine Wut verrauchte in Sekunden: Mit wem hätte ich streiten sollen? Ich hämmerte gegen das Blechgehäuse der Briefkästen, bis mir die Knöchel wehtaten. Zerriss die Karte. Die Fetzen warf ich in die Luft, aber das war bereits auf dem Dach der Fabrik.

DREI

Die Druckwelle fegte Kippen und Papierfetzen vom Bahnsteig.

Sekunden später schoss die Bahn aus der Tunnelröhre; Türen sprangen auf und im nächsten Moment war die Plattform von Fahrgästen bevölkert, die rasch und von einer Lautsprecherstimme dirigiert, den Rolltreppen zustrebten. Martina stieg in den hintersten Wagen. Obschon die meisten Sessel leer waren, blieb sie stehen.

Sie saß seit dem frühen Morgen in Straßenbahnen und Bussen. Sie hatte sich den Netzplan des Wiener Verkehrsverbundes ein paar Minuten eingeprägt und war erstaunt, dass ihr Kartengedächtnis auch in diesem Fall funktionierte. Sie wechselte die verschiedenen Linien ohne Probleme und fuhr vor allem Außenbezirke ab. Am Anfang lagen die Gassen noch im Schatten, während die Dächer schon in der Sonne blitzten. Sie sah Fußgängerschwärme und startende Autokolonnen zwischen Häuserschluchten; über Plätzen mit wehenden Flaggen zogen Möwen vorbei, herübergeflogen von der Donau; sie sah Industrieanlagen und die Schienenschlaufen von Endstationen. Sonne wischte über ihr Gesicht, ein Schaffner musste sie viermal über den Lautsprecher zum Aussteigen auffordern, bis sie begriff, dass die Tram in ein Depot einfuhr.

Martina hatte sich durch eine Realität transportieren lassen, die ihr in Einzelbilder zerfiel und sich zu keinem Film fügte. Manchmal spürte sie unmotivierte Glücksmomente – bis ihr eine alte Frau im Kampf um einen Sitzplatz ihre Handtasche ins Kreuz drückte. Martina war mehrmals ausgestiegen, um Stiegenhäuser zu betreten: Die Bahnen des Sonnenlichts auf den Terrazzoböden, die gewürfelten Wandfliesen, die Radiostimmen und das Kindergeschrei in Hinterhöfen, in denen Schaukeln schwangen, beruhigten sie.

Aber jetzt hatte sie sich satt gesehen.

Der Schwarm bunter Zierfische stob nicht einmal dann auseinander, wenn Martina gegen das Glas pochte.

Neben dem schwach beleuchteten Aquarium stand der Fernseher, und obschon Frau Brandl den Ton abgedreht hatte, wandten sie alle paar Augenblicke die Gesichter zum Bildschirm. Sie saßen auf dem Sofa, die Gläschen und die Likörflasche in Griffnähe auf dem Couchtischchen, das mit aufgeschlagenen Alben und Fotografien bedeckt war.

Der Plattenspieler, ein Grundig aus den sechziger Jahren, der Lautsprecher im Deckel eingebaut, stand auf einer Kommode am anderen Ende des Wohnzimmers. Und da Frau Brandl jede Platte nur kurz anspielte und dann gleich eine neue Hülle aus dem Regal zog, musste sie andauernd aufstehen. Während sie durchs Zimmer eilte, Platten mit jugoslawischer Volksmusik und Operetten mit längst vergessenen Stars spielte, erzählte sie aus ihrer Kindheit.

Ihr Vater, Offizier der österreichisch-ungarischen Armee, war von Kaserne zu Kaserne versetzt worden, darum verbrachte Frau Brandl ihre Jugend an vielen verschiedenen Orten. Sie erzählte von Kleinstädten, von Häusern, die ihre Familie bewohnt hatte, Villen mit schneeweiß gestrichenen Veranden und gepflegten Gärten.

Der ganze Abend war dermaßen turbulent, dass Martina bald nicht mehr wusste, worauf sie sich konzentrieren sollte. Auf dem Bildschirm stieg Luis Trenker über Almwiesen, aus dem Lautsprecher knisterte Musik mit fremden Rhythmen, Martina hätte keinen Takt mitklopfen können, und dazu hüpfte ihre Vermieterin durch das Wohnzimmer, fuchtelte mit Schallplatten herum und erzählte von früher. Ihre Katze lag auf der Lehne des Polstersessels beobachtete die Fische, die sich kaum rührten. Einmal schüttete Frau Brandl Futter in das Aquarium, und es kam etwas Bewegung in den Schwarm, aber die Katze hob nicht einmal den Kopf.

Am ausführlichsten erzählte Frau Brandl von Offiziersbällen, die sie als Mädchen von den Galerien der Festsäle herunter mitverfolgt hatte, verborgen hinter Gardinen und gestapelten Stühlen. Später hatte sie selbst nächtelang durchgetanzt. Auf den Fotos, die sie über den Tisch schob, sah Martina eine schöne junge Frau mit hohen Backenknochen und langen Haaren; aufgelöst, glücklich. Martinas Frage, wann und wieso sie nach Wien gekommen sei, überhörte Frau Brandl mehrmals; sie erzählte weiter, als habe sie Martina nicht gehört.

Später klappte Frau Brandl den Deckel des Plattenspielers zu, der Teppich war mit Plattenhüllen übersät, auch den Fernseher schaltete sie aus. Nun war die Beleuchtung des Aquariums die einzige Lichtquelle. Sie schwiegen und stießen noch einmal an. Martina konnte den Geruch des Likörs unterdessen kaum mehr ertragen und leerte ihr Glas in einem Zug.

»Von meinem Geschäft hab ich noch gar nichts erzählt«, sagte Frau Brandl.

Das Wasser leuchtete unnatürlich blau.

»Weil ich dann auch gleich meine Frage stellen müsst, wissens.«

Martina schwieg. In ihrem Kopf rumorte Alkohol.

»Darum hab ich nichts von meiner Handlung erzählt, Geschäft ist ja fast zuviel gesagt, nicht wahr. Weil, dann müsst ich ja auch meine Bitte …«

»Fragen Sie doch«, sagte Martina und legte ihre Hand auf Frau Brandls Arm.

»Ich habe mir halt gedacht, na ja, eine Frau, die was wie sie Lehrerin war, die muss sich doch, nach bald einem Monat! Langweilen müssen Sie sich doch, nicht wahr? Und da ich andrerseits froh wär um eine Aushilfe an zwei bis drei Tagen in der Woche, hätt ich halt fragen wollen …« Martina zog ihre Hand weg.

Das Zimmer hatte sich langsam zu drehen begonnen, gar nicht unangenehm, wobei das Aquarium als Achse des Ringelspiels diente, um die das Mobiliar kreiste.

»Nur an zwei oder drei Tagen die Woche, und dann täten Sie auch etwas verdienen, nicht wahr?«

»Nein«, sagte Martina leise, »langweilen tu ich mich nicht.«

Sie redete schnell weiter und drückte Frau Brandl, die aufstehen wollte, zurück ins Sofa.

»Aber ich würde gerne in ihrem Geschäft verkaufen. Wenn Sie das meinen.«

Frau Brandl lachte erleichtert auf.

»Da müssen wir doch gleich anstoßen – müssen wir da sofort!«

Sie griff nach der leeren Flasche und stand auf.

»Was ist es überhaupt für ein Geschäft?«, fragte Martina.

»Eine Zoohandlung. Kleintiere halt. Und Hundefutter.« Frau Brandl öffnete die Bar der Wohnwand und klappte die Spiegeltüre auf. Martina sah ihr Gesicht gespiegelt. Sie sah aus, als habe sie die ganze Nacht getanzt und sich amüsiert.

»Tiere? Aber nur wenn Sie mir versprechen, dass keine Schlange in dem Laden ist. Aber nicht eine einzige. Nicht die kleinste Blindschleiche!«

»Aber ich bitt Sie! Schlangen? Aber nein!«

Sie stellte eine neue Flasche auf das Tischchen und füllte die Gläser. Sie stießen an. Die Fische schwebten dicht am Glas, als schauten sie den zwei Frauen zu.

Als Martina später in ihr Zimmer trat, in ihrem Kopf teilte sich jeder Gedanke, jeder Blick, lehnte sie sich ins offene Fenster. Papier knisterte, der Wind schleifte etwas über den Asphalt, vor der Kellertreppe leuchtete Zigarettenglut auf. Dann fiel die Haustür ins Schloss.

Martina machte das Fenster zu und legte sich unter das lächelnde Gesicht des Asiaten.

VIER

Im Talkessel war es bereits dunkel, während der Hügelzug noch im letzten Licht lag. Der Feuermacher dirigierte mich in immer schmalere Nebenstraßen, bis wir auf einer Karrenspur durch das aufgelassene Torfmoor fuhren. Wir hatten während der ganzen Fahrt kein Wort gewechselt, der Feuermacher brüllte seine Befehle gegen den Wind, ohne den Kopf zu drehen. Ich hatte ihn im Pflegeheim abgeholt, wo er mich vor dem Eingang des eitergelb gestrichenen Gebäudes erwartete. Im Foyer saßen alte Männer, Käppis und Schirmmützen auf den Köpfen, Stöcke in den knochigen Händen; ein Parlament der Hoffnungslosigkeit, das seit Jahren in dem Raum hinter den großen Scheiben tagte und dabei ohne ein Wort auskam. Die Karrenspur führte durch ein Waldstück, Äste peitschten gegen die Verschalung des Seitenwagens, dann standen wir vor einem kleinen See, der mitten im Wald lag. Ein Gürtel aus Schilfgras lief um das erdfarbene Wasser, am anderen Ufer stand eine Reihe Birken, deren Stämme in der Dämmerung leuchteten.

Ich ließ den Motor absaufen, und für ein paar Sekunden war es totenstill. Dann kam ein gequältes Seufzen aus dem Wasser, das sofort aus einem anderen Teil des Teiches beantwortet wurde, und mit einemmal brach aus allen möglichen Richtungen ein vielstimmiges Grochsen und Quaken los, die Frösche schienen selbst im Unterholz zu hocken.

Auf dem Teich trieb ein Floß.

Ich ging in die Hocke, langte in die warme Brühe und sah, dass auf dem Floß Holz zu einer kunstvollen Pyramide aufgeschichtet war. Der Feuermacher riss ein Streichholz an und hielt es unter die Pyramide.

»Die ideale Form. Ein Zündholz langt, und der ganze Bettel steht in Flammen!«

Das Feuer breitete sich tatsächlich erstaunlich schnell aus: Bald stand die ganze Pyramide in Flammen.

»Ohne einen Tropfen Benzin! Hilf mir, da!«

Er warf mir einen langen Ast zu, und ich führte das Floß vom Ufer weg. Nun trieb das Feuer in die Mitte des Teiches und warf gespenstisch zuckendes Licht auf die Bäume. Die Frösche waren verstummt, einzig das Feuer prasselte. Der Feuermacher zog mich auf den Fußweg, und wir gingen ans andere Ufer hinüber und setzten uns auf einen Baumstamm, der durch einen aufgeschütteten Erdwall vom auffrischenden Wind geschützt war.

»Im Holzschopf neben dem Haus meiner Eltern stand ein gusseiserner Ofen. Als Junge habe ich dort jeden Morgen vor der ersten Schulstunde ein Feuer gemacht. Mit der Zeit brauchte ich kein Papier mehr, um das Feuer in Gang zu bringen. Ein Zündholz, zack! Erst mottete ein Flämmchen, dann qualmten die ersten Späne und schon brannte das Brennholz. Ich hockte vor dem Ofenloch, bis mir die Haut brannte vor Hitze.«

Der Feuermacher stand auf und trat ans Wasser. Sein Floß hatte sich inzwischen, langsam kreisend, unserem Ufer genähert. Seltsamerweise war die Pyramide noch immer nicht in sich zusammengestürzt; es sah aus, als würden die Scheiter von einer unerklärlichen Macht zusammengehalten. Die Flammen drohten auf die tief hängenden Äste eines Busches am Ufer überzugreifen, darum stieß der Feuermacher das Floß mit dem Ast weg. Rundum rauschte jetzt Wind in Bäumen; das Floß drehte sich wieder im Kreis, trieb aber nicht mehr ans Ufer.

»Mit zwölf habe ich mein erstes richtiges Feuer erlebt. Ich fuhr mit meinem Vater an einem brennenden Bauernhof vorbei, und wir hielten an. Der ganze Dachstuhl stand in Flammen. Es war großartig! Zuerst sackte der Kamin ein, dann das ganze Dach. Glut wehte durch die Nacht, Fensterscheiben zersprangen, es regnete Scherben. Bis die Feuerwehr anrückte, war der Hof abgefackelt. Die Tapeten ringelten sich von den Wänden, es stank nach Isoliermaterial …«

Ich ging ein paar Schritte ins Schilf, um Wasser zu lassen. Windstöße wischten Blätter über den Weg und kleine Äste; das Floß drehte Runden. Die meisten Hölzer waren abgebrannt, und die Pyramide hatte sich in einen Haufen an- und abschwellender Glut verwandelt. Der Himmel, bedrohlich dunkel, trieb knapp über den Baumwipfeln, weit entfernt grommelte Donner.

»Das Beste an meinem ersten Hausbrand habe ich aber erst gesehen, als wir schon im Auto saßen. Mitten in den Flammen stand ein Kachelofen, stell dir vor, mitten in den Flammen! Vor dem brennenden Hof habe ich das erste Mal daran gedacht, dass man Häuser auch anzünden kann. Eine Handvoll alter Lumpen, ein bisschen Sprit, das brennt wie der Teufel, und die Flammen springen ruckzuck auf Möbel oder Vorhänge über!«

Wir gingen zu seiner BSA zurück, ich stieg in den Sattel und zog mir den Helm über den Kopf.

»Fahren wir«, sagte ich.

»Moment«, sagte der Feuermacher, »jetzt kommt das Schönste.«

Nun hatte auch das Floß, das aus armdicken Pfählen zusammengefügt war, Feuer gefangen, und die Flammen loderten heftig auf. Dann versank die Fracht zischend im Wasser, ähnlich einem Schiff, dem ein Torpedo den Rumpf aufgerissen hat.

Ich trat in den Startbügel. Dabei sah ich unweigerlich gegen den dunklen Bergsaum und traute meinen Augen nicht: An mehreren Stellen des bewaldeten Hügelzuges brannten Feuer, riesige Fackeln, als hätte man ganze Bäume angesteckt. In dem Moment ging eine Rakete hoch, beschrieb eine krumme Flugbahn, krepierte und ließ blaurote Sternchen über dem Wald niedergehen. Ich hatte vergessen, dass heute der 1. August war, der Nationalfeiertag.

Ich fuhr schnell aus dem Wald. Kieselsteinchen spritzten gegen das Bodenblech des Gespanns. Aus einem Stall schlug dumpfe Wärme, Ketten rasselten, und am Himmel platzte eine weitere Rakete. Im Talgrund leuchteten die Lichtgarben mehrerer Autos, vor uns strahlte dreimal in rascher Folge ein Bremslicht. Wir stellten das Motorrad auf ein geschnittenes Feld, auf dem dicht gedrängt Autos parkten.

Da flog der erste Blitz über die Baumkronen.

Den Donnerschlag, der fast gleichzeitig folgte, hielt ich im ersten Augenblick für das Krachen eines Feuerwerkskörpers. Aber da zuckte bereits der nächste Blitz aus dem Himmel und erhellte weite Teile der Landschaft; in der Ebene funkelten die Lichter der Dörfer. Kinder schrien, Männer lachten unsicher. Der Festplatz schien aufgeladen mit Spannung, die Luft knisterte förmlich. Am Waldrand waren Holzbänke aufgebaut, auf den Tischen standen leere Bier- und Weinflaschen. Die Schweizerfahne – eben hatte sie noch im Wind geknallt – hing nun schlaff am Mast. Böen fuhren ins Unterholz und stellten Büsche auf, als würden sie von einer Mechanik bewegt.

Das 1. August-Feuer brannte im freien Feld, die Flammen schlugen gut haushoch; rund um das aufgeschichtete Holz war das Gras niedergetrampelt und versengt.

Da begann es endlich zu regnen.

Die schweren Tropfen schlugen durch die Blätter, verzischten im Feuer und pladderten auf Autodächer. Ich sah verwundert zu, wie die Festbesucher unter die Bäume flüchteten. Die meisten kreischten vor Vergnügen, da sie wohl annahmen, es sei bloß ein Platzregen.

Wir waren die Einzigen, die keinen Schutz suchten; wir standen nebeneinander auf dem Festplatz, das Feuer im Rücken. Da plötzlich begannen einige Leute zu klatschen, zögerlich zuerst und verhalten, dann wurde das Klatschen lauter. Aus dem Wald trat ein stattlicher Mann, der von einer Frau begleitet wurde, die ihn mit einem schwarzen Schirm vor dem Regen schützte. Der Mann trug eine Handorgel vor der Brust. Und noch während er ging, fing er an, ein Lied zu spielen, eine wehmütige Melodie, die von den Zuschauern unter den Bäumen mit lautem Johlen aufgenommen wurde. Das Paar stand jetzt in der Mitte des Festplatzes am Feuer und sang, trotz des Regens, ein volkstümliches Lied. Der Regen ließ nicht nach, er wurde im Gegenteil immer stärker, und schließlich gaben die Sänger auf; das Rauschen des Wassers hatte ihr Lied ohnehin fast ganz übertönt. Regenböen wehten über den Platz, Donnerschläge ließen den Boden zittern. Dann rannte die Frau mit dem Schirm unter die Bäume und ließ den Mann mit seinem Akkordeon im Regen stehen.

Der Feuermacher und ich standen neben ihm, nass bis auf die Knochen, und lachten wie zwei Buben, denen die ganze Welt gehört.

FÜNF

Das Atelier des Malers war hoffnungslos überfüllt. Die Leute standen selbst auf dem Gang, und ich hatte einige Mühe, um in den Raum zu kommen. Die Tanzfläche wurde von einer Stellwand getrennt, auf die der Maler Diaserien von Vulkanen projizierte. Er hatte alle Fenster ausgehängt, auf den Simsen standen Windlichter. Meine Nachbarin – ich hatte sie seit längerem nicht gesehen – tanzte allein vor der Stellwand, projizierte Vulkane auf dem Rücken. An einer Wand lehnte ein großer Spiegel, dort war das Gedränge am größten.

Auch der andere Maler war da, bisher hatte er sich geweigert, an den legendären 1. August-Partys seines Feindes und Nachbarn teilzunehmen. Einen Augenblick standen sich die beiden, von drängelnden Leuten vorwärtsgeschoben, ganz dicht gegenüber: Sie, die sonst ausschließlich schwarze Kleider trugen, waren heute beide weiß gekleidet, zweifellos, um sich voneinander abzusetzen.

Die Bar lief in sanftem Schwung durch den halben Saal. Ich stand eine Weile am Rand der Tanzfläche und trank ein Bier, dann brach die Musik ab, der Maler hatte die Sicherung herausgedreht, weil er sein Feuerwerk steigen lassen wollte.

Auch auf dem Hof herrschte dichtes Gedränge.

Ein aufgebocktes Fass wurde angezapft, der Schaum spritzte in hohem Bogen unter die Leute. Ein Mann goss sich einen vollen Humpen über den Kopf und verschwand in einer Gruppe grell geschminkter Frauen, die Haare aus der Stirn geklatscht. Die ersten Raketen zischten hoch, schräg verzogen, darum platzten sie über den Dächern der Nachbarhäuser. Der Maler und sein Gehilfe kauerten abseits im Gras, die Raketen vor sich aufgepflanzt.

Vor dem Atelier stand jetzt ein Tisch, an dem sich ein junger Typ in Anzug, die schulterlangen Haare mit einem Gummiband zum Schwanz gebunden, und ein Mann in Lederjacke gegenübersaßen. Vor dem Mann mit Anzug lagen Formulare, von denen er Fragen ablas, rasch und ohne abzusetzen; die Antworten trug er in einen Computerausdruck ein. Ich lehnte mich an die Wand und erkannte den Mann, der die Fragen stellte: Wir hatten uns vor mehreren Wochen in einem Lokal in der Innenstadt unterhalten. Damals trug er einen Overall und keine Brille. Er wohnte ebenfalls in einer ehemaligen Fabrik, draußen am Stadtrand.

Im Atelier lief die Musik jetzt auf halber Lautstärke, die Reihen an der Bar hatten sich gelichtet. Der Mann im Anzug nahm mich gar nicht zur Kenntnis, er stellte seine Fragen mit einer Ernsthaftigkeit, die Beachtung verdiente.

»Schneiden oder kauen Sie ihre Fingernägel?«

»Je nachdem.«

»Wie oft wechseln Sie die Socken?«

»Sommer oder Winter?«

»Essen Sie weniger Gemüse seit Tschernobyl?«

»Ich hasse Gemüse. Außer Erbsen aus der Büchse.«

»Sie finden einen Zehennagel in ihrem Hotelbett. Was tun Sie?«

»Ich kann mir keine Hotelzimmer leisten.«

»Pissen Sie gelegentlich in Waschbecken?«

»Selten. Eher aus Fenstern.«

»Haben Sie schon einmal einen Hund totgefahren?«

»Nein. Katzen und Igel, aber einen Hund? Nein.«

»Zu welchem Song haben Sie das erste Mal mit einer Frau getanzt?«

»Titanic. Die Gruppe hieß Titanic. Norweger, glaube ich. Aber an den Titel des Songs kann ich mich nicht erinnern.«

»Bei welchem Song haben Sie das erste Mal eine Frau geküsst?«

»›Lady in Black‹ von Uriah Heep.«

»Welches war Ihre erste Single?«

»›Venus‹. Shocking Blue.«

»LP?«

»›School's out‹ von Alice Cooper.«

»Haben Sie die Mondlandung der Amerikaner im Fernsehen gesehen?«

»Nein.«

»Das Attentat auf John F. Kennedy?«

»Nein.«

»Heineken?«

»Holländisches Bier.«

»Cilo?«

»Fahrräder.«

»Ein Hexameter?«

»Weiß ich nicht. Ein Messgerät?«

»Ein todkranker Millionär bietet Ihnen eine Million. Dafür müssen Sie ihn umbringen. Tun Sie es?«

»Ja. Würde ich machen.«

»Carl Lewis?«

»Keine Ahnung.«

»Wo waren Sie, als Elvis Presley starb?«

»Auf einer Landstraße zwischen Avignon und Orange.«

»Wer ist Leni Riefenstahl?«

»Weiß nicht. Eine Bildhauerin?«

Ich griff mir einen Stuhl und setzte mich an die Breitseite des Tisches; auf der Stirn des Mannes mit der Lederjacke stand Schweiß.

»Hier wird nicht geglotzt«, sagte der Interviewer, »aber du darfst nachher auch. Wenn du willst.«

Der andere stand auf und steckte sich eine Zigarette an.

»Ich habe genug. Zahl mir die Hälfte der zehn Franken und mach mit ihm weiter.«

»Noch zwei Fragen.«

»Neil Young?«

»Ach komm.«

»Benützen Sie Kondome, oder lässt Sie die Sache mit Aids kalt?«

»Was ist mit dem Geld?«

»Ich bekomme noch eine Antwort.«

»Nein«, sagte er ungerührt, griff nach der Note und verschwand im Atelier.

Ich setzte mich auf den anderen Stuhl und wartete, bis der Mann den ausgefüllten Bogen in ein Mäppchen eingeordnet hatte und einen leeren Ausdruck vor sich auf den Tisch legte.

»Für welches Institut arbeitest du?«, fragte ich.

»Für mich.«

»Du brauchst die Fragen nur für dich und zahlst zehn Franken pro Bogen?«

»Können wir anfangen?«

Jetzt sah er mich das erste Mal an; erkannte er mich wirklich nicht?

»Wo waren Sie, als Johnny Rotten starb?«

»Der lebt noch.«

»Bereitet es Ihnen Probleme, sich im Freien zu erleichtern?«

»Kommt auf den Ort an. Im Wald nein, auf der Bahnhofstraße ja.«

»In welchem Jahr wurde Nietzsche geboren?«

»1846?«, fragte ich.

»Falsch.«

Er grinste; es war das erste Mal, dass er sich einmischte. Er spielte ein anderes Spiel mit mir. Er stellte Fragen, die nicht auf dem Formular standen.

»Wo waren Sie, als Sid Vicious starb?«

»Auf einer Landstraße zwischen Orange und Avignon.«

Jetzt grinste ich. Er schob die Formulare beiseite. Auf seiner Seidenkrawatte ritten Jockeys. Seine Ruhe war verschwunden, er wurde eifrig, und als sich unsere Beine zufällig unter dem Tisch berührten, zuckten wir auseinander.

»Deine Freundin liegt mit einem Fremden im Bett. Wen schlägst du zusammen: sie, ihn oder beide?«

Ich schwieg. Dann stellte ich eine Frage: »Nietzsche. Wann wurde er geboren?«

»Du warst gar nicht schlecht«, sagte er spöttisch. »1844.

Deine Freundin liegt mit deinem besten Freund im Bett. Schlägst du ihm die Faust ins Gesicht oder ihr?«

Ich schwieg. Die Musik wurde wieder lauter.

»Oder beiden?«, fragte ich unschuldig.

»Hast du schon einmal deine Faust in ein Gesicht geknallt?«

»Mit voller Kraft?«, fragte ich vage.

»Voll. Ich noch nie. Aber ich suche einen, bei dem ich es ausprobieren darf.«

Seine Stimme hatte jetzt einen drohenden Ton; seine Fäuste lagen neben meinen offenen Händen. Seine Augen blitzten. Wir erhoben uns gleichzeitig, als hätte es jemand befohlen, und standen uns gegenüber. Sein Kiefer mahlte, sein Gesicht glänzte.

»Und«, fragte er, »hältst du hin? Einmal, sagen wir zwanzig Franken?« Er klopfte mir auf die Schulter.

Ich trat einen Schritt zurück.

Er grinste, bleckte die Zähne. Ich öffnete den Mund, drehte mich um und ging weg.

In meinem Raum war es finster und still. Ich öffnete den Kühlschrank und presste eine kalte Bierdose gegen meine Schläfen: links, rechts. Dann trank ich einen Schluck; aber das Bier schmeckte irgendwie falsch, und ich goss es weg und spritzte mir Wasser ins Gesicht. Zeppelin saß mit angelegten Ohren auf dem Fensterbrett: Wir waren nicht allein.

Erst dann sah ich Kathrine in meinem Bett liegen.

Was gibt es Schöneres, als eine Frau, die weiß, dass sie beobachtet wird? Das Licht einer Straßenlampe lag auf dem Bettzeug und schimmerte auf ihren nackten Beinen.

SECHS

Martina drehte sich auf den Rücken, den Asiaten im Blick. Der Anblick des Vorhangs, der sich weit ins Zimmer bauschte, trug sie in einen flachen Schlaf, in welchem auch die Geräusche aus dem Innenhof Platz hatten.

Gegen 11 Uhr wurde energisch gegen ihre Zimmertür geklopft, dann rief Frau Brandl nach ihr. Martina tauchte mit raschen Stößen an die Oberfläche des Schlafes und schwang die Beine aus dem Bett.

Als sie die Tür öffnete, fiel ihr ein Brief – der Umschlag hatte im Türspalt gesteckt – vor die Füße. Der Brief ihres Bruders, vor drei Wochen aufgegeben, war vom Hotel Rathaus zurück in die Schweiz und dann erst an die Josefsgasse gegangen. Der Umschlag war mit Scotchband verschlossen. Martina riss ihn sorgfältig auf und nahm zwei Blätter heraus. Das erste war von Hand beschrieben:

Da schreibe ich Dir das erste Mal in meinem Leben einen Brief, und was passiert damit? Er kommt zurück! Ich habe den Brief nicht neu geschrieben, er gilt immer noch. Deine neue Adresse habe ich übrigens von Mutter. Josefsgasse. Klingt gut!

Mit liebem Gruß: Dein kleiner Bruder Martin

Den eigentlichen Brief hatte ihr Bruder auf das Briefpapier eines Chemiekonzerns geschrieben; seine Schrift war rund und flüssig.

Schwesterchen,
ich schreibe Dir aus dem Bezirksspital, von dessen Flachdach man wohl unser Elternhaus sehen könnte.

Ja, ich hab Glück gehabt, dass ich noch am Leben bin.

Du hast also gekündigt! Ich muss zugeben, dass ich Dir das nicht zugetraut hätte. Aber was wissen wir schon voneinander? Eben. Wie viele Jahre haben wir uns eigentlich nicht mehr gesehen, abgesehen von den Weihnachtsfeiern? Vier oder fünf?

Natürlich erinnere ich mich an das Bild auf dem Dachboden. Seinen Titel habe ich übrigens auch gekannt: Die Geschwister. Als ich meinen Aufsatz schrieb, habe ich vor allem darüber nachgedacht, welche beiden von all den gemalten Figuren denn nun Geschwister sind – dabei gilt das Wort Geschwister natürlich auch für mehr als zwei. Aber das ist mir damals gar nicht eingefallen: ich wollte nur herausfinden, welche zwei denn nun Bruder und Schwester sind.

Hast Du Dir nie eine Schwester gewünscht?

Ich wollte immer lieber einen Bruder, sorry.

Ich habe damals übrigens Deine Schatztruhe auf dem Dachboden durchwühlt, ich hatte nicht einmal ein schlechtes Gewissen, und heute kann ich es Dir ja beichten. Erinnerst Du Dich? Ein Blechzebra, das man am Hintern aufzieht; ein Raddampfer aus Blech; ein englischer Bobby, handtellergroß, aus Plastik; mehrere Vogelfedern und eine Zuckerdose, gefüllt mit

Murmeln. Ein Brieföffner aus Holz, der Griff in Form eines Hundekopfes.

Fehlt etwas?

Auch Deine Hefte habe ich gefunden. Gelesen habe ich sie nicht. Nur durchgeblättert. Von Deinen Geschichten hatte ich nämlich mehr als genug. Erinnerst Du dich daran, wie Du mir eingeredet hast, ich schrumpfe zu einem Däumling, nachdem ich eine Tasse Kakao getrunken hatte? Ich werde nie vergessen, wie ich damals im Bett lag und schlotterte vor Angst.

Wie ist es in Wien?

Zentralfriedhof oder Prater?

Hast Du Dich schon verliebt?

Trink ein Stamperl Schnaps für mich, so sagt man doch.

Die Johann-Strauß-Fotografie ist übrigens auch mein Lieblingsbild aus der Kindheit. Komisch, nicht? Da haben wir also doch etwas gemein.

Mit lieben Grüßen, Dein Martin

Die Katze lag auf der Farbgrenze des Läufers, dahinter stand Frau Brandl, eine Handtasche am Arm.

»Das fängt ja toll an«, sagte Martina, »gleich am ersten Tag verschlafen …«

»Ja, glaubens denn, ich bin zeitig aus dem Bett gekommen? Mein Likör ist eine Waffe, die was alle niederhaut! Und nicht nur Frauen, das dürfens mir glauben, Fräulein Martina! Zuerst trinken wir ordentlich Kaffee im Eiles, dann gehts zu den Tieren.«

Im Stiegenhaus war es unangenehm hell; das Sonnenlicht flutete in breiten Bahnen durch die Fenster und über die

Fliesen, und einen Moment glaubte Martina, in einer Kirche zu stehen. Die Hände hatte sie auch gefaltet, ohne dass sie wusste weshalb.

Das Geschäft, knapp fünf Gehminuten von der Wohnung entfernt, lag am Ende einer Häuserzeile mit verschiedenen Kleinhändlern.

Sie schoben den Rollladen gemeinsam hoch, dann trat Martina hinter Frau Brandl in die Zoohandlung. Eine Türglocke spielte den Refrain eines Kinderliedes, Vögel lärmten durcheinander. Martina stand in einer Szene, die sie haargenau kannte: Als Kind hatte sie ein Buch besessen, das sie jeden Abend durchblätterte. Unter anderem zeigte der Bildband eine Zoowarenhandlung. Und genau in diesem kolorierten Stich stand Martina nun, dreißig Jahre später, stumm vor Überraschung: Die deckenhohen Regale hinter der Verkaufslade waren ebenso überfüllt wie das Gestell, das den Raum unterteilte. Trat ein Kunde durch die Tür, stand er mitten in baumelnden Käfigen und Vogelbauern, zwischen Kanarienvögeln und Wellensittichen, Hamstern, Meerschweinchen, weißen Mäusen und Zebrafinken. An einer Querwand standen Aquarien, deren Beleuchtung leise sirrte. Frau Brandl drehte das Licht an, und der Raum – eben wirkte er noch geheimnisvoll – war nichts als schäbig. Durch das Schaufenster, das mit Futterpackungen, Käfigen, Hundespielsachen und anderem Krempel völlig überstellt war, drang kaum Tageslicht.

Frau Brandl ging von Käfig zu Käfig, flüsterte Kosenamen, klopfte an Gitterstäbe und schüttete Futter in Behälter. Bei jedem Schritt schwebten Staubfetzen über den Parkettboden, von der Gipsdecke hingen Spinnweben. Hinter einem Vorhang aus bunten Perlschnüren, ganz wie in einer Bar im Süden, gab es ein winziges Büro. Auf dem Pult standen eine mechanische Schreibmaschine und ein Telefonapparat. Frau Brandl deutete aus dem vergitterten Fenster: Die Toilette befand sich quer über den Hof und wurde von mehreren Geschäften benützt. Dann stellte sie Martina die Tiere vor: Sie hob jeden Vogel aus seinem Käfig, nannte Namen und Alter und setzte ihn auf Martinas gekrümmten Zeigefinger. Bis auf einen Pflaumenkopfsittich, der irritiert davonflatterte, blieben alle sitzen, aufgeregt mit den Köpfen ruckend. Danach erklärte Frau Brandl das Sortiment; sie nahm Packungen von den Regalen, die sie aufriss, um Martina zu zeigen, was genau sie überhaupt verkaufen sollte. All dies tat sie derart umständlich, dass Martina Mühe hatte, sich zu konzentrieren. Allein für die Kasse, ein Modell mit perlmuttverzierter Kurbel, mechanisch springenden Zahlen und einer Lade, die ein Lied spielte, wenn sie ausfuhr, brauchte Frau Brandl mehrere Minuten. Über der Tür hing eine Uhr, wie man sie aus Fabrikhallen kennt, und bald kam Martina nicht mehr los vom Minutenzeiger, der sehr langsam über das Zifferblatt rückte. Als Frau Brandl endlich in ihrem Büro verschwand, setzte sich Martina erschöpft hinter die Theke. Sie wünschte sich seit Jahren eine Arbeit, bei der sie nichts zu reden brauchte. Sie hatte genug vom Geschrei auf Pausenhöfen, auf denen Steine und scharf getretene Lederbälle an ihr vorbeizischten, genug von aufgeschlagenen Ellbogen, falschen Anschuldigungen und Lügen.

Sie hatte genug von Kindern. Sie wollte ihre Ruhe. Und eine Uhr, die das langsame Tempo vorgab.

Jetzt, da sie in diesem stillen Geschäft saß, hatte sie nur noch einen Wunsch: Ein Buch! Was sie in diesem Hort der Ruhe und der dösenden Tiere brauchte, war ein Buch. Lange betrat kein einziger Kunde Frau Brandls Zoohandlung. Die Tiere schliefen. Wenn Lastwagen durch die Einbahnstraße fuhren, vibrierten die Scheiben der Aquarien, dann regten die Vögel die Flügel, und der Hamster drehte ein paar Runden in seinem Laufrad.

Am Abend fiel plötzlich Sonnenlicht zwischen die hohen Häuser, und die Staubschicht auf dem Schaufenster bekam einen silbernen Glanz. Kurz nach halb sieben verschloss Martina die Tür; sie hatte ein Flohhalsband, zwei Packungen Vogelfutter und einen Tierkalender verkauft. Sie löschte das Licht und schob vorsichtig den Perlvorhang beiseite: Frau Brandl schlief. Ihr Kopf lag auf den verschränkten Armen, aus der Schreibmaschine lappte eine Rechnung.

Die Sonne, die schräg in das Büro fiel, lag als goldener Schimmer auf Frau Brandls Haaren, und es sah aus, als trage sie eine Krone aus Licht; die Königin schnarchte, und Martina ließ sie schlafen.

Das Vienna's English Theatre belegte das Erdgeschoss eines Hauses am oberen Ende der Josefsgasse, an dem Martina vorbeigehen musste. Durch eine Tür – sie mündete in das Durchhaus und stand auch bei Regen offen – hatte sie Abend für Abend in die leere Bar gesehen, fasziniert von den roten Stofftapeten und den farbigen Lichterlachen auf der Holztheke. Heute würde sie hier etwas trinken. Sie bestellte ein Glas Portwein und hatte sich kaum an eines der Tischchen gesetzt, als die Flügeltüren zum Theatersaal aufgestoßen wurden; offensichtlich war der erste Akt beendet, und es dauerte nur ein paar Sekunden, bis sich die Bar füllte. Die Frauen trugen Abendkleider, Strümpfe und hochhackige Schuhe, die Männer dunkle Anzüge und Krawatten; man sah Martina sofort an, dass sie nicht in der Vorstellung gesessen hatte. Aus einem herumliegenden Programmzettel erfuhr sie den Inhalt des Stückes ›Boys in Autumn‹: Tom Sawyer und Huckleberry Finn hatten sich aus den Augen verloren und trafen nach Jahrzehnten zufällig aufeinander: Huck nannte sich nun Henry Finnegan und lebte vereinsamt in einer abgeschiedenen Blockhütte, nachdem er der Frau, die er abgöttisch liebte, Sterbehilfe geleistet hatte. Meine Güte, dachte Martina und las trotzdem weiter: Tom hieß jetzt Thomas Gray und hatte das Leben eines Vagabunden hinter sich: ein Tänzer und Zauberer, der auf Minderjährige stand und daher auf der Flucht war. Zwischen den Portraits der Hauptdarsteller stand ein Zitat aus dem Stück: »Wir sind beide für die Hölle geboren.«

Der Pianist in der Ecke hatte die Songs so umarrangiert, dass eine Hand meist frei blieb, auf dem Klavier standen Cognacglas und Flasche. Er saß mit dem Rücken zu den Tischen und sah nur bei seinen spöttischen Kommentaren über die Schultern. Der Mann hatte einen eigenartigen Akzent und trug eine Sonnenbrille; neben dem Klavierstuhl standen Schuhe mit heruntergetretenem Fersenleder: Er bediente die Pedale in den Socken.

Gleich darauf setzte sich ein Mann zu Martina. Er drückte ihr kommentarlos einen Drink in die Hand, in dem eine Kirsche lag, und begann gleich zu erzählen, er komme aus Akron, Ohio, und dort gebe es nur etwas, und zwar Gummi. Gummi, sonst nichts. Auch er habe damit sein Geld gemacht, viel Geld. Martina wäre ohnehin nicht zu Wort gekommen; der Mann, offensichtlich war er angetrunken, wiederholte immer wieder dieselben Sätze und konnte sich kaum auf dem Sessel halten. Als er aufstand, um neue Getränke zu holen, verließ Martina die Bar durch die Tür, die ins Durchhaus führte.

Vor dem Eingang des Theaters stand kein Mensch, auch die Josefsgasse war menschenleer. Auf dem Sims der Autowerkstätte nisteten Tauben, direkt über ihnen schaukelte die Wanne der Straßenbeleuchtung. Martina ging rasch in Richtung Innenstadt, um sich in ein Lokal zu setzen, das sie erst vor wenigen Tagen entdeckt hatte: In der Bar – Tütenlampen sorgten für gedämpftes Licht, und ein Tonband spielte Sinatra-Titel – ließ man sie in Ruhe. Hinter den Häuserfirsten standen Wolken, deren Unterseiten hell glühten; dort beleuchteten Scheinwerfer historische Bauten. An den Schienen in der Lerchenfelder-Straße wurde geschweißt, das Licht blitzte die Umrisse des Schweißers auf eine Hausfassade. Am Straßenrand stand ein Kompressor; kleine Unregelmäßigkeiten störten den Lauf des Motors, und einer der Arbeiter kam über die abgesperrte Straße und öffnete das Gehäuse der Maschine. Hitze wehte Martina ins Gesicht, der Geruch nach Diesel. Die Geschichte von Tom Sawyer und Huckleberry Finn hatte sie schon als Kind nicht sonderlich interessiert, wahrscheinlich auch, weil es eines der wenigen Bücher war, das ihr Bruder gelesen hatte. Sie hatte von einem Buch nie in erster Linie Spannung oder Tempo erwartet. Las sie in ihrem Zelt unter dem Dach, wünschte sie sich Geschichten, die den Plan einer neuen Welt auf die leere Landkarte in ihrem Innern zeichneten. Sie hatte Bücher als Fluchthelfer verstanden; ein Treibstoff, der sie aus dem Alltag katapultierte. Schlug sie einen Roman auf, war das, als öffnete sie den Schrank in Erich Kästners Kinderbuch ›Der 35. Mai‹, durch dessen Rückwand man direkt ins Schlaraffenland gelangte …

Martina betrat die Parkanlage zwischen den Museumsgebäuden und wusste schon nach wenigen Schritten, dass sie in eine Situation unterwegs war, die sie aus einem Buch kannte: Vor ihr ging ein Mann, der einen Poncho trug. Er hielt eine Stange in der Hand, an der ein Plakat befestigt war, vor dem Bauch hatte er eine Lade, wie man sie früher während der Filmpausen in Kinos sah. Vor dem Haupteingang des Naturhistorischen Museums verlangsamte er seine Schritte und blieb stehen. Jetzt konnte Martina das Plakat lesen: ›Das Medizinrad: Indianische Horoskope.‹ Der Mann, dunkelhäutig und unrasiert, die langen schwarzen Haare zu einem Zopf geflochten, zündete sich eine Zigarette an, weshalb er das Plakat auf die Treppe legen musste. Kugelförmig geschnittene Büsche standen als weiche Mugel in die Nacht, Wasser pritschelte, in ihrem Rücken rauschte Verkehr. Auch Martina steckte sich eine Zigarette an, und sie standen sich eine Weile wortlos rauchend gegenüber. Der brennende Tabak krispelte leise.

»Möchten Sie wissen, wer Sie sind?«

Der Mann stippte seine aufgerauchte Zigarette in die Dunkelheit, wo sie weiterglimmte.

»Nicht unbedingt aus den Sternen.«

Er lachte, und Martina warf ihre Kippe möglichst nahe an den rot leuchtenden Punkt seitab im Park.

»Wann wurden Sie geboren?«

Martina dachte einen Augenblick daran, den Mann einfach stehen zu lassen, aber dann wurde sie doch neugierig.

»Am 13. November 1950«, antwortete sie und setzte sich auf die Steintreppe.

»Unter dem Mond der ersten Fröste. Aha. Zwanzig Schilling, und Sie erfahren, warum einige Frösche das Wasser verlassen haben.«

»Wüsste nicht, was ich mit Fröschen zu schaffen habe.«

»Zwanzig Schilling«, wiederholte der Mann und wühlte in der Bauchlade, ohne Martina aus den Augen zu lassen.

»Es ist nicht wegen dem Geld.«

»Dann geben Sie mir vierzig Schilling.«

Er streckte ihr eine dünne Broschüre hin und nahm die Stange mit dem Plakat in die Hand. Martina öffnete ihren Lederbeutel, um nach dem Portemonnaie zu suchen, da ließ er das Heftchen hineinfallen.

»Ich schenke Ihnen Ihre Geschichte«, sagte er.

Und genau wie der Unbekannte, der Hesses Steppenwolf das geheimnisvolle Traktat überreicht, ging er davon, ohne sich noch einmal umzudrehen.

Martina setzte sich auf eine Parkbank, um das Heftchen zu lesen.

Schon nach den ersten Sätzen hatte sie das Gefühl, Wien

halte einen Moment den Atem an, zum zweiten Mal, seit sie in dieser Stadt war. Sie las, Satz um Satz, und sah noch einmal die Taube aus dem Himmel fallen und zielstrebig in die Frontscheibe der Straßenbahn segeln. Und als sie die letzte der sechs schlecht gedruckten Seiten aufschlug, lag in ihrem Kopf noch einmal die tote Taube mit abgetrenntem Flügel zwischen den Schienen.

Im Treppenhaus schnappte eben das Minutenlicht ab, und Martina wartete im Dunkeln auf den Lift. Die Kabine stand im obersten Geschoss, der Motor des Liftes summte, die Zugseile schlugen aneinander.

Im Kabinett der Wohnung brannte Licht, doch der Korridor war leer. Die Katze lag auf der Farbgrenze des Läufers, in der Küche schepperte Geschirr. Martina öffnete die Bibliothek und tastete blindlings nach dem Schlüsselbrett neben der Tür. Sie erinnerte sich genau an die Form des altmodischen Bartes und ließ ihre Finger prüfend über die Schlüssel gleiten, bis sie ganz sicher war. Sie steckte den Schlüssel in die Tasche ihrer Jeans, ohne ihn anzusehen, nahm ihn aber wieder heraus und ließ ihn in ihren Lederbeutel gleiten: Der Anhänger in Form eines Hundes war viel zu groß. Im Stiegenhaus waren einzelne Fliesen gelockert, sie genoss das Knirschen, während der Schlüssel in ihrem Beutel gegen die Blechbüchse mit den Zigaretten schlug.

Martina brauchte ihre ganze Kraft, um den Rollladen hochzustemmen, aber schließlich schnappte der Verschluss ein, und sie konnte die Tür aufschließen.

Ohne die Tiere wäre ihr der dunkle Verkaufsraum bestimmt unheimlich erschienen; im Käfig der Meerschweinchen raschelte Heu, aber die Vögel verhielten sich ruhig. Im Büro schloss sie erst die Vorhänge, bevor sie die Arbeitslampe anmachte und den Kegel gegen die Wand richtete.

Auf dem Tisch lagen zwei Bleistifte, eine Handvoll Büroklammern und ein Foto, auf dem Frau Brandl Hand in Hand mit einem Mann durch eine gemähte Wiese ging.

Martina legte das indianische Horoskop neben die Schreibmaschine. Zuerst tippte sie die Adresse ihres Bruders auf ein Couvert mit dem Schriftzug der Zoohandlung, danach spannte sie einen leeren Bogen in die Maschine und begann, die Geschichte der Frösche abzuschreiben. Das große M klemmte, und Martina musste alle paar Zeilen die Abdeckung entfernen, um den Hebel zurückzudrücken. Schließlich nahm sie die Verkleidung weg und legte sie auf den Boden; jetzt sah sie die beiden Trommeln des Farbbandes, die bei jedem Anschlag ein Stück vorwärts sprangen. Die Typen knallten laut auf das Papier, Buchstabe um Buchstabe:

Warum einige Frösche das Wasser verließen

Vor langer Zeit lebten die Frösche in allen Teichen, Seen und Flüssen der Welt. Voller Zufriedenheit sangen sie ihre Lieder, saßen auf ihren Lilienblättern und legten Eier, die sich in Kaulquappen verwandelten und dann – wie durch ein Wunder – in Frösche. Es war ein gutes Leben, und die meisten Frösche waren glücklich.

Doch eines Tages wurde einer der Froschhäuptlinge – sein Name war Ripid-do – unzufrieden. Von seinem Lilienblatt konnte er Tag für Tag in der Ferne etwas beobachten. Es war etwas, das größer war als alles andere, was er je zuvor gesehen hatte. Es war zum größten Teil grün und wurde nach oben zu weiß. Er beobachtete, wie viele der anderen Tiere scheinbar hungrig hinaufkletterten und, wenn sie Stunden später zurückkamen, den Eindruck machten, als ob sie eine Menge zu essen gehabt hätten. Er fing an, mit den Fliegen, Moskitos und Wasserinsekten, von denen er sich bisher ernährt hatte, unzufrieden zu werden.

»Auf diesem großen Ding«, dachte er, »muss es herrliche Sachen zu essen geben. Deshalb sehen auch die anderen Tiere so satt und glücklich aus, wenn sie herunterkommen. Es ist nicht gerecht, dass wir Frösche in diesem Teich bleiben und immer dasselbe essen müssen. Ich will zu diesem großen Ding hingehen und mir etwas von dem holen, was es dort zu essen gibt.« Eines Tages rief er eine Schlange an, die er das große Ding heruntergleiten sah, und fragte sie, wo sie denn gewesen sei und was sie zu essen gehabt hätte.

»Jenes große Ding ist ein Berg«, sagte die Schlange. »Auf seinem Gipfel sind die größten, saftigsten und köstlichsten Insekten, die ich je gesehen habe. Dagegen sehen die größten Fliegen hier wie Mücken aus. Yam, wie glücklich ich bin, dass ich auf den Berg gehen kann!«

Ripid-do dachte über die Worte der Schlange nach, und ein schrecklicher Hunger auf die Köstlichkeiten, die die Schlange beschrieben hatte, überkam ihn. Er begann, allen Fröschen davon zu berichten. Und was er berichtete, klang so gut, dass alle

Frösche davon kosten wollten. Bald erzählten die Frösche dieses Teiches es den Fröschen des nächsten, und so breitete sich die Neuigkeit aus, bis alle Frösche in allen Teichen, Bächen, Seen und Flüssen um den ganzen Berg herum mit dem unzufrieden waren, was der Große Geist ihnen zugeteilt hatte.

Endlich machte Ripid-do einen kühnen Vorschlag. »Freunde«, schlug er vor, »nachdem der Große Geist ganz offensichtlich versucht, uns die besten Dinge des Lebens vorzuenthalten, lasst uns auf eigene Faust aufbrechen und auf jenen Berg klettern und die Orte vergessen, an denen wir jetzt leben.« Einige der Frösche stimmten diesem Vorschlag zu. Sie waren tatsächlich zu der Überzeugung gelangt, dass der Große Geist sie vergessen oder übergangen hatte. Andere dagegen meinten, dass es schwierig für sie sein würde, auf einem Berg und außerhalb des Wassers zu leben – egal wie groß die Insekten auch sein mochten. »Ihr seid Feiglinge«, entgegnete ihnen Ripid-do. »Wir Frösche können auf dem Land leben. Wir können alles, sitzen wir nicht den ganzen Tag auf unseren Lilienblättern außerhalb des Wassers? Der Große Geist hat nur gesagt, dass wir im Wasser bleiben sollten, um uns von all den herrlichen Dingen fernzuhalten, die all die anderen Tiere genießen. Lasst uns zum Berg aufbrechen!« Nachdem er seine Rede beendet hatte und sie in alle anderen Froschteiche übertragen worden war, hörte Ripid-do eine Stimme in seinem Inneren.

»Kleiner Bruder«, sagte die Stimme, »ich habe euch alles gegeben, was ihr braucht, um gut zu leben. Seid nicht gierig nach den Dingen, die andere Tiere haben. Seid glücklich, und singt eure Dankeslieder für die guten Dinge, die ihr habt. Und steigt heute nicht auf den Berg, dies würde euch nur Unglück bringen.«

Obwohl dies Ripid-do verunsicherte, war er dennoch so fest davon überzeugt, dass ihm etwas entging, dass er der Warnung des Großen Geistes keine Beachtung schenkte. Bald machten er und die Frösche, die ihm folgten, sich auf den Weg zum Berg. Als sie am Fuß des Berges angelangt waren, bemerkten sie, dass all die anderen Tiere, die zum Essen gewöhnlich hinaufstiegen, aufgeregt heruntereilten. »Auf dem Berg ist heute etwas nicht in Ordnung«, sagte zu ihm die Schlange, mit der er kürzlich gesprochen hatte. »Kehrt zurück in eure Teiche!«

Die Frösche aber waren fest entschlossen. Ripid-do war davon überzeugt, dass der Große Geist alle anderen Tiere dazu angehalten hatte, sich so merkwürdig zu verhalten, um die Frösche zu überlisten, und dass diese sich bereitwillig darauf eingelassen hatten, weil sie nicht ihr ganzes Essen mit einer Armee von Fröschen teilen wollten, die auf den Berg geeilt kamen.

Und so gingen sie trotz aller Warnungen hinauf und hielten Ausschau nach den köstlichen Insekten, die sie zu finden hofften. Und einige Frösche fanden auch tatsächlich ein paar Insekten, die die größten und köstlichsten waren, die sie jemals gesehen hatten. Aber die meisten Insekten flogen ebenso wie die anderen Tiere in großen Schwärmen den Berg hinunter.

Während sie weitergingen, bemerkten die Frösche, dass der weiße Schnee am Gipfel des Berges schmolz und das Wasser in Sturzbächen den Berg hinunterzufließen begann. Einige der Frösche bekamen Angst, als sie das sahen, und wollten kehrtmachen. Aber Ripid-do bezeichnete sie als Feiglinge und forderte sie auf, weiterzugehen. Bald folgte den Sturzbächen von

Wasser ein Fluss von geschmolzenem Gestein, der sich über den Bergrücken ergoss, und eine riesige Dampfwolke hüllte alle Frösche in sich ein und verbrühte ihre Haut.

»Kehrt jetzt nicht um, Brüder und Schwestern«, rief Ripid-do. »Wenn wir dem Großen Geist zeigen, dass wir auf seine Tricks nicht hereinfallen, wird das alles bald ein Ende finden.«

Aber ein Ende war nicht in Sicht – im Gegenteil, es wurde nur noch schlimmer, während der Ausbruch des Vulkans an Heftigkeit zunahm. Ripid-do wusste nicht weiter; in letzter Minute erkannte er, dass er viele seiner Brüder und Schwestern in Gefahr gebracht hatte, nur weil er das, was er wollte, für wichtiger hielt als das, was der Große Geist ihm gegeben hatte.

»Großer Geist«, betete er mit aller Inbrunst, »ich will mich selbst gerne opfern, wenn du alle Frösche, die mir gefolgt sind, retten kannst. Es wäre nicht gerecht, wenn sie für meine Fehler büßen müssten. Ich hätte auf deine Warnung und die Warnung der anderen Tiere hören sollen.«

»Kleiner Bruder«, hörte er eine Stimme in seinem Ohr, »ich werde alle retten, die dir gefolgt sind, da sie nun ihre Lektion erhalten haben. Lass sie in den Wasserfall hüpfen, der vor euch liegt. Er wird sie sicher in ihre Teiche, Bäche und Flüsse zurücktragen. Aber du sollst nicht hineinspringen.«

Ripid-do tat, wie ihm geheißen. Bald wurden alle Frösche vom Wasser fortgetragen und in Sicherheit gebracht. Ripid-do saß nun da und beobachtete, wie der Dampf immer dichter wurde. Er wusste, dass er einen Fehler begangen hatte, und erwartete nun sein Schicksal. Plötzlich kam ein Windstoß und blies ihn auf einen Baum, der so hoch auf dem Berg stand, dass ihn der Dampf nicht mehr erreichen konnte. Er war nun in

Sicherheit und sah zu, wie der Ausbruch des Vulkans zu Ende ging.

»Kleiner Bruder«, hörte er die Stimme wieder, »weil du es dir so sehr gewünscht hast, auf dem Berg zu leben, wirst du es von nun an tun. Du wirst kleiner sein als vorher und nicht mehr im Wasser leben. Die Bäume werden deine Heimat und die Heimat deiner Kinder für alle zukünftigen Generationen sein.«

Auf diese Weise entstanden die Baumfrösche, jene merkwürdigen, auf dem Land lebenden Verwandten der glücklichen Wasserfrösche.

Martina faltete die fünf Seiten zusammen und steckte sie in den Umschlag. Das Tippen mit der alten Maschine hatte sie ermüdet. Sie machte die Arbeitslampe aus und legte ihren Kopf auf die verschränkten Arme, genau wie am Nachmittag Frau Brandl.

SIEBEN

Die langen Stunden des Nachmittags gefielen Martina am besten; die Tiere schliefen, und es verirrte sich nur selten Kundschaft in die Zoohandlung in der Josefstadt. Meist waren es alte Frauen, die mit ihren dicken Dackeln redeten, als wären es Menschen. Gelegentlich kauften auch Männer in Lodenmänteln bei ihr ein, die ihre abgerichteten Schäferhunde an kurzen Leinen führten, und Martina an die hasserfüllten Fratzen am Stephansplatz, die Altmännerfäuste und faschistischen Parolen erinnerten.

Aber meist saß sie ungestört hinter der Kasse, neben sich einen Stapel Bücher, der von Tag zu Tag wuchs; eine Situation, die sie an ihre Lesenachmittage auf dem Dachboden erinnerte, obschon sie bisher keinen der Romane aus Frau Brandls Bibliothek auch nur aufgeschlagen hatte. Sie hatte keine Lust auf fremde Geschichten und dachte vor allem nach.

Vögel tschilpten, Meerschweinchen pfiffen, und sie wanderte durch ihre Erinnerungen wie durch ein Haus, von dem sie nicht einmal die Hälfte aller Zimmer kannte. Sie hatte noch ein paar Mal mit Markus telefoniert, doch dann hatte immer wieder seine zweite Frau abgehoben und behauptet, Markus sei nicht da, und sie gebeten, nicht mehr anzurufen. In den zehn Jahren ihrer Ehe hatten sie sich ganz auf sich verlassen und zurückgezogen in einer Idylle gelebt, die nur unter der Abmachung funktionierte, dass sie alles besser wussten als die andern. Das machte es leicht, zusammenzuhalten. Alle zwei, spätestens drei Jahre zogen sie um, von einer Landgemeinde in die andere, manchmal unterrichteten sie sogar an derselben Schule. Ihre Wohnungen waren geschmackvoll und praktisch eingerichtet; sie suchten monatelang nach einem ganz bestimmten Teppich oder einem Schirm für die Stehlampe neben der Bücherwand. War eine Wohnungseinrichtung perfekt, konzentrierten sie sich auf neue Wohnungsinserate und Stellenangebote.

Damals hatte sich Martina nicht gefragt, von was sie eigentlich davonzogen.

Markus' Ängste waren seine Stärke gewesen, und er brachte es immer wieder fertig, Martina an ihnen teilhaben zu lassen. Ein Morast, in dem man unweigerlich unterging, denn er bekämpfte seine Ängste nicht, er fütterte sie, wie man ein Raubtier füttert, bis es endlich stark genug ist, um einem den Kopf abzureißen. Seine Ängste waren die Batterie, die ihn am Leben erhielt. Wahrscheinlich hätte sie schon eine einmalige Untreue vor der Katastrophe bewahrt.

Als sie sich nach sieben Jahren das Ende eingestanden, entschieden sie sich für ein Kind, ein Rettungsversuch, der scheitern musste, wie Martina schon während der Schwangerschaft begriff. Als ihnen der Arzt eröffnete, ihr Sohn sei Autist, nahmen sie das als weitere Chance und waren insgeheim froh über die doppelte Aufgabe, die sich ihnen nun stellte. Die Merkmale der Krankheit ihres Sohnes lasen sich wie eine Zustandsbeschreibung ihrer letzten Ehemonate.

Und so verstanden sie das Programm, das sie zusammen mit einem Spezialisten für Ralph erarbeiteten, gleichzeitig als Rettungsprogramm für ihre Beziehung. Martina gab ihre Stelle auf und machte sich daran, die Welt ihres Sohnes kennenzulernen, indem sie ihn beobachtete. Sie saß tagelang neben ihm; über seinen Körper strich Sonne, am Boden drehte sich der Kreisel. Ralphs Bewegungen waren präzise und einzig auf den Plastikkreisel ausgerichtet; er sah nie aus dem Fenster, Martina schien er überhaupt nicht wahrzunehmen. Kaum ließ er den Kreisel liegen, begann er seinen Oberkörper vor- und zurückzuschaukeln, manchmal stundenlang, während er mit aufgerissenen Augen in sich hineinstarrte, gefangen von seiner Aktivität.

Nach einigen Wochen hatte Martina genug gesehen. Sie kaufte einen zweiten Kreisel und begann Ralph zu imitieren. Nun saßen sie nebeneinander am Boden und starrten auf die Symbole. Sonne, Mond, Fisch und Vogel: Die Bildchen wurden auch für Martina zu den einzigen Koordinaten eines abgeschlossen funktionierenden Universums. Ralphs ganze Energie richtete sich auf diesen Kreisel, er war berechenbar und passte damit genau in seinen Zeit-Raum-Raster, in dem Menschen keinen Platz fanden: Die bewegten sich unberechenbar, waren laut und verwirrend. Nach einigen Monaten sah Martina keinen Grund mehr, Ralph aus seiner friedlichen und organisierten Welt der Dinge zu reißen; sie verstand seine Haltung nur zu gut und ließ sich vollends auf ihn ein.

Damit waren das Drei-Phasen-Programm und Ralphs Heilung gescheitert. Martina blieb in der Phase der Zustimmung und Anteilnahme stecken und machte schon den zweiten Schritt überflüssig: Sie sollte Ralph zeigen, dass ihre Welt aufregend und sehr wohl berechenbar war und es sich lohnte, seinen Kosmos der Dinge und selbstinszenierten Rituale zu verlassen. Die dritte Stufe, ein Lernprogramm, das führende Ärzte entwickelt hatten, verlor jeden Sinn. Nach einem Jahr – Ralph war mittlerweile 32 Monate alt – wies man ihn auf dringenden Rat ihres Arztes in ein Heim ein. Hätte Martina nicht bald darauf einen Mann kennengelernt, wäre wohl auch sie in seiner Welt der Dinge untergetaucht.

Da sie im Umgang mit Seitensprüngen keine Ahnung hatten, war ihre Ehe verloren. Martina erinnerte sich genau an die Autofahrt in den Jura, während der alles auseinanderbrach: Im Nebel jagten Pferde hinter weiß leuchtenden Staketenzäunen über Koppeln, die Fenster der Talstation eines Sessellifts waren mit Brettern vernagelt. Die Straße endete am Fuß einer Geröllhalde.

›Und jetzt, hatte Markus gespottet, willst du etwa in dieser gottverlassenen Steinwüste herumwandern?‹

›Hier möchte ich wohnen‹, hatte Martina versöhnlich gesagt.

›Aber nicht mit mir.‹

›Dann eben alleine.‹

Sie waren ausgestiegen und ein paar Schritt gegangen. Der Wind, der über die Kuppe fegte, warf sie beinahe um. Das Gras war gelb versengt, dürr.

›Das ist doch Schwachsinn, das Auto bei diesem Scheißwetter auch nur für eine Sekunde zu verlassen. Was willst du überhaupt hier?‹

Kaum hatte Markus die Tür geöffnet, wurde sie ihm vom Wind aus der Hand gerissen. Martina sah ihn davonfliegen, eine winzige Figur mit hilflos rudernden Armen. Abstürzen sollte er, das Genick brechen. Markus zog die Tür ins Schloss und fuhr los. Später brach Sonne durch die Wolken. Touristen liefen im Wind, die farbigen Pellerinnen gebläht wie Ballone. Markus ließ den Wagen auf einem Parkplatz ausrollen, sie saßen wortlos im Auto und rauchten, die Sonne wärmte den Kunststoff des Armaturenbrettes.

›Und jetzt?‹

›Gehen wir ein Stück.‹

Auf einem Grashang drängten sich Schafe, in einer Schlucht schäumte Wasser, Mischwald senkte sich ins Dorf. Die Gipfel waren wolkenverhangen, sie gingen dicht nebeneinander her. Büsche in losen Reihen säumten einen Weideplatz, auf dem kläffend ein Hund herumsprang. Der Wind kam aus der Talsenke; blieb er weg, war es stickig.

›Scheißwetter. Schon schwitzt man wie ein Schwein.‹

Jetzt red endlich, dachte Martina, red, das hat doch alles keinen Sinn, erzähl ihm endlich von dem andern Mann.

Und dann hatte sie ihm alles erzählt.

Geschlagen hatten sie sich nie; einmal warf Martina ein Buch knapp an seinem verdutzten Gesicht vorbei. Markus hatte sich umgedreht und ihren Kopf an den langen Haaren herumgerissen.

Und dann hatte sie ihm ihre Fingernägel über die Wange gezogen, zärtlich fast. Das war das Bild, das ihr hinter dem verstaubten Schaufenster in der Josefstadt immer wieder durch den Kopf ging: Ihre lackierten Nägel, ihre blitzschnelle Bewegung und dann Markus, der erstaunt das Blut an seinen Fingern betrachtet, mit denen er die Wunde berührt hat.

Als schließlich jeder Gedankengang bei diesem Bild stehenblieb, die Fingernägel, das Blut und Markus, der verzweifelt nach Pflastern suchte, bis letztlich doch sie die Wunde versorgte, als jeder Erinnerungsversuch mit diesem Bild endete, war Martina froh über Frau Brandls Besuch. Sie kam jeden Nachmittag Punkt 15 Uhr mit einer Thermoskanne mit heißem Kaffee in ihr Geschäft, und sie setzten sich ins Büro und tratschten. Martina hatte ihrer Vermieterin ein einfaches italienisches Kartenspiel beigebracht, das sie allerdings nie um Geld spielten. Wer verlor, musste in der Zuckerbäckerei gegenüber Mehlspeisen holen, deren Besitzerin vor über zwanzig Jahren einen Papagei bei Frau Brandl gekauft hatte, der schimpfend neben der Eingangstüre saß.

Heute hatte Martina kein Glück; sie verlor die ersten vier Spiele und lief kommentarlos über die Straße. Der Papagei höhnte, vorwurfsvoll die Kette schüttelnd, mit der er festgebunden war. Martina kaufte Mohnstrudel und verlor auch die nächsten vier Spiele. Gegen 16 Uhr verließ Frau Brandl ihre Zoohandlung, und Martina setzte sich nach vorn. Um ihren messerscharfen Nägeln und Markus' blutender Wange zu entgehen, öffnete sie eines der Bücher: Ricarda Huch, Entpersönlichung, eine Erstausgabe aus dem Jahre 1921. Kaum hatte Martina die erste Zeile von Gottfried Kellers Buchmotto gelesen, ging die Türglocke.

Ohne den Blick aus dem Buch zu heben, wusste sie, dass weder eine der alten Damen noch einer der Lodenmänner das Geschäft betreten hatte; kein Kunde, sondern ein Gast. Sie las das Motto des Buches mit klopfendem Puls zu Ende.

»Tauben verkaufen Sie keine?«, fragte er.

»Schon«, antwortete Martina, ohne ihn anzusehen, »aber nur solche, die leben.«

»Muss ja unheimlich spannend sein, was Sie da lesen.«

»Wenn die persönlichen Gestalten aus einer Religion hinweggezogen sind, so verfallen ihre Tempel, und der Rest ist Schweigen«, las Martina und sah ihn endlich an.

Er trug Jeans und eine schwarze Leinenjacke, an deren Revers der Schmetterling aus Blech steckte.

»Aber heute lässt du dich zu einem Kaffee einladen von mir, ja?«

»Nein«, Martina lachte, »zum Nachtessen.«

Dann ließ sich Robert alle Singvögel zeigen; Martina hob sie aus ihren Käfigen und setzte sie auf seinen Zeigefinger, wo sie aufgeregt mit den Augen zwinkerten, weil sie nicht wussten, wen sie jetzt ansehen sollten, die Frau oder den Mann.

ACHT

Das italienische Restaurant befand sich ganz in der Nähe von Frau Brandls Wohnung in einer stillen Seitenstraße.

Der Besitzer hatte sie an einen Tisch im Hintergrund gesetzt, wo die Blätter der Kübelpalmen im Zug der Klimaanlage über die rohverputzte Wand scheuerten. Lichtleisten, knapp unter der Decke montiert, sorgten für gedämpftes Licht, auf den Tischen brannten Kerzen, die flackerten, wenn neue Gäste die Tür öffneten. Bald waren alle Tische von Paaren besetzt, die sich fortwährend berührten und leise miteinander sprachen.

»Bei Francesco darf man nur ein einziges Gericht essen«, behauptete Robert und blätterte die Karte auf, »alles andere ist verboten.«

»Das ist bei allen guten Köchen so.«

Martina legte ihre Karte weg und zündete sich eine Zigarette an. Robert ließ sein Feuerzeug liegen, das gefiel ihr.

»Zuerst Pasta mit Basilikum und danach Seezunge mit Kapernsauce«, sagte er und winkte dem Kellner.

»Gerne«, sagte Martina, »mit Spinat.«

»Mit Spinat«, wiederholte er.

Dann trat der Besitzer an ihren Tisch und offerierte ihnen

einen Aperitif, den er gleich selber servierte. Er stellte drei Gläser auf den Tisch, setzte sich und begann ein Gespräch mit Robert, das sich um Restaurants und Umsatzzahlen drehte.

An den Wänden hingen großformatige Schwarz-Weiß-Fotografien, die alle das Meer zeigten. Robert war gleich gekleidet wie am Nachmittag, hatte sich aber eine rote Seidenkrawatte umgebunden. Mit seinem energischen Kinn, den Bartschatten und kurzgeschnittenen dichten Haaren sah er aus wie ein Dressman. Aber sein weicher Gesichtsausdruck und seine Blicke und Gesten brachen das Bild des eingebildeten Schönlings. Er unterhielt sich zwar angeregt mit dem Mann, Martina hatte dennoch das Gefühl, im Zentrum seiner Aufmerksamkeit zu stehen. Während des Gesprächs legte er mehrmals seine Hand auf den Unterarm des Restaurantbesitzers, dabei sah er Martina an, ganz kurz nur, wandte sich wieder dem Mann zu, um Sekunden später erneut Blickkontakt mit ihr zu suchen.

Hinter Robert war ein Aquarium in die Wand eingelassen, das leer war, wie Martina glaubte. Etwa ein Drittel des eingemauerten Behälters war mit Steinen gefüllt, die plötzlich auseinander geschoben und gegen das Glas gedrückt wurden. Im nächsten Moment stand ein dicker Aal im Wasser, dessen zuckender Leib gegen die Scheibe peitschte und die schweren Steine umschichtete.

Martina fiel vor Schreck die Zigarette aus der Hand.

Robert drehte sich um und lachte. Dann bückte er sich nach ihrer Zigarette und steckte sie sich zwischen die eigenen Lippen.

»Alles in Ordnung?«, fragte er.

»Nein«, sagte Martina, »ich kann Aale nicht ausstehen.«

»Da geht's dir gleich wie mir.«

Er nahm die Zigarette aus dem Mund und schob sie zwischen Martinas Lippen.

Der Aal hatte sich inzwischen beruhigt und stand mit schlängelnden Bewegungen im Wasser. Der Besitzer – er hatte sich erhoben – pochte gegen das Glas, als sei damit die Harmlosigkeit des Aales bewiesen. Als er sah, dass Martina nicht mitlächelte, bot er ihnen einen anderen Tisch an, aber schließlich tauschten sie nur die Plätze. Der Mann hatte sie zu einem kühlen Rosé überredet, den er an ihrem Tisch entkorkte. Dann ließ er sie endlich allein. Robert hob das Glas und sah sie ernst an.

»Der erste Schluck«, sagte Martina schnell, »gehört mir.«

»Auf den zweiten Schluck«, sagte er und lachte.

Sie trank und stieß erst dann mit ihm an. An den anderen Tischen wurde bereits gegessen; Fischmesser kratzten, Gläser klirrten. Martina sah, dass etliche Gäste Seezunge bestellt hatten, und konnte sich ein Lächeln nicht verkneifen.

»Du scheinst nicht der einzige Experte hier zu sein.«

»Das ist man selten. Eigentlich nie.«

Sie unterhielten sich während des ganzen Essens, und Martina war erstaunt über Roberts Offenheit. Er erzählte von seiner Kindheit in einem Gemeindebau und seinem Vater, der als Eisenbahner gearbeitet hatte, bis ihn der Schlag traf, auf der Plattform eines Güterwagens, mitten in der Nacht. Nach dem Gymnasium hatte Robert zwei Jahre die Akademie der Bildenden Künste besucht, dann einige

Semester Jus studiert. Ende der siebziger Jahre eröffnete er ein Lokal, das bald Anlaufstelle der Szene wurde. Heute besaß er zwei Nachtlokale und ein Beisl und damit genügend Geld, um sich einen alten Traum erfüllen zu können: Er verbrachte die meiste Zeit in seinem Antiquitätengeschäft im 9. Bezirk, das auf Radierungen und Gegenstände aus Jade spezialisiert war.

Später erzählte Martina von den Nächten, in denen ihr Vater nach Aalen gefischt hatte und sie ihn begleiten musste. Sie trug die Petrollampen und war verantwortlich für den Proviant.

»Vaters bevorzugte Angelstelle lag auf einer Landzunge, die durch Gestrüpp und Schilf abgeschirmt war. Ich nahm eine Decke mit, lag im Licht der Lampen auf der Erde und sah aufs Wasser.«

»Und wie sieht man den Zapfen, nachts?«

»Indem man einen großen Ring aus Elektrodraht an den abgewickelten Silch bindet und auf einen Stein legt. Das war die Aufgabe meines Bruders: Er musste neben dem Stein hocken und den Ring beobachten. Biss ein Aal, hüpfte der Ring vom Stein und das Geschrei ging los. Manchmal brauchten sie eine halbe Stunde, bis sie die Scheißfische von der Angel geschnitten hatten.«

»Geschnitten?«, fragte Robert.

»Aale verschlucken die Haken und spucken sie Tage später selber aus. Wir haben die Aale in Reusen nach Hause getragen. Zuerst landeten sie im Teich hinter dem Haus, dann im Kühlschrank. Dort lagen sie in einer Schüssel und bewegten sich noch tagelang: Du machst den Kühlschrank auf, und in einer Schüssel windet sich ein toter Fisch. Furchtbar.«

Später saßen sie schweigend über Espressotassen, zwischen sich die abgebrannte Kerze, leere Gläser. Im Aquarium rumpelten Steine, und Robert führte Martinas Hand an seine Lippen; er leckte ihren kleinen Finger und nahm ihn schließlich in den Mund. Unter seinem linken Auge zuckte ein Nerv. Wer jetzt wegschaut, dachte Martina, hat verloren, sie wehrte sich gegen den Reflex des Wimpernschlags, da zuckten seine Augen zu.

Vor dem Lokal gab es eine Reihe Bäume, deren Äste im Wind ächzten. Sie gingen schweigend durch menschenleere Gassen; die meisten Fenster waren dunkel, entsprechend ruhig war es zwischen den Häuserzeilen, die schief in den sternenlosen Himmel standen. Als sie auf eine dicht befahrene Hauptstraße traten – aus einem Beisl stieß schwadige Luft –, küssten sie sich. Roberts Barthaare knisterten über Martinas Wange.

Ihre letzte Zigarette rauchten sie gemeinsam; Robert warf den Stummel unter eine vorbeifahrende Straßenbahn, Funken stiebten weg.

»Kommst du zu mir?«, fragte er.

»Fragst du das jede Frau nach dem ersten Nachtessen?«

»Jede nicht«, er lachte, »aber jede zweite.«

Sie lehnten sich nebeneinander an eine Hausmauer, der kreidige Verputz zeichnete Striemen auf Roberts Sakko.

»Das sind mir zu viele.«

Sie schwiegen eine Weile und sahen einem Betrunkenen zu, der aus einem Lokal geführt wurde, sich um die eigene Achse drehte und gleich wieder in der Bar verschwand.

»Dann eben zu dir«, sagte Robert.

»Willst du Frau Brandls Katze füttern?«

»Dann lass uns ein Hotelzimmer nehmen.«

Der Mann, der den Betrunkenen erneut auf den Gehsteig hinausführte, redete auf ihn ein und tätschelte gutmütig seine Schulter.

Martina trat auf die Straße und winkte einem Taxi, das scharf abbremste und zurücksetzte.

Sie öffnete die hintere Tür; der Betrunkene lehnte am Kotflügel eines geparkten Autos und übergab sich.

»Komm schon«, rief Martina, »wir fahren zu dir. Ich kenne nur ein Hotel in Wien, und das ist das falsche …«

Am frühen Morgen prasselte Hagel nieder, Windböen wehten die Körner über die Fassade des Hotels, und Martina erwachte. Der Widerschein von Blitzen zuckte über die Wände, Sekunden später folgten Donnerschläge. Robert schien noch zu schlafen, aber als Martina sich umdrehen wollte, nahm er sie in den Arm.

»Schön, dass du keine Angst hast«, sagte er leise.

Sie blieben eine Weile liegen und traten dann, die Decken um die Schultern gelegt, ans Fenster, um dem Unwetter zuzusehen. Der Hagel drosch Blätter aus Bäumen, in den Straßen glänzten murmelgroße weiße Körner.

Gestern Nacht hatten sie die Zimmerbar geöffnet und zuerst die kleine Flasche Champagner auf dem Balkon getrunken. Martina hatte auf jedes Kleidungsstück gezeigt, eine Szene aus einem Film, und Robert hatte sie ausgezogen: das Wollkleid, die Pumps, die dunklen Strümpfe und endlich die seidene Wäsche. Robert hatte sie aufs Bett getragen und ihr die Beine gespreizt.

Das Gewitter verzog sich, der Hagel hörte schlagartig auf. Robert streifte die Decke von ihrer Schulter und presste sich an sie.

NEUN

Das Glück dauerte und war doch eine Lüge.

Wir blieben drei Tage im Bett, ließen das Telefon klingeln und waren für niemanden zu erreichen, nur für uns.

Wir stiegen abwechslungsweise aus dem Bett, legten Platten auf, immer wieder Bob Dylan und Stephan Eicher, holten Zigaretten und Weißwein. Unter Kathrines Schritten knarrte nicht einmal der Boden, sie schwebte. Zeppelin lag zuerst neben dem Bett und schlug nach Kathrines Zehen, aber sie verzog sich bald aufs Dach. Den Musiker aus Italien schoben wir vor uns her, das Glück hatte Vorrang.

Freitagmittag standen wir auf.

Kathrines Vorschlag, bei einem Italiener zu essen, nahm ich noch als Scherz. Aber als sie während des Mittagessens in einem Quartierspunten meinte, wir könnten doch für ein paar Tage nach Verona verreisen, sie kenne ein billiges Hotel, romantisch, und dicht am Fluss, brach der aufgeschobene Krieg aus. Wir schrien uns an, und wäre nicht Kathrine aus dem Restaurant gelaufen, hätte ich es getan.

Ich beseitigte alle Spuren unserer missglückten Versöhnung. Danach öffnete ich die Fenster. Dittli saß im Hof und strich einen Tisch.

Ich habe für Zeppelin eine Katzentreppe gebaut, die in verschiedenen Etappen bis in den Hof führt. Die Treppe führt auch an zwei Fenstern der Bodybuilder vorbei, eines dieser Fenster, dahinter befindet sich die Dusche, wie ich von Dittli weiß, ist durch ein in die Mauer verdübeltes Gitter geschützt. Manchmal verkrallt sich Zeppelin mit beiden Vorderpfoten in den Maschen und lässt das Gitter gegen das Fenster knallen.

Heute dauerte es fast drei Minuten, bis das andere Fenster aufgerissen wurde; ich sah einen muskulösen Nacken, kurzgeschnittene Haare und dann ein Gesicht, das ich jahrelang nicht mehr gesehen hatte.

»Daniel?«, rief ich ungläubig.

Der Mann hob den Kopf und sah mich an.

»Schwitzen ist gesund«, rief ich, und jetzt erkannte er mich.

»Genau«, rief er grinsend, »tschau, Martin. Wie wär's mit einem kalten Bier?«

Zeppelin machte sich davon; sie sprang direkt vom Brett in die Äste des Birnenbaums, Vögel stoben aus dem Schutz der Blätter.

Daniels Eltern waren damals mitten im Sommer aus der Stadt aufs Land gezogen. Sein Vater hatte mit einem dubiosen Geschäft Konkurs gemacht und wollte nun in unserem Dorf so etwas wie eine neue Existenz beginnen. Daniel stand eines Morgens unangekündigt vor der Abschlussklasse der Bezirksschule, ich war der Einzige, der nicht lachte: Daniel war damals auffallend klein und unglaublich dick. Außerdem trug er absolut lächerliche Kleider, eine Art Safarianzug mit zahllosen Täschchen und Reißverschlüssen. Sein Gesicht war mit roten Pusteln übersät, nur seine Haare passten in die damalige Zeit: Er trug sie länger als wir alle, sie reichten ihm mindestens bis zur Mitte des Rückens. Daniels Reaktion auf das Hohngelächter war verblüffend: Er drehte sich vor der Klasse im Kreis, als wolle er seinen neuen Kameraden vorführen, worüber sie da eigentlich lachten.

Dann sah er herausfordernd von einem zum andern. Schließlich blieb sein Blick bei mir hängen, und ich gab ihm ein Zeichen, sich neben mich zu setzen. Zwei Tage zuvor hatte mich der Lehrer allein in die hinterste Bank versetzt, wofür ich ihm noch heute dankbar bin: Daniel und ich verbrachten jede freie Minute des verbleibenden halben Schuljahres zusammen. Seine Familie bewohnte das ehemalige Arzthaus, dessen Garten an die Friedhofsmauer grenzt, sein Zimmer war unter dem Dach. Weil fünf Minuten an der Sonne genügten, um auf seinem Gesicht Pusteln sprießen zu lassen, die nach einigen Tagen eiterten und aufbrachen, hockte Daniel die meiste Zeit in seinem Zimmer, wo er die Stoffrollos nur nachts hochzog. Er besaß eine Stereoanlage mit riesigen Boxen, die er selbst gebaut hatte. In speziellen Holzgestellen standen Hunderte von Schallplatten, die umfangreichste Sammlung, die ich damals kannte. Daniel hatte mehrere Musikzeitschriften abonniert und wusste alles in Sachen Rockmusik. Der Produzent des Lynyrd Skynyrd Albums ›Second Helping‹? Die Besetzung von Grateful Dead für die LP ›From the Mars Hotel‹? Die Titel auf ›Early Flight‹ von Jefferson Airplane, und zwar in der richtigen Reihenfolge? Daniel wusste alles, er war ein wandelndes Lexikon der Rockgeschichte. Mitten im Zimmer hatte er einen Holzrost aufgebaut, etwa einen Meter hoch, seinen ›Sound-Hochsitz‹. Wir lagen stundenlang auf dieser Liege, jeder mit eigenem Kopfhörer. Daniel hatte immer mindestens zehn Gramm Haschisch im Haus, von dem er mir nie erzählte, bei wem und wovon er es kaufte. Bald paffte die halbe Schule, und an freien Nachmittagen lagen Großmäuler, die sonst großspurig über den Schulhof stolzierten, weggetreten auf der Wiese und verlangten lallend nach ihren Müttern.

Daniel war ein Mathematik-Genie, das unseren Lehrer zur Verzweiflung brachte, indem er ihn mehrmals an der vollgekritzelten Wandtafel bloßstellte: Er wusste einfach besser Bescheid. Im Turnen hingegen war Daniel die größte Flasche. Er hing am Reck wie ein nasses Hemd, und wenn wir Völkerball spielten, lief er kreischend und mit erhobenen Händen durch die Halle. ›Schwitzen ist gesund‹, war der Lieblingsspruch unseres Sportlehrers: ›Aber nur wer sich bewegt, schwitzt, bleibt somit gesund und wird alt!‹ Daniel bewegte sich möglichst wenig und schwitzte trotzdem ununterbrochen. Als er den Lehrer einmal darauf hinwies und fragte, ob er nicht auf die Turnerei verzichten könne, da er ja auch ohne jede Bewegung schwitze, verlor der Mann die Nerven: Er ohrfeigte Daniel vor versammelter Klasse.

Der Sportlehrer starb völlig unerwartet zwei Monate vor Ende des Schuljahres – in der Sauna. Danach hielt sich während Wochen das Gerücht, der fünfzigjährige verheiratete Mann sei nicht alleine in der Drogerie im Nachbardorf gewesen. An der Beerdigung standen wir in der vordersten

Reihe, als mir Daniel jenen Satz zuflüsterte, der zu unserem Leitspruch wurde: ›Zu wenig geschwitzt!‹ Nach Daniels Meinung hätte für den Grabstein nur ein einziger Spruch wirklich gepasst: ›Er schwitzte tapfer und geduldig, jedoch nicht genug.‹

Nach Abschluss der Schule begann ich eine Lehre als Offsetdrucker, Daniel studierte in Zürich Mathematik. Jetzt sahen wir uns weniger, aber in den Sommerferien fuhren wir gemeinsam mit dem Zug nach Dänemark: In Kopenhagen versackten wir eine Woche in Kristiania in Haschisch und LSD, bis wir in einem Moment nüchterner Klarheit begriffen, dass wir dabei waren, unterzugehen. Wir packten sofort unsere Sachen zusammen und trampten nach Hornbaek am nördlichen Ende von Seeland. Da weder in der Jugendherberge noch in den drei Hostels Betten frei waren, breiteten wir unsere Schlafsäcke hinter einem dornigen Buschwall aus. In einem nahen Stadion schrien Fans, deren Stimmen sich in unserem oberflächlichen Schlaf festhakten. Die Scheinwerfer vorbeifahrender Autos glitten über unsere Gesichter, später machten wir ein Feuer gegen die Kälte und die Angst vor den Männern, die auf einem Parkplatz herumgrölten und Bierflaschen zerschlugen. Ich kroch aus dem Schlafsack, um Zweige ins Feuer zu legen, da bemerkten uns die Männer. Dann folgten die zehn Minuten, die mich zum Feigling machen: Die Betrunkenen kamen über die Straße auf uns zu, brüllten Beschimpfungen, zerschlugen Bierflaschen. Ich blieb wie gelähmt am Rand der Büsche stehen, ohne Daniel zu warnen: Als die Männer durch das dornige Unterholz stiegen und auf unseren Schlafplatz traten, lief ich davon.

Ich konnte mich nicht schlagen. Weder für mich noch für meinen besten Freund. Laufen, das konnte ich, wenn nötig die ganze Nacht, bis ans Ende jeder Freundschaft.

Als ich mich zurücktraute, lag Daniel in der zertrampelten Feuerstelle. Sie hatten ihm einen Finger gebrochen, das Gesicht zerschlagen und einen Teil seiner Kleider verbrannt. Wir saßen schweigend und frierend am Feuer, bis es tagte. Es gab nichts zu reden. Daniel lehnte meine Zigaretten ab. Am nächsten Tag sah ich ihn zum letzten Mal: Am Stadtrand von Helsingor gab er mir plötzlich die Hand und sagte, er wolle lieber alleine weitermachen.

Und jetzt sahen wir uns also wieder.

Wir setzten uns aufs Dach der Fabrik und tranken Bier.

Daniel hatte sich völlig verändert; das schwabbelige Fett war verschwunden, jetzt war er durchtrainiert. Er trug schwarze Jeans, Turnschuhe und ein weißes T-Shirt.

Wir hatten uns einiges zu erzählen, uns fehlten Jahre: Nach dem abgeschlossenen Studium hatte er kurz Mathematik unterrichtet und dann den Computer entdeckt. Er belegte Informatik-Vorlesungen und arbeitete schon bald als Programmierer in einer großen Firma. Heute war er freier Programmierer.

Ich hatte meine Druckerlehre nach zwei Jahren abgebrochen, um den Vorkurs an der Kunstgewerbeschule zu besuchen, den ich aber auch nicht abschloss. Danach hatte ich mit Freunden einen Plattenladen aufgemacht und mich nach drei Jahren – wir hatten mittlerweile eine Filiale eröffnet – auszahlen lassen. Von diesem Geld und verschiedenen Gelegenheitsarbeiten lebe ich noch heute.

Zeppelin legte sich schnurrend zwischen Daniels Füße.

Wir blieben sitzen, bis es dämmerte. Dann schlug Daniel vor, wir könnten aus der Stadt fahren und irgendwo essen. Vor der Fabrik stand ein schwarzer Chevrolet Impala mit offenem Verdeck. Daniel sprang auf die Vorderbank, ohne die Tür zu öffnen. Ich stieg ein, und wir fuhren los.

Nach dem Essen – wir saßen unter der Pergola eines Landgasthofes – war es bereits ziemlich kühl, und wir machten das Verdeck zu. Daniel streckte sich auf der Rückbank aus und überließ mir das Steuer. Neben ihm lag ein gelbes Plastikgerät, ein Singleboy, in den er immer wieder dieselbe Platte steckte: ›Manic Monday‹ mit den Bangles.

Ich trat viel zu spät auf die Bremse, dabei hatte mich Daniel gewarnt, und wäre beinahe an der Tankstelle vorbeigefahren. An der Wand der Werkstatt lehnte eine Pappfigur, die für eine Ölmarke warb. Daniel öffnete eine Tür in der Rückseite des zweistöckigen Gebäudes. Die Tankstelle gehörte einem Freund von Daniel, und er bewohnte das große Zimmer über der Werkstatt. Im Treppenhaus roch es nach Öl und Benzin, hinter der Tür lag ein auseinander gebautes Getriebe. Der vordere Teil seines Raumes war bis auf Daniels ›Sound-Hochsitz‹, seine Stereoanlage und einige Schallplatten leer. Vor dem Fenster hing ein schwarzes Tuch, an einer Wand lehnte die Vergrößerung einer Fotografie: Auf einer Faust, die in einem Handschuh steckte, saß ein Raubvogel mit aufgefächerten Schwingen.

Ein Vorhang teilte den abgeschrägten Dachraum, im hinteren Teil arbeitete Daniel. Für Gäste war er nicht eingerichtet; auf den Stühlen und dem Tisch stapelten sich aufgeschlagene Fachzeitschriften und Bücher, der Boden war mit Disketten, Papieren, Schachteln und weiteren Zeitschriften übersät. Der Arbeitstisch mit dem Computer stand am Fenster, durch das man auf das Betondach über den Zapfsäulen hinuntersah. Mitten in diesem Teil des Zimmers stand ein Blechbottich, ungefähr halb so groß wie eine Badewanne, in den eine gebogene Stange verschraubt war. Auf dieser Stange saß ein großer schwarzer Vogel, der mich schelmisch ansah und frech krächzte.

»Eine Krähe?«, fragte ich.

»Darf ich vorstellen: Das ist Karl, mein Kolkrabe.«

Der Rabe schüttelte leise gurrend sein schimmerndes Gefieder.

»Elève le corbeau, il te crèvera les yeux«, sagte Daniel feierlich und öffnete den Kühlschrank. Dann nahm er ein Stück rohes Fleisch aus einer Blechbüchse und warf es dem Raben in die Wanne.

»Was heißt das? Mein Französisch ist ziemlich beschissen.«

»Ein Sprichwort: ›Zieh einen Kolkraben hoch, und er wird dir die Augen aushacken.‹«

»Na großartig«, sagte ich und räumte einen Stuhl frei. Daniel stellte mehrere Bierdosen auf den Tisch und riss gleich bei allen die Lasche auf.

»Noah hat am 190. Tag der Sintflut eine Taube und einen Raben ausgeschickt, um auszukundschaften, ob das Wasser zurückgegangen war. Die Taube kehrte erfolglos zurück, der Rabe blieb verschwunden. Und zwar weil er Land entdeckt hat, sich dort über Aas hergemacht und deshalb Noah vergessen hat.«

Daniel wischte Hefte und Bücher vom zweiten Stuhl und setzte sich ebenfalls hin. Wir stießen an. Der Rabe hob den Kopf und ließ einen Moment vom Fleisch ab; erst gurrte er wie eine Taube, dann ahmte er das Kläffen eines Hundes nach und schnatterte endlich wie eine Ente.

»Raben sind Meister der Nachahmung. Karl hat die unterschiedlichsten Tierstimmen drauf. Der römische Kaiser Augustus hat sich einen Raben gehalten, der ihn morgens mit dem Satz ›Ave Caesar victor imperator‹ begrüßte. Aber so weit sind wir noch nicht, Karl und ich.«

»Wo ist du übrigens deine Plattensammlung?«, fragte ich.

»Verkauft – bis auf 100 LPs. Das reicht. Karl kann übrigens auch einen Satz. Willst du ihn hören?«

Ich nickte; ein Auto war vorgefahren, und ich hörte das Summen, als die Note in den Automaten gezogen wurde. Gleich darauf klapperte der Einfüllstutzen, und der Spindel der Zapfsäule begann sich zu drehen, das Benzin floss.

Karl wippte mit dem ganzen Körper, die Flügel ausgebreitet, und sah mich durchdringend an. Er wollte eine Antwort hören.

»Natürlich will ich Karls Satz hören«, sagte ich rasch.

Der Kolkrabe zierte sich. Völlig geräuschlos öffnete und schloss er seinen Schnabel, ohne mich aus den Augen zu lassen.

»Bitte«, sagte ich.

»Opera et impensa periit«, sagte Karl laut und sehr deutlich.

»Schön«, meinte ich, »aber Latein … leider …«

»Hopfen und Malz verloren.« Daniel lachte, und sein Rabe hüpfte begeistert auf und ab. Daniel hatte ihn nicht mit einer Kette festgebunden, sondern mit einem langen Gummiband.

»Ich weiß«, sagte ich.

»Hopfen und Malz verloren, hat Karl gesagt. Das ist sein einziger Satz.«

Trat man nahe ans Fenster, sah man die Hauptstraße; am Horizont – dort führte sie über eine bewaldete Kuppe – strahlte matter Glast am Himmel, die Stadt. Am Rand des Werkstättengeländes stand die Waschstraße, ein niederer Tunnel, an dessen Wand man die ausgebleichten Buchstaben eines Namenszuges erkennen konnte. Die Regenrinnen des Wellblechdaches waren mit Abfall gefüllt.

»Ich fliege jede Woche einmal als Kurier nach Frankfurt, wo ich Akten übergebe. Ich übernachte in einer Pension und fliege am nächsten Tag mit neuen Dokumenten zurück. Leicht verdientes Geld. Außerdem trifft man in der Pension, in der ich untergebracht bin, die schrägsten Nummern. Kuriere aus ganz Europa.«

„Was denn für Dokumente?“, fragte ich.

»Dumm ist nur, dass ich diese Woche unmöglich weg kann. Ich muss ein Programm schreiben, sonst bin ich den Job los.«

Ich wartete ab. Der Kolkrabe bewegte den Kopf vor und zurück.

»Du hast ja auch noch etwas wie eine Rechnung offen bei mir«, sagte Daniel, ohne mich anzusehen. »Du könntest meinen nächsten Kurierflug nach Frankfurt übernehmen. Dreihundert Franken, freie Unterkunft, okay?«

»Natürlich«, sagte ich.

ZEHN

Drei Tage später flog ich nach Frankfurt.

Daniel hatte mich am Vormittag angerufen und am frühen Abend zum Flughafen gefahren. Er informierte den Angestellten der Kurierfirma, und man übergab mir einen schwarzen Aktenkoffer. Vor dem Abflug rauchten wir auf der Toilette einen Joint; die polierten Kacheln strahlten, Geschäftsherren richteten Krawatten und kämmten Scheitel, bevor sie in die Halle zurücktraten.

An der Zollabfertigung lag mein Pass sekundenlang aufgeschlagen zwischen dem Beamten und mir. Daniel stand hinter der Scheibenfront und winkte mir zum Abschied zu. Der Flug war kurz und ruhig, und ich übergab den Aktenkoffer mit den Dokumenten gleich nach der Landung in der Halle. Dann wurde ich in einem Kleinbus ohne Aufschrift an den Rand Frankfurts gefahren. Die ›Pension Reiser‹ nahm dem Job jeden Glanz; das heruntergekommene Gebäude lag außerhalb einer Siedlung hässlicher Reihenhäuser, zwischen einer ausgebeuteten Kiesgrube und dem eingezäunten Areal eines Schrotthändlers.

Aus meinem Zimmer im ersten Stock sah ich über rostendes Eisen, Lumpenballen und Autowracks. Mittlerweile war es 20 Uhr geworden; über den Hotelhof spannte sich ein

Drahtseil, an dem eine einsame Glühbirne baumelte. In der Pension war es still, einzig in der Gaststube lief ein Fernseher, und ich hörte eine Männerstimme, die Nachrichten verlas. Das Zimmer war nur mit dem Nötigsten möbliert, die Wände ohne Bilder. Die Vorhänge hatten Risse, in der Schublade der Kommode lagen tote Fliegen. Ich fragte mich, wer wohl in der ›Pension Reiser‹ abstieg? Außer dem Bus standen nur zwei Autos auf dem Hof, vielleicht Vertreter.

Ich legte mich auf das Bett und dämmerte vor mich hin, bis jemand gegen meine Tür klopfte und verkündete, in einer Viertelstunde stehe das Essen auf dem Tisch. Die Etagendusche war besetzt, Wasser rauschte, jemand pfiff laut und falsch. Die zwei gedeckten Tische standen im hinteren Teil der Gaststube unter dem eingeschalteten Fernseher.

Ich saß neben einem Mann aus Berlin, der sonst Taxi fuhr, aber nebenher seit Jahren als Kurier für das Unternehmen flog. Obschon sich alle anderen Kuriere zu kennen schienen, wurde kaum geredet. Die einzige Frau saß am anderen Tisch und war offensichtlich mit dem Betreuer der Gruppe befreundet. Sie saßen dicht nebeneinander und bestellten als Einzige eine gemeinsame Flasche Wein.

In der Flughafentoilette hatte mir Daniel zwei Fünfhundert-DM-Noten in die Hand gedrückt und mich dann folgendermaßen instruiert: Ich solle nach dem Essen möglichst bald auf mein Zimmer verschwinden, ohne mit jemandem zu reden. Ab 23 Uhr müsse ich unbedingt das Zimmerlicht löschen, auch die Nachttischlampe. Nach Mitternacht werde dann drei Mal an meine Tür geklopft, ein Signal, das ich wiederholen müsse. Darauf öffne ein Mann die Tür, und ich müsse Daniels tausend DM setzen. Und zwar auf Hund Nr. 3, einen American Pit-Bull-Terrier eines Kölner Züchters. Ich solle den Mann unbedingt von ihm grüßen, und die tausend DM müssten genügen, um mich, den Neuling, mitzunehmen. Der Bus bringe uns zu dem geheimgehaltenen Ort der Hundekämpfe. Im Bus solle ich keine Fragen stellen und am besten mit gar niemandem reden. Vom Gewinn könne ich zehn Prozent behalten, der Tipp für Hund Nr. 3 sei ziemlich sicher.

Nach dem Essen blieb ich noch für eine Zigarette sitzen; die anderen hatten ihre Stühle umplatziert und sahen fern. Dann trank ich am Tresen einen Korn; der Wirt stellte sich neben mich, aber ich leerte das Glas in einem Zug und verabschiedete mich freundlich. Das Telefon befand sich am Ende des Flurs in einer muffigen Holzkabine. Die Wände waren übersät mit dummen Sprüchen und den üblichen Zeichnungen. Ich wählte Kathrines Nummer und wartete; im Flur leuchtete die Blende des Zigarettenautomaten, mein Ohr war bald schweißnass. Kathrine hob nicht ab, und ich legte auf.

Das Bad war jetzt frei, und ich duschte lange.

Dann ging ich auf mein Zimmer und wartete im Dunkeln. Und obschon es über zwei Stunden dauerte, langweilte ich mich nicht. Ich saß an die Wand gelehnt auf dem Bett, ohne wirklich nachzudenken. Saß da und ließ die Zeit verstreichen. Gelassen wie noch nie, indianisch. Nichts geschah, gar nichts.

Bis es dreimal klopfte.

Es war kurz nach Mitternacht, ich sprang vom Bett und

klopfte ebenfalls dreimal gegen die Tür, dann trat ein Mann in mein Zimmer, den ich in der Dunkelheit kaum erkennen konnte; er trug jedenfalls Gummistiefel und eine Windbluse mit Pelzkragen.

»Was soll das«, fragte er gereizt, »wo ist Daniel?«

»Ich soll Sie von Daniel grüßen. Das hier ist sein Einsatz.«

Der Mann blickte flüchtig auf die Noten, musterte mich eingehend und nickte. Wir gingen über die Hintertreppe, ohne jemandem zu begegnen. Im Innern des Busses roch es nach Marihuana, ich war der Fünfte und setzte mich wortlos in die hintere Bank. Der Mann mit den Gummistiefeln löschte die Innenbeleuchtung und startete den Motor. Während der kurzen Fahrt wurde kein Wort gesprochen. Man reichte mir den Joint, und ich tat, als nehme ich einige tiefe Züge, bevor ich den Stummel aus dem Fenster warf. Kurz vor der Hauptstraße bogen wir in einen Feldweg und fuhren danach ein paar hundert Meter dem Bretterzaun des Schrottplatzes entlang. Schließlich hielten wir vor einem Tor, und der Fahrer gab ein Hupzeichen: kurz, kurz, lang, lang. Es dauerte fast eine halbe Minute, bis das Tor aufgestoßen wurde; ein Mann mit Cowboyhut öffnete die Beifahrertür und setzte sich wortlos in den Wagen. Er dirigierte uns mit leisen Befehlen durch die hohen Schrottberge. Katzen wischten vor uns vorbei, vielleicht auch Ratten. Der Platz war das reinste Labyrinth, und ich hatte schon nach den ersten Richtungsänderungen das Gefühl, im Kreis zu fahren, immer wieder vorbei an dem Ford Mustang ohne Räder und dem schiefen Turm aus Kühlschränken. Aber schließlich gerieten wir auf freies Feld, und gleich darauf fuhren wir durch das Gelände des aufgelassenen Kieswerkes. Ein Förderturm, halb demontiert, stand in der Nacht, eine zerfallene Lagerhalle.

Das letzte Stück fuhren wir ohne Licht.

Vor einem großen Holzschuppen parkten an die fünfzig Autos, darunter einige Busse. Der Mann mit Cowboyhut stieg aus und sprach mit zwei Männern, die vor dem Schuppentor standen, Funkgeräte umgehängt. Nachdem wir fünfzig Mark Eintritt bezahlt hatten, ließ man uns in den Schuppen ein.

Rund um die Kampfarena aus blutgefleckten Holzplanken – an einem Dachbalken hingen zwei Neonröhren – standen etwa hundert Zuschauer. An einer behelfsmäßig aufgebauten Theke wurde Bier, Kaffee und Hühnerbouillon ausgeschenkt. Die ganze Szenerie wirkte wie die Versammlung einer militanten Sekte; viele Männer trugen Parkas und Fallschirmspringer-Stiefel, die wenigen Frauen Jeans und Pullover oder Baseballjacken. Über eine Leiter gelangte man auf einen höher gelegenen Boden, wo an einem Tisch die Wetten entgegengenommen wurden. Hinter dem Tisch saßen vier muskulöse Männer um die Kasse, neben dem Tisch stand ein großer Tresor. Ich setzte Daniels tausend Mark auf Hund Nr. 3 und stellte mich dann an die Planke. Die zwei Männer mit den Funkgeräten hatten inzwischen den Schuppen geschlossen; es war verboten, den Platz vor Ende der Kämpfe zu verlassen, man hätte ja die Polizei holen können.

Ich habe Hunde nie besonders gemocht.

Aber was dann folgte, gab mir den Rest.

Der erste Kampf dauerte fast eine Stunde, dann blieb einer der Hunde mit zerfetzten Lefzen und blutüberströmtem Fell in seiner Ecke, ohne auf die Angriffsbefehle des Schiedsrichters zu reagieren. Er wurde ausgezählt. Die Zuschauer tobten, und der Besitzer des Verlierers, ein Mann mit schütterem Vollbart, trug seinen Terrier durch eine Hintertür aus dem Schuppen.

Neben mir stand ein älterer Mann, der bewundernd raunte, als die nächsten Hunde in den Pit geführt wurden. Die Dogfighter packten ihre Tiere mit den Fäusten am Nackenfell und richteten ihre Schnauzen in die Ecke der Arena. Dann befahl der Kampfrichter, die Hunde umzudrehen.

Die beiden Pit-Bull-Terrier sahen sich zum ersten Mal und reagierten trotzdem, als hätten sie sich ein Hundeleben lang gehasst. Sie stürmten in blinder Wut aufeinander los. Ich sah kein Abschätzen des Gegners und nicht einmal den Ansatz einer Drohgebärde. Die Tiere sprangen sich mit gewaltigen Sätzen an, ich hörte das Schnappen scharfer Zähne.

Sie schlugen eine geräuschlose, blutige und ausdauernde Schlacht. Nach wenigen Minuten waren die Rachen der beiden Hunde mit Blut gefüllt; quer über die Flanke des einen Tieres lief eine kaum verschorfte Wunde, die wohl erst vor ein paar Tagen zugeheilt hatte und jetzt wieder aufbrach. Der Hund, auf den ich für Daniel gesetzt hatte, biss seinem Gegner die halbe Schnauze weg, aber das war noch längst nicht das Ende. Immer wieder griff der verletzte Hund an, bis er endlich liegenblieb, und selbst jetzt, zerbissen und zerfetzt, gab er keinen Ton von sich. Er drückte sich stumm an die Planken, und die Krallen seiner Vorderpfoten kratzten über die Bretter.

Der Kampf dauerte genau 73 Minuten.

Ich setzte mich mit einigen Flaschen Bier in den Hintergrund des Schuppens. Daniels Gewinn holte ich erst nach einer guten Stunde ab. Der Mann hinter der Kasse zahlte mir 3500 DM, die meisten hatten auf den Sieger gesetzt. Am Tor des Schuppens wurde ich zurückgehalten, ich musste das Ende der Schlachterei abwarten.

Kurz nach 4 Uhr morgens hatte der letzte Hund verloren.

Es roch nach Blut und Speichel, nach Schweiß und abgestandenem Bier. Die Gesichter der Zuschauer glänzten vor Gier und Erregung, an einigen Parkas sah ich Blutspritzer.

Vor dem Schuppen war es wohltuend kühl, der Himmel war ohne jeden Stern. Motoren sprangen an, die Hunde, die an mir vorbeigeführt wurden, winselten. Die Rückfahrt war wie ein Sturz in den Tag, und ich wünschte mir, der Bus fahre an der Pension vorbei in die Morgendämmerung hinaus.

In meinem Zimmer legte ich mich sofort hin. Irgendwo lief ein Gebläse, ein regelmäßiges Rauschen, das alle paar Minuten abbrach und dann wieder von vorn begann. Ich roch an meinen Händen, und ich roch Blut und erbrach mich aus dem Fenster. Danach lehnte ich Luft schnappend nach draußen; das Erbrochene lief über die Fassade und klatschte auf das Dach eines geparkten Autos. Ich legte mich wieder hin, und obschon ich mich nicht besser fühlte als zuvor, schlief ich nun ein.

Am Morgen regnete es. Das Alteisen und die Dächer der Reihenhäuser glänzten trostlos. Wolken fuhren heran wie

Schiffe. Der Bus geriet alle paar Meter in Pfützen, Wasserfontänen zischten gegen die Bretterwand des Schrottplatzes. Niemand sprach ein Wort, jeder saß in sich versunken und vermied zufällige Berührungen mit seinem Nachbarn. Bewegte ich mich, knisterten die vier Geldnoten, die ich nicht in meinem Portemonnaie haben wollte, in der Hosentasche und rieben steif und unangenehm über meinen Oberschenkel.

Im Flugzeug, den Aktenkoffer mit den neuen Dokumenten unter dem Sitz, wusste ich nach einem Becher Kaffee und einem Sandwich, was zu tun war: Ich schloss mich in die Toilette, zerriss Daniels Gewinn in kleine Fetzen und spülte sie weg.

Die zwei restlichen Scheine, seinen Einsatz, steckte ich ein. Als ich auf den Gang hinaustrat, lächelte mich eine Stewardess an, als hätte ich das verdient.

ELF

Martina hatte das erste Mal, seit sie in dieser Stadt war, die Orientierung verloren. Die Namen der Straßen und Gassen sagten ihr nichts, und das Bild des Stadtplans in ihrem Kopf wollte nicht zur Deckung kommen mit der Realität der Mietshäuser und Geschäfte, aus denen es nach Gemüse, Brot und Gebäck duftete.

Der Verkehr, gebremst durch mehrere Lichtsignale, kam nur stockend voran, und so war Martina immer wieder auf gleicher Höhe mit einem Lastwagen, von dessen Ladebrücke wässriger Dreck tropfte.

Martina hatte jeden Tag in Frau Brandls Zoohandlung verkauft, und zwar auf eigenen Wunsch. Sie hatte weder Lust, in ihrem Zimmer zu liegen, hypnotisiert vom Lächeln des Asiaten, noch wollte sie weiterhin durch die Stadt pilgern. In dem Geschäft fühlte sie sich – so sonderbar das war, schließlich saß sie dort, um zu arbeiten – jeder Verpflichtung entbunden. Zu diesem Gefühl der Leichtigkeit passte, dass sie in Robert verliebt war, der sie jeden Abend abholte. Bevor sie zusperrten, fütterten sie gemeinsam die Tiere; dann setzten sie sich in eine Espressobar am Ende der Straße, tranken Kaffee und beschrieben sich gegenseitig die Kunden, die sie in ihren Geschäften bedient hatten: alte

Männer in abgetragenen Joppen, die ihre Hunde vor Frau Brandls Zoohandlung festbanden, teuer gekleidete Frauen, die sich Roberts ganzes Sortiment zeigen ließen und dann für eine daumengroße Jadefigur sehr viel Geld bezahlten. In der Espressobar saßen vor allem Männer mit geröteten Nasen, abgestürzte Existenzen, die entweder bloß ihre leeren Gläser heben oder aber beim Wirt um jeden neuen Schnaps betteln mussten.

Auf dem Weg in Roberts Wohnung kauften sie das Essen ein, gelegentlich mussten sie Taxis nehmen, um noch vor Ladenschluss bestimmte Geschäfte zu erreichen, in denen Robert ausgefallene Spezialitäten kaufte. Was sie kochen wollten, besprachen sie immer erst, wenn sie das Gemüse putzten und Knoblauchzehen schnitten. Aus Roberts Küche konnte man in den Hof des Nachbargebäudes sehen; unter einem Glasdach befand sich der Maschinensaal einer Buchbinderei, in dem Männer und Frauen an Falzmaschinen standen, Schichtarbeiter. Martina konnte einzelne Hände erkennen und Druckbögen, die durch Maschinen flitzten.

Robert gehörte eine großzügige Wohnung im 2. Bezirk, von deren Balkon – das Steingeländer wurde von Amoretten gestützt – man das Riesenrad im Prater sah. Die Räume waren geschmackvoll, aber etwas kühl eingerichtet. Auf den versiegelten Parkettböden lagen kostbare Teppiche; Bücher, Schallplatten und persönliche Dinge hatte Robert in Rollschränke aus verzinktem Blech verräumt. Die weißen Wände waren leer, dafür lief auf Augenhöhe ein grauer Pinselstrich durch alle Räume. Über seinem Bett hing ein Baldachin mit aufgedrucktem Sternenfirmament, der im Licht feiner Richtstrahler geheimnisvoll funkelte.

Nach dem Essen gingen sie aus, oft erst kurz vor Mitternacht, wobei sie mit Roberts Vespa in die Innenstadt fuhren. Zuletzt landeten sie immer in dem Lokal Roberts, »in dem ich einen Teil des Geldes verliere, das ich sonst verdiene«, wie er das erste Mal gespottet hatte. Das Wolga lag in einer kaum befahrenen Gasse im 7. Bezirk, ganz in der Nähe von einem dieser bedrohlichen Flaktürme, die man offenbar nicht sprengen kann, ohne dabei ganze Häuserzeilen in Schutt und Asche zu legen. Das Lokal war früher eine Synagoge gewesen; eine Tatsache, den die Szene Robert übelnahm, darum war die Bar mit der langen, blechbeschlagenen Theke, den Marmorsäulen und Wasserbecken auf erhöhten Podesten Nacht für Nacht gähnend leer. Sie setzten sich jeweils in eine der Nischen, und Robert bat den Angestellten, Pergolesis ›Stabat Mater‹ aufzulegen und das Wolga zu schließen. Dann braute er in der Kochnische Tee, eine Mischung aus Orangenblüten und Melisse, die beruhigte. Wenn sie das Wolga verließen, war es meist zwischen zwei und drei, und Roberts Vespa donnerte in den Häuserschluchten wie eine schwere Maschine.

Ihr gemeinsames Glück war ohne Ziel, sie ließen sich Zeit, die Tage mit Zärtlichkeit und Lust anzugehen. Die Alulamellen der Jalousien zerschnitten Roberts Körper in Einzelteile, die Martina lange betrachten konnte: Waden, Oberschenkel, Nacken, Rücken und Gesäß, bis sie sich auf ihn legte. Das Glück roch, das Glück hatte jetzt einen Namen. Liebten sie sich, flüsterten sie wirres Zeug, das sie danach mit heiterem Ernst wiederholten. Worte, die durch Lust und Gier an die Oberfläche geschwemmt wurden – keine obszönen Worte, sondern solche, die erst nach Tagen, in Verbindung mit anderen besinnungslos geflüsterten Worten einen Sinn ergaben: Das Alphabet ihrer Liebe, das sie erst buchstabieren lernen mussten …

Garnison-, Beethoven- und Lackierergasse: Langsam fügten sich die Namen zu einem System, und als Martina bald darauf vor der Strudlhofstiege stand, dem topographischen Zentrum von Doderers Roman, wusste sie Bescheid. Roberts Antiquitätengeschäft befand sich in der Fluchtgasse, in einem schmalen Bürgerhaus. In seinem Schaufenster, das nicht breiter als eineinhalb Meter und wie das Futteral eines Instrumentenkoffers mit schwarzer Seide ausgeschlagen war, liefen fünf Jade-Elefanten in Einerkolonne auf einen in die Seide gewobenen See zu.

Martina öffnete die Tür und betrat das Geschäft.

Robert verhandelte eben mit einer Kundin, unterbrach das Gespräch aber, um sie mit einem Kuss zu begrüßen. Sie setzte sich in einen Sessel hinter dem Schaufenster; der Verkaufsraum war leer bis auf einen Glasschrank aus rötlich schimmerndem Holz. Auf den Regalen dieses Schrankes standen Gegenstände aus Jade in den unterschiedlichsten Größen und Formen. Die Frau ließ sich von Robert eine Figur erklären, die auf seinem Handteller stand. Martina hörte ihm zu und entdeckte das Bild, das schräg hinter ihr hing, erst nach einer Weile. Im ersten Moment glaubte sie, es sei das Bild, das sie aus dem Hotel mitgenommen hatte. Aber dann fiel ihr auf, dass dieser Asiate hier links am Betrachter vorbeisah und nicht rechts, und außerdem machte er ein verärgertes Gesicht. Aber es war eindeutig derselbe Mann, zweifellos vom selben Künstler gemalt. Schließlich ließ sich die Kundin die Jade-Figur, eingeschlagen in Seidenpapier, in ein Schächtelchen packen. Den Preis zählte sie nicht in Roberts Hand, sondern auf das Stehpult, in dessen Lade er die Kasse verwahrte.

»Gefällt dir der Stich?«, fragte Robert, die Tür hinter der Kundin schließend.

»Er ist sozusagen wertlos. Aber mir gefällt der Blick des Mannes. Ein Kunde hat mir erzählt, er fühle sich beobachtet, auch wenn ich im Hinterzimmer sei. Das Bild stammt übrigens aus einer ganzen Serie ...«

»Ich weiß.«

»... und dürfte sich der Zeit des Ukyo-e zuordnen lassen und von einem unbedeutenden Künstler stammen.«

»Ukyo-wieviel?«

»Ein Begriff aus der japanischen Kunstgeschichte. Das fließende Leben. Wieso weißt du, dass das Bild aus einer Serie ...?«

»Weil ein Bild dieser Serie über meinem Bett hängt, darum!«

»Na, ja«, Robert lachte, »Geld verdienst du damit keines. Aber wir könnten die zwei Bilder ruhig zusammenhängen, find ich.«

»Die Frage ist nur wo? Hier ganz bestimmt nicht!«

»Etwa bei deinen Theologen?«

Sie setzten sich auf das Ledersofa im Hinterzimmer, das fast doppelt so groß war wie der Verkaufsraum und vier

Stufen unter der Straße lag. Das Tageslicht, gefiltert durch hochstehendes Gras, fiel als grüner Schimmer aufs Parkett. Bis auf das Sofa, eine Stereoanlage und einen Kühlschrank war das Hinterzimmer leer, an einer Wand lehnten Mappen, Roberts Radierungen.

»Warum verkaufst du eigentlich Objekte aus Jade?«

Robert öffnete zwei Bierfläschchen und legte sich auf das Sofa, den Kopf in ihren Schoß gebetet.

»Weil ich diesen Stein liebe, ganz einfach.«

Er lächelte und pfiff auf seiner Bierflasche.

»Die Chinesen stufen Jade übrigens höher ein als jeden Edelstein. Sie benutzten ihn bei rituellen Handlungen und bestatteten Angehörige der kaiserlichen Familie in Kleidern aus Jadeplättchen.«

»Und wozu?«

»Damit die Toten von der lebenserhaltenden Kraft des Jade zehren konnten. Jade ist härter als Stahl, darum muss er geschliffen werden. Danach wird er poliert, früher hat man das mit Scheiben aus Holz und Walrossleder gemacht, stell dir vor.«

Robert zog eine weiße Jadekatze aus der Hosentasche, die nicht größer als ein Feuerzeug war.

»Solche Objekte trugen die Männer früher immer gegen die Einsamkeit auf sich«, sagte er.

»Und was haben wir Frauen in der Hand?«

»Uns Männer natürlich! Musst du morgen arbeiten?«

»Ganz wie ich will.«

»Dann lass uns ins Burgenland fahren.«

»Morgen?«

»Gleich, lass uns gleich fahren. Ich muss noch etwas abholen, und dann können wir. Ich habe morgen in der Früh in Budapest zu tun und kenne ein Hotel vor der ungarischen Grenze: Ein Schloss!«

»Wie sich das gehört!« Martina lachte.

Bewegte sich das Gras vor dem Fenster, schaukelte das Sonnenlicht auf dem Boden wie auf dem Wasserspiegel eines Sees.

Im Schatten der Kirche, die einem Wasserturm glich, war es bereits ziemlich kühl, und so setzte sich Martina zurück in Roberts Auto. Er hatte seinen alten Jaguar auf dem Gehsteig abgestellt.

»Et voilà«, hatte er gesagt, »willkommen in Mexico. Hier endet das christliche Abendland. Am Mexicoplatz findest du den größten Ost-West-Bazar auf europäischem Boden. Und wenn du das Gefühl hast, eher in einer k.u.k. Garnisonsstadt in Galizien statt in Wien zu sein, hast du völlig recht. In diesen Geschäften kannst du mit Forint genauso bezahlen wie mit Dinar, Zloty oder halt in Gottes Namen Schilling. Am Mexicoplatz ist nichts unmöglich. Wartest du bitte einen Augenblick? Bin sofort zurück.«

Robert war in einem der Läden verschwunden, und Martina hatte sich in den Schatten der Kirche gesetzt. Auf den versengten Rasenstücken lagerten ganze Familien, es roch nach gebratenem Fleisch und fremdem Tabak. In den Schaufenstern stapelten sich Kaugummipackungen, Hunderte von billigen Quarzuhren und Wecker, Berge von Strumpfhosen, auf Pavatexwände genadelte Jeans in den unmöglichsten

Schnitten, Taschenrechner und Mickey-Mouse-Pullover. Im Auto war es Martina fast wieder zu heiß, aber sie blieb doch sitzen. Zwei Männer entluden einen Lieferwagen; sie trugen Pappkartons in ein Geschäft mit einem Schriftzug, den sie mehrmals lesen musste, bis sie ihn entziffert hatte: Tzachvashvili. Vor einer Wechselstube standen Männer, die wild gestikulierten.

Nach zehn Minuten kam Robert aus dem Geschäft. Hinter ihm stand ein Mann unter der Tür, der einen schlampigen Trainingsanzug und Schnürstiefel trug. Die beiden Männer verabschiedeten sich mit einem Händedruck. Robert kam schnell über die Straße, öffnete die Tür, missmutig schnaufend, und warf ein gut verschnürtes Paket auf die Rückbank, das etwa so groß war wie eine Schuhschachtel.

»Ist der Mann ein Freund von dir?«, fragte Martina.

»Welcher Mann?«

»Der aus dem Geschäft.«

»Freund wäre zuviel der Ehre. Sagen wir es so: ein Geschäftspartner, mehr nicht.«

»Und was sind das für Geschäfte?«

Robert drehte das Radio an und nahm ihre Hand.

»Geschäfte halt«, sagte er.

Vor einem Kino stand ein Mann auf einer Leiter und nahm Buchstaben von einer Metallleiste. Auf dem Gehsteig lagen verschiedene abgeräumte Lettern und über dem Eingang standen nur noch die drei Buchstaben N O W.

Martina fuhr vorsichtig, damit Robert, der auf dem Nebensitz schlief, nicht erwachte. Bis zur Stadtgrenze Wiens hatten sie beinahe eine Stunde gebraucht, kurz darauf hatte er auf dem Parkplatz eines Gasthauses angehalten und sie gebeten, weiterzufahren.

Beidseits der Fahrbahn lag flaches Land, am Horizont stieg ein Hügelkamm in den eindämmernden klaren Himmel. Martina hatte das Abblendlicht eingeschaltet. Das gedämpfte Leuchten der Armaturen und die leise Radiomusik beruhigten sie. Roberts Gesichtszüge wirkten entspannt. Obstbäume standen über die Ebene hin, am Hügelsaum liefen Zeilen von Gebüsch. Später zog die Straße über eine Lichtung, durch das offene Fenster auf ihrer Seite schlug Harzgeruch, in weit entfernten Feldern waren große Landwirtschaftsmaschinen unterwegs und Bauern mit geschulterten Rechen.

Nach einer weiteren Stunde erreichten sie den kleinen Ort unweit der Grenze. Ein paar hundert Meter nach den ersten Häusern tat sich ein Platz auf, auf dem abgeräumte Marktstände aufgebaut waren. Martina parkte den Jaguar vor einer Bank und schaltete den Motor aus. Robert lag schlafend in seinem Sitz, sein Mund stand leicht offen, und er hatte das Kinn trotzig vorgeschoben wie ein Junge. Er murrte, griff hilfesuchend in die Luft und ergriff ihre Hand, ohne zu erwachen. Sie blieb einige Minuten ruhig sitzen; der Marktplatz war völlig ausgestorben, nicht einmal vor dem gegenüberliegenden Gasthaus tat sich etwas. In den meisten Häusern brannte Licht. Martina sah Schatten von Menschen, die den Jaguar mit Wiener Kennzeichen vor der Bank beobachteten. Sie schaltete die Zündung ein und drehte das Radio an, dann küsste sie Robert auf den Mund, und er erwachte.

Das Schlosshotel lag am Rand der Ortschaft in einem weitläufigen Park. Bevor sie sich am Empfang meldeten, spazierten sie in der rasch zunehmenden Dunkelheit durch die Anlage. Hinter den Kieswegen, die von Kandelabern beleuchtet waren, schlossen sich die Büsche und Hecken zu einer undurchdringlichen grünen Wand.

Nach dem Essen – sie waren die einzigen Gäste und wurden trotzdem von drei Kellnern bedient – legten sie sich im Hallenbad des Hotels auf Liegestühle. Die Halle war durch schlanke Säulen in verschiedene Gewölbe unterteilt, die Decke mit einem prachtvollen Mosaik ausgelegt. Sie waren auch hier die einzigen Gäste. Auf dem Wasser trieb eine feine Schicht Blütenstaub, wahrscheinlich waren die Fenster tagsüber offen geblieben.

Später schwammen sie ein paar Längen. Er wartete am Ende des Bassins auf sie – dort waren die Fliesen zu einer schiefen Ebene gefügt – und nahm sie in den Arm. Seine nasse Haare strichen über ihre Schulter, die das Blau des Wassers reflektierte. Roberts Küsse und Berührungen legten sich wie ein Netz der Verführung um Martina, aber sie rutschte unter ihm weg und tauchte mit kräftigen Stößen auf den Beckengrund. Von unten sahen seine gespreizten Beine aus wie zwei Holme aus blank poliertem Holz, da folgte er ihr, und sie tauchten nebeneinander dicht über den Bodenkacheln ans andere Ende des Bassins, wobei sich ihre Fingerspitzen bei jedem Zug berührten. Sie stiegen aus dem Wasser und rieben sich gegenseitig trocken.

Ihr Zimmer lag am Ende eines Seitentraktes in einem

Turm. Aus dem Fenster sah man über die Parkanlage hin, direkt unter dem Turm schimmerte ein Teich, in dem sich Seerosen hoben und senkten, dunkle Inseln im Licht, das aus einem Fenster fiel. Das Waschbecken befand sich hinter einer spanischen Wand, das Bad in einem verglasten Erker bot eine prächtige Aussicht. In der Ferne funkelten Lichter, wahrscheinlich standen diese Häuser bereits hinter der Grenze in Ungarn.

Irgendwo im Park – Martina hatte in einem Prospekt gelesen, dass er nach Plänen von Le Notre, dem Gartenarchitekten von Versailles, angelegt war – schrie ein Vogel, unter ihrem offenen Fenster quakten Frösche. Roberts Hemd, das er an einem Bügel neben das Fenster gehängt hatte, füllte sich wie ein Segel mit Zugluft, sein nackter Oberkörper war warm vom Wasser und der Anstrengung des Schwimmens.

»In unserem Gemeindebau gab es eine Zentralwäscherei, in der ich als Knirps meine erste halbnackte Frau gesehen habe. Männern war der Zutritt verboten. In der feuchten Hitze der Halle haben sich die meisten Frauen bis auf die Unterwäsche ausgezogen. Mein Vater hat natürlich immer gespottet über die Wäscherei, ›Weiberzeug‹, hat er immer gemeint, ›wie im Kaffeehaus geht's dort zu, geredet wird und nichts als geredet.‹«

»Hast du Geschwister,« fragte Martina.

»Zwei Brüder. Und du?«

»Einen Bruder. Martin. Mein Vater fand das witzig: Martina und Martin.«

»Jünger oder älter?«

»Neun Jahre jünger. Das ist ziemlich …«

»Siehst du ihn häufig?«

»Ich kenne ihn nicht besser als dich.«

Martina lachte. Sie hatte bisher kaum über ihren Bruder geredet und hatte keine Lust auf das Gespräch. Ihr gemeinsames Glück sollte ziellos bleiben, ohne Zukunft oder Vergangenheit. Sie trat ans Fenster. Am Waldsaum lagen Felsblöcke, helle Flecken in der Dunkelheit, im Gras glommen Glühwürmchen, magische Lichter aus einer Kindheit, die plötzlich länger als ein halbes Leben zurücklag.

»Leben deine Eltern noch?«, fragte Robert.

Martina nickte.

Ein Paar ging über den Kiesweg und verschwand im finsteren Park. Wind trug Musikfetzen über die Ebene.

»Was meinst du zu ein paar Tagen Urlaub?«

»In Ungarn?«, fragte Martina.

»Ich habe ein Haus auf Formentera. Lass uns doch einfach für zwei oder drei Wochen verschwinden …«

Robert stand auf, schüttelte sich die Decke von den Schultern und zog sie an sich. Unter der Tür stand ein Lichtstreifen, sonst war es dunkel in ihrem Zimmer. Seine Haut roch noch Chlor und ein wenig nach Schweiß.

»Und? Was sagst du dazu?«

»Wann fahren wir?«, antwortete Martina.

ZWÖLF

Ich stieg vom Rad und setzte mich auf die Böschung des Kanals, um mir endlich den dicken gelben Umschlag anzusehen, den mir der Briefträger vor der Fabrik in die Hand gedrückt hatte: Er war in Wien abgestempelt worden. In einem nahen Gehölz schlugen Arbeiter Bäume, ich hörte das Möhnen ihrer Motorsägen und das Ratschen der Äste, wenn die Bäume fielen. Ich riss den Umschlag auf.

Lieber Martin,

laut einem Indianischen Medizinrad gehört die beiliegende Geschichte zum Sternzeichen des Skorpions, also zu mir. Die Geschichte gefällt mir, aber sie hat einen Haken: Wer weiß, ob es Ripid-do nicht doch besser gefällt auf dem Baum?

Der Gott der Indianer hat jedenfalls eine Moral, die mir sehr bekannt vorkommt.

Wer die Nase zuvorderst hat, bekommt sie abgeschnitten.

Eine Idee ist keine Idee, es sei denn, sie gilt für alle.

Mögen die andern in ihrem Teich versauern.

Ich fresse auch lieber fette Fliegen.

Wann sehen wir uns, damit ich Dir erzählen kann, wie ich zu der Geschichte gekommen bin? Du wirst es nicht glauben!

Grüße von einem Laubfrosch, der es endlich geschafft hat, aus dem Wasser zu kommen.

Nachdem ich die Geschichte gelesen hatte, blieb ich noch etwa eine halbe Stunde am Kanal sitzen, bevor ich weiterfuhr. Der Wind kühlte die Hitze nicht ab, er trug sie im Gegenteil als heiße Schwaden über die Ebene.

Im Garten eines Bauernhauses hingen Papiergirlanden zwischen Obstbäumen, die im Regen der vergangenen Nacht aus der Form geraten waren. Eine Frau saß im Schatten des tief gezogenen Daches auf einer Bank und fädelte Bohnen ab, im ungeschnittenen Gras spielte ein Kind mit einer Katze, die in die Luft sprang. Der Schotterweg führte in einer langgezogenen Kurve vom Kanal weg, bald darauf war die Straße asphaltiert. Ich jagte tief über den Lenker gebeugt durch die Felder, bis ich in die Gegend kam, die ich kenne wie keine zweite: die Gegend meiner Kindheit. Großvaters ehemaliges Haus steht am Rand eines Moränenhügels; dringt die Sonne durch die Nebelbänke, die in dieser Gegend nahezu jeden Morgen aufziehen, scheint es mitsamt der angebauten Scheune zu schweben. Im Winter sind die topfebenen Schneefelder Stein und Bein gefroren, und das vereiste Moor, in dem sich Fußwege und Karrenspuren verlieren, verwandelt sich in eine gleißende Spiegelfläche, die das Sonnenlicht zurückwirft. Dann wirkt das dreistöckige Haus mit dem kunstvollen Krüppelwalmdach wie ein festgefrorener Eisbrecher.

Großvaters Haus war schon damals baufällig gewesen; nun platzte der Putz in großen Placken von der Außenmauer, die sich an mehreren Stellen gefährlich nach außen bauchte. Die Erbgemeinschaft hatte das Gehöft an einen Industriellen aus der Stadt verkauft, der von einer Pferdezucht schwärmte, den Hof nun aber zerfallen ließ. Ich stieg durch ein eingeschlagenes Fenster in den Keller und gelangte von dort in die Küche. Die Räume waren leer, von den Wänden hing striemenweise die Tapete, darunter klebten alte Zeitungen. Früher hatten hier verheizte Kuhfladen und Tannzapfen für Wärme gesorgt, die der Mongol zusammen mit dem Holz aus dem Schuppen ins Haus trug. Ich stieg die Holztreppe hoch; einzelne Stufen waren morsch, im zweiten Stock war der Handlauf weggebrochen. Die Fenster waren verrammelt, auf den Holzböden lag Staub.

Schließlich stand ich auf dem Dachboden. Hier oben hatte man Großvaters Archiv gefunden, von dem niemand etwas gewusst hatte: Er hatte bestimmt jahrelang an dem Kasten in der Größe von zwei Kleiderschränken gebaut. Er hatte das Archiv mit sechs Gummirädern versehen und wohl geplant, es auf eine letzte Reise mitzunehmen. Hinter zwei Türen verbargen sich vierundzwanzig Schubladen, deren Größe ihrem Inhalt angepasst war: Patronenhülsen CAL 63; Schnüre; Schrauben; Nägel; Flakons mit Tinkturen und Chemikalien. An den Stirnseiten dieser Schubladen klebten Etiketten, die Großvater mit schwarzer Tinte beschriftet hatte. Neben alltäglichen Gegenständen fand sich auch Sonderbares in den Schubladen. In der einen etwa – sie war nicht größer als eine Zigarettenschachtel – lag ein Stück Fallschirmseide, eine andere war mit Erde gefüllt. Daneben gab es Laden, in denen Großvater allerlei Pläne und Anleitungen verwahrte. Wir hatten mehrere Tage gebraucht, um alle Schubladen und Geheimladen zu untersuchen. Hinter einer speziell gesicherten Tür fanden wir hochgiftiges Material: Graphit, Borsalz, Magnesium, Flusssäure. An der inneren Rückwand hing ein Satz Werkzeug, darunter eine Karte des Weltalls. Schließlich, nachdem wir alles ausgeräumt hatten, begriffen wir die ausgeklügelte Konstruktion seines Kastens: Die Haupttüren ließen sich, ganz wie die Teile eines Flügelaltars, aufklappen, und Großvaters Archiv wurde zu einer Behausung. Ein Brett ließ sich über den ganzen Kasten legen und diente als Dach, die offene Vorderseite war mit einer Plache zu verhängen, die man, da sie mit Ösen versehen war, in der Erde verankern konnte. So ergab sich im Innenraum eine Fläche, auf der ein Mann Platz zum Schlafen hatte.

An der Tür seines Kastens klebte eine Notiz, eine Ergänzung seines Testamentes: Im Falle seines Todes sei der Kasten samt Inhalt zu verbrennen. Einzig die Giftflaschen seien in Sicherheit zu bringen. Es war unmöglich gewesen, den Kasten über die Treppe vors Haus zu schaffen, er war viel zu schwer. Wir mussten ihn auf dem Dachboden zerlegen.

Wir verbrannten den Kasten etwas abseits im Moor.

Nachdem sein Pferd hatte erschossen werden müssen, hatte der Großvater, der ein Leben lang über Autos geflucht hatte, einen Ford Cortina gekauft. In diesem Auto saßen wir einmal eine ganze Nacht lang, daran erinnerte ich mich plötzlich: Wir hatten sein Haus durch die Hintertür verlassen, ein frischer Wind blies über die Ebene, und in den versumpften Matten schien es zu rascheln, ein Geräusch, das man hier vor allem nachts hört. Dann glaubt man Gestalten zu sehen, Fackelzüge im Moor, auf der Suche nach Vermissten. Ich setzte mich neben Großvater, der sich auf seine Zigarette konzentrierte. Der Wind rüttelte an der Karosserie, als wollte er uns drängen, endlich den Motor zu starten. Aber wir waren nicht weggefahren in dieser Nacht.

›Hätte ich etwa warten sollen, bis der Krebs sie unter die Erde gebracht hat? Bei ihr bleiben aus Mitleid? Und weißt du, warum ich sie verlassen habe? Weil ich seit vierzig Jahren in eine andere verliebt war, darum! Aber sie heiratete einen andern. Ihre Augen hatten die Farbe ungekochter Artischockenherzen. Hast du einmal das Herz einer ungekochten Artischocke freigelegt? Hast du nicht. Hat niemand. Ich hab's gemacht!‹

Wir saßen wirklich die ganze Nacht in seinem Cortina, in dem es nach Benzin roch. Auf dem Rücksitz lagen ein paar Flaschen selbstgebrannter Kirschenschnaps, und in jener Nacht trank ich mich das erste Mal an den Rand des Deliriums. Gegen Morgen war es kühl geworden, und Großvater breitete eine Wolldecke über uns. Ich erwachte vom Vogellärm in den Bäumen, Schulter an Schulter mit dem Vater meines Vaters …

Ich verließ das ehemalige Haus meines Großvaters, stieg auf mein Rad und machte mich auf den Weg zu meinen Eltern.

Mutter saß auf der Laube im Schatten des Spaliers, eine Flasche Holunderwasser auf dem Tisch. Ich küsste sie auf beide Wangen und holte mir in der Küche ein Glas. Früher hatten meine Schwester und ich im Frühjahr den Holunder gepflückt, den Vater in einem Zuber mit kaltem Wasser anmachte. Dieser Saft wurde in Flaschen abgefüllt und auf dem Dachboden gelagert. Durch den Gärprozess moussierte der Holunder, und wenn man die Flaschen öffnete, knallten die Korken wie Pistolenschüsse durchs Haus. Einmal waren einige der Flaschen explodiert, die Tischplatte eines Pultes auf dem Dachboden war gespickt gewesen mit Glassplittern, und Vater war mit dem Deckel eines Blechkessels, den er sich als Schutz vor das Gesicht hielt, hinaufgestiegen und hatte die restlichen Flaschen geöffnet.

»Hast du etwas von Martina gehört?«

»Nein«, log ich, »und du?«

»Wir telefonieren fast jeden Tag. Weißt du, was sie seit Neustem arbeitet?«

Ich schüttelte den Kopf.

»In einer Zoohandlung – als Verkäuferin. Stell dir deine …«

»Frösche?«, fragte ich. »Verkauft sie auch Frösche?«

Im Gemüsegarten des Nachbarn saß jemand in den Büschen; ich sah nur Hände, die in Gummihandschuhen steckten und mit einer Hacke die Erde auflockerten. Über den Feldern flirrte die Luft; als ich ins Haus trat, mussten sich meine Augen erst an die Dunkelheit gewöhnen. Im Wohnzimmer lief leise das Radio, auf dem Tisch schien ein Sonnenstrahl durch ein Honigglas, ein aufgeschnittener Brotlaib leuchtete gelb. Dann stieg ich in mein ehemaliges Kinderzimmer hinauf, nahm die Flugzeugmodelle von der Decke und trug sie in die Küche, wo ich sie in eine leere Schachtel legte.

Ich war seit Jahren nicht mehr in dem Maisfeld hinter dem Bahndamm gewesen. Ich begegnete keinem Menschen, die Menschen saßen wohl in ihren kühlen Häusern und suchten Schutz vor der Hitze. Ich kroch auf allen vieren in das Feld und fand den Fels auf Anhieb, schließlich hatte ich das Feld oft genug in alle Richtungen durchkämmt. Ganz in der Nähe des Findlings lag ein handlicher Steinbrocken, mit dem ich die Flugzeuge zerschlug.

Vor Jahren hatte ich tagelang an ihnen gebastelt. Jetzt genügte meist ein Schlag, um sie zu zerstören.

Die kleinen Siege sind oft die größten.

Der Stein lag gut in der Hand. Die Schachtel mit den Splittern vergrub ich hinter dem Fels. Die Erde war knochentrocken, und ich brauchte fast eine Viertelstunde, bis das Loch tief genug war.

DREIZEHN

Die Erde staubte im Abendwind in Fahnen über das flache Land hin. Wir saßen auf der Motorhaube des Chevrolets und tranken Bier. Karl, der Rabe, hockte auf der Chromfassung der Frontscheibe und verhöhnte die Spatzen, die immer wieder über den Platz flogen, als könnten sie nicht glauben, dass der große schwarze Vogel freiwillig bei den zwei Menschen blieb.

Wir hörten die Singles, die ich mitgebracht hatte.

Die Batterien des Single-Boys verloren rasch an Leistung, und die Platten drehten sich bald schleppend und leiernd, was gut zu der Hitze passte. Wegen des Hundekampfes hatten wir kein Wort gewechselt; ich hatte Daniel seinen Einsatz wortlos auf den Tisch gelegt, und er hatte keine Fragen gestellt.

»In drei Tagen fliege ich nach Mexico«, sagte Daniel.

»Ferien?«

»Nein. Ich hab mir den Job des Jahres geangelt. Ich muss nichts anderes machen als in Mexico ein Paket in Empfang nehmen und in die Schweiz zurückbringen. Linienflug, Hotel, Spesen, alles bezahlt. Dazu krieg ich tausend Franken bar auf die Hand.«

»Und was ist in dem Paket?«, wollte ich wissen. »Drogen?«

Daniel lachte. Die laufende Platte blieb stecken, und in der unerwarteten Stille waren Grillen zu hören, die im Unterholz zirpten, das um das Gelände lief.

»Ist doch egal, oder nicht?«

»Dann kannst du mir ja sagen, was in dem Paket ist.«

»Mikro-Chips aus den USA für den Ostblock«

»Und dafür kriegst du soviel Geld? Das glaubst du doch selber nicht!«

»Spielt das eine Rolle?«, fragte er.

»Nein, eine Rolle spielt es nicht. Und? Für wen machst du es?«

»Irgendein reicher Macker aus Wien. Wie er heißt, weiß ich aber wirklich nicht.«

Es war jetzt fast dunkel. Wir schlossen das Verdeck, Daniel band die Leine an Karls Fuß und setzte ihn auf die hintere Bank. Während der Fahrt redeten wir über Leute, die wir aus den Augen verloren hatten. Wir waren in schläfriger Stimmung und hatten alle Fenster geöffnet. Der Fahrtwind strich mir warm übers Gesicht. Der Rabe schwieg; Daniel hatte mir erzählt, dass Karl es liebe, Auto zu fahren.

Vor der Tankstelle stand ein Streifenwagen. Der eine Beamte saß im Wagen, der zweite sah durch die Scheibe ins Innere der Werkstatt.

»Fahr weiter!«, sagte Daniel ruhig. »Ich hab Besuch.«

Es gibt Autos, mit denen man nicht zu rasen braucht; bis jetzt war ich mit Daniels Chevrolet nicht schneller als siebzig gefahren. Das gemächliche Gleiten hatte etwas Würdevolles. Jetzt drückte ich das erste Mal das Gaspedal durch. Die lange Motorhaube ging in die Höhe, und der schwere

Wagen schoss mit blubberndem Motor an der Garage vorbei.

»Nicht rasen, Martin! Nur weiterfahren.«

Daniel sah sich um und dirigierte mich dann in eine Nebenstraße; nach kurzer Fahrt kamen wir auf einen Parkplatz, dort stellte ich den Wagen hinter einem Container ab.

»Wird wohl nix mit Mexico. Die haben's auf mich abgesehen. Stell endlich den verdammten Motor ab!«

Der Rabe flatterte mit den Flügeln und geckerte leise.

»Du darfst wohl schon wieder für mich in ein Flugzeug steigen.«

»Und wenn ich keine Lust habe?«

»Und was ist mit dem Hundekampf? Mit meinen Gewinn?«

Daniel starrte auf den leeren Parkplatz. Wind wischte Blätter unter den Wagen, am Himmel blinkten Positionslichter eines Helikopters, gleich hörten wir das scharfe Pladdern der Rotorblätter.

»Wenn ich dich bis morgen Abend nicht anrufe, musst du für mich fliegen.«

»Ich habe doch keine Ahnung, was ich dort wo und wann zu tun habe!«

»Das kann ich dir erklären. Ich fahr dich jetzt in die Stadt, und dann seh ich nach, ob die Kollegen von der Polizei noch auf mich warten.«

Ich stieß die Tür auf und stieg aus. Der Rabe lachte.

»Ich geh zu Fuß. Ruf mich an.«

Daniel stieg ebenfalls aus, und wir standen nebeneinander vor dem Container.

»Machst du's? Ja oder nein?«

»Ich wollte doch immer schon mal nach Mexico.«

Wir sahen uns an und lachten. Dann umarmten wir uns.

»Weißt du übrigens, wie die Ägypter ihre Katzen nannten?«

Ich schüttelte den Kopf. Der Rabe saß stumm im Fond, geziert mit dem Kopf wackelnd.

»Der Bote des Löwen«, sagte Daniel.

»Dann bist du wohl der Löwe und ich sein Bote?«

»Du bist der Bote, richtig. Aber der Löwe«, Daniel fuhr langsam an, »der Löwe ist der Kerl aus Wien, nicht ich.«

Ich ging durch meinen Raum, verrückte Gegenstände, hängte herumliegende Hemden auf Bügel. Schließlich blieb ich vor dem Telefonbeantworter stehen: Das Gerät registrierte einen Anruf.

Ich hätte die Stimme meiner Schwester fast nicht erkannt:

»Brüderchen, der Laubfrosch geht zurück ins Wasser. Diesmal aber gleich richtig. Ich fliege ans Meer. Das heißt, wir fliegen ans Meer, Robert und ich. Er hat ein Haus auf Formentera. Formentera liegt gleich neben Ibiza, und sein Haus steht am einzigen Hügel der Insel, direkt am Camino Romano. Klingt doch gut oder? Warst du schon einmal auf den Balearen? Ich weiß noch nicht mal, was du von der Welt schon alles ge...«

Das Band schnitt ihr das Wort ab.

VIERZEHN

Die Hitze war kaum zu ertragen.

Ich setzte mich in den Schatten der Arkade, aber dort fehlte das kühle Lüftchen, und so stieg ich bald vom Dach und legte mich in mein Zimmer.

Es blieben mir fast drei Stunden.

Ich wusste, wo die Kirche lag, und ich erinnerte mich an jedes Detail des Briefes, den mir Daniel gegeben hatte. Es gab nichts zu tun, außer zu warten.

Direkt unter meinem Fenster verkaufte ein Mann Tortillas, die er auf offenem Feuer zubereitete; der süßliche Geruch des Maisöls stieg mir unangenehm in die Nase. Ich war todmüde und gleichzeitig hellwach, was ich der ungewohnten Zeitverschiebung und der Höhe zuschrieb: Puebla liegt immerhin auf fast zweitausend Meter.

Von Mexico City hatte ich nichts gesehen: Ich war kurz vor Mitternacht gelandet, völlig erledigt nach einem zwanzigstündigen Flug über New York und Houston, und hatte mich gleich in das von Daniel angegebene Hotel fahren lassen. Der hässliche Betonbau befand sich am Rand der Zona Rosa, dem teuren Touristenviertel, wie mir der Taxifahrer erklärte, und ganz in der Nähe der Paseo de la Reforma. In dem Zimmer im zehnten Stockwerk roch es derart penetrant nach Abgasen, dass ich im ersten Moment daran gedacht hatte, in der Badewanne zu schlafen. Ich war mit rasenden Kopfschmerzen erwacht, und nicht einmal eine lange Dusche hatte den Geruch nach Autoabgasen und schmierigem Dreck von der Haut gebracht. Nachdem ich zehn Minuten in einem finsteren Hotelsaal auf einen Kellner gewartet hatte – fleckige Stoffservietten standen wie Segelschiffe auf den Tischen –, frühstückte ich in einem McDonald's um die Ecke, *huevos rancheros*, unglaublich scharfe Rühreier, dazu Milchkaffee und Pfannkuchen mit Honig und Butter. Dann war ich mit einem der *colectivos*, Busse, die als billige Großraumtaxis die wichtigsten Straßen bedienen, zum Chapultepec-Park am unteren Ende der Paseo gefahren. Auf meinem Spaziergang wurde ich von zwei kleinen Mädchen verfolgt, die mir bei jeder Gelegenheit ihre Ware anboten: Kaugummi, Bonbons und Tonfiguren, von denen ich schließlich einen Mann kaufte – die Frauen trugen ein Kind auf dem Rücken. Die Figur, kleiner als mein Handteller, war nicht lackiert und zudem schlecht gebrannt. Das Gesicht hatte weder Nase noch Ohren, Mund und Augen waren mit Löchern nur flüchtig angedeutet. Die Figur trug einen Umhang aus schwarzem Stoff, unter der Kapuze klebten Wollflusen als Haare.

Ich hatte die Figur eingesteckt und gleich gewusst, dass ich nun etwas hatte, auf das ich achtgeben würde; einen Begleiter und Talisman, von dessen Zustand ich das Gelingen der Übergabe abhängig machte.

Ich war am Nachmittag nach einer gut dreistündigen Busfahrt, die lange durch die Elendsviertel Mexico Citys führte, in Puebla angekommen. Das Hotel Colonial, das mir Daniel empfohlen hatte, lag im Schatten einer Kirche in der Nähe des Busbahnhofes und war keine zwei Gehminuten vom zócalo entfernt. Die Zimmer befanden sich auf einer zweistöckigen Galerie, die um die Glaskuppel des Essraumes lief. Über eine Treppe, die durch zwei leere Sälchen mit Blick über die Innenstadt führte, gelangte man auf das Dach des Hotels, wo Gipsfiguren mit abgeschlagenen Händen und Nasen standen. Mein Zimmer war groß, das Bad befand sich in einer gemauerten Kabine und war mit bemalten Fliesen ausgelegt. Das breite Bett stand so an die eine Wand gerückt, dass ich die gegenüberliegenden Häuser sah. Öffnete ich die Zimmertür, stand ich auf der oberen Holzgalerie; dort gab es Rohrstühle und Tischchen aus Bambusgeflecht. Durch die Glaskuppel waren die Tische des Esssaales zu erkennen.

Schließlich stand ich doch noch einmal auf, um die Vorhänge zuzuziehen.

Als ich zwei Stunden später erwachte, fror ich. Hunde bellten, das Zimmer roch trotz der geschlossenen Balkontür nach Rauch. Ich war noch nie mit weniger Gepäck gereist: Wäsche, zwei Hemden und Toilettenbeutel, das alles fand Platz in einer Umhängetasche, wie man sie von Fluggesellschaften geschenkt bekommt. Ich strampelte Decke und Laken weg und stand auf. Die Bodenfliesen waren kühl, auf der Straße standen Männer in Ponchos, ein Esel schrie.

Ich machte mich langsam bereit.

Flusen der Decke hingen in meinen Bartstoppeln, und ich rasierte mich. Ich nahm mir Zeit, jeden Handgriff besonders gründlich auszuführen, als könnte mich eine saubere Rasur auf die Übergabe vorbereiten. Ich war nervös.

Bevor ich das Zimmer verließ, packte ich meine Sachen in die Tasche, dabei fiel mir die Tonfigur zu Boden und zersprang. Es fiel mir schwer, dies nicht als schlechtes Zeichen zu nehmen. Ich wickelte die Teile in ein Taschentuch und stopfte es in meine Hosentasche.

Auf der Veranda lag eine Katze, die sich schnurrend zur Seite fallen ließ. Ich setzte mich eine Weile neben das rotweiß gestromte Tier, Abendsonne im Gesicht.

Die Cafés und Restaurants unter den Arkaden am zócalo waren gut besucht, ich trank einen frisch gepressten Ananassaft und rauchte eine Zigarette. Ich wollte auf gar keinen Fall zu früh in der Kirche sein, alles sollte genau nach Plan ablaufen. In der Parkanlage drängten sich Passanten, am Ende der Arkade saß ein Mann hinter einer Tretnähmaschine, die summte, wie die Grillen an der Landstraße vor Puebla gesummt hatten.

Mit dem Markt hatte ich nicht gerechnet.

Jetzt musste ich mich plötzlich beeilen. Zwischen den Ständen herrschte ein so dichtes Gedränge, dass ich kaum voran kam. In offenen Geschäften stapelten sich große Jutesäcke, die mit Chilischoten in allen Farben und anderen Gewürzen gefüllt waren. Der Markt war eine einzige Explosion von Gerüchen, Farben und Geräuschen. Alte Weiber saßen vor Kupferkesseln, in denen Wasser kochte, neben ihnen lagen gerupfte Hühner auf der Straße. An einer Straßenecke parkte ein Chrysler, sein Kofferraum stand offen und war mit Plastikpistolen und Plastikgewehren gefüllt.

An einem Stand lagen lauter Messer ausgebreitet; gegenüber befand sich eine *farmacia*, der Apotheker stand in seinem weißen Kittel unter der Tür, während der Messerhändler, Tätowierungen auf beiden Armen, an einem Schleifstein hantierte.

Ich sah mir das Sortiment an und kaufte, ohne nachzudenken, ein Klappmesser, das vielleicht zwölf Zentimeter lang war und das einen perlmuttverzierten schwarzen Griff hatte. Der Händler nannte einen Betrag, und ich zählte ihm die Scheine sofort in die offene Hand. Schon nach wenigen Schritten war mir die Veränderung bewusst: Ich ging anders, das Messer schuf eine neue Wirklichkeit. Ich fühlte mich sicher, ohne mich vorher bedroht gefühlt zu haben; sicher und gleichzeitig auf erregende Art verfolgt und beobachtet.

Die Kirche Santo Domingo lag fast am Ende des Marktes.

Vor dem Eingangsportal stand ein Orchester, wie ich es bisher nicht gesehen hatte: Drei Frauen, bestimmt über siebzig Jahre alt, spielten Gitarre, Mandoline und Banjo. Am Kontrabass stand ein junger Mann, geistesschwach, wie Gesichtsausdruck und Haltung vermuten ließen. Etwa einen Meter vor dem Orchester wippte der Solist in den Knien, ein Greis, der seine Geige mit verblüffender Virtuosität spielte. Der Alte, der ein Lederkäppi trug, kam langsam und mit geschlossenen Augen auf mich zu. Sie spielten eine Art Blues, eine traurige Melodie ohne Gesang, und als der Alte zu seinem Solo ansetzte – er stand jetzt keinen halben Meter vor mir –, öffnete er die Augen. Er fixierte mich mit starren Blicken, ohne mich sehen zu können: Der Mann war blind. Ich konnte unmöglich weitergehen; die toten Augen hielten mich zurück, sie stimmten mich in eine Arbeit ein, die ich für einen andern tat. Nach seinem Solo trat der Alte langsam zurück; mit dem letzten Ton des Liedes stand er neben dem Bassisten und schloss endlich seine Augen.

Ich war nicht frei, aber ich durfte gehen.

In der Kirche fielen Lichtstreifen durch Fensterbögen, drangen aber nicht bis auf den Boden; die Streifen trafen sich über einer Madonnenfigur zu einem Lichtbündel, in dem alle Farben intensiv leuchteten. In einer Nische stand ein Sarkophag mit gläsernem Deckel, in dem eine lebensgroße Jesus-Figur lag. An den Wänden des Hauptschiffes hingen dunkle Ölbilder, deren Leinwände sich wellten und auf denen man nichts erkennen konnte als die Umrisse der Heiligen.

Nach vierzig Schritt ging links das Seitenschiff ab, mein Ziel. Kerzen flackerten, in den Bänken knieten Frauen in schwarzen Umhängen. Es dauerte eine Weile, bis ich die Abweichung vom auswendig gelernten Plan bemerkte, der erste Schritt ging schief, und es war nicht meine Schuld: Das schmiedeeiserne Tor des Seitenschiffes, durch das man in die Rosario-Kapelle kam, war geschlossen. Laut Plan musste ich mich in die erste Reihe dieser Kapelle setzen, worauf zwei Männer neben mir Platz nahmen. Ich nannte das Passwort »Budapest«; die Männer standen wortlos auf, ich nahm das Paket, das auf der Bank neben dem Stapel Gebetsbücher lag, und verließ die Kirche. Eine einfachere Sache ließ sich kaum denken, und doch ging sie offenbar schief.

Hinter dem geschlossenen Tor, dessen Lanzetten mit Blattgold veredelt waren, wischte eine Frau den Steinboden. Ich sah fasziniert zu, wie die Bahnen, die der nasse Lappen hinterließ, zu Rechtecken zusammenflossen. Die Kapelle, die in ganz Zentralamerika berühmt war, war das beste Beispiel für die grenzenlose Übertreibung des Barock: Putten, Engel, Heilige, Musikanten, Apostel, blühende Ranken und knospende Blumen. Ich sah keinen freien Quadratzentimeter. Es hätte Wochen gedauert, um jedes Detail dieses architektonischen Wahnsinns auch nur flüchtig anzusehen. Ich hatte noch nie etwas Derartiges gesehen.

Ich setzte mich im Hauptschiff in eine Bank in der Nähe des Gitters, das geschlossen blieb. Die Putzfrau wrang den Lappen aus, ein unanständig lautes Geräusch in dieser sakralen Ruhe, genauso wie das Schmatzen ihrer Gummisohlen auf den nassen Fliesen. Ich wartete, ohne zu beten. Zwar suchte ich, ein reiner Zeitvertreib, nach Anfängen früher gelernter Gebete, aber mehr als ein, zwei Verse brachte ich nicht zusammen. In einer der hinteren Reihen saßen drei Männer mit Sonnenbrillen. Nach einer Ewigkeit erhob sich der eine und kam langsam nach vorn; vor dem Gitter der Rosario-Kapelle ging er in die Knie und umklammerte die Stäbe mit beiden Fäusten. In dieser Haltung verharrte er eine Weile, dann setzte er sich neben mich, heftig atmend von der Anstrengung des minutenlangen Kniens.

War dies nun die zweite Abweichung? Ein Mann statt zwei? War es der Richtige, der Falsche? Ich wartete auf ein Zeichen, aber ich wartete ohne Geduld. Schließlich ging ich in die Knie und nannte das Kennwort »Budapest«.

Der Mann sah mich erschrocken an und stand auf, ich hatte ziemlich laut gesprochen, ein einziges Wort, das in dieser Kirche nur dann einen Sinn bekam, wenn man es erwartet hatte. Ich zählte seine Schritte, bis die Eingangstür ins Schloss fiel. Auf der Bank neben mir lag weder ein Paket noch ein Stapel Gebetsbücher.

Das Ganze war ein Witz, und ich konnte tatsächlich lachen.

Aber letztlich lief dann doch alles nach Plan: Ich wollte schon aufstehen, um die Kirche zu verlassen, als sich zwei Männer neben mich setzten. Diesmal wartete ich nicht, diesmal nannte ich das Kennwort gleich, worauf die Männer aufstanden und hintereinander zum Altar vorgingen, wo sie sich, Kreuze schlagend, verneigten.

Als ich kurz darauf aus der Kirche trat, trug ich ein Paket bei mir, das kleiner als eine Milchpackung und gut verschnürt war. Das Orchester war verschwunden, man ging daran, die Marktstände abzubauen. Das Messer drückte bei jedem Schritt gegen den Oberschenkel, und ich wechselte es in die Brusttasche meiner Jeansjacke. Einmal trat ich in einen Hausflur, um es aufschnappen zu lassen, nur so zum Spaß. Das Geräusch der aufspringenden Klinge gefiel mir, und ich wiederholte den Vorgang ein paar Mal. Kurz bevor die Straße in den zócalo mündete, hatte ich das Gefühl, nicht mehr alleine zu gehen, doch das mochte an dem Paket liegen, das ich umklammert hielt, als gehöre es mir.

Nach dem Nachtessen – ich hatte mich in eines der Restaurants unter der Arkade gesetzt – trank ich Tequila in einer

Cantina, in der es von amerikanischen Touristen wimmelte. Die Nacht war lau, in den Straßen waren fröhliche Menschen unterwegs. Ich ging eine Weile durch die belebten Straßen und Gassen, das Paket trug ich in einer Tüte.

Wieder bellten Hunde, diesmal ganz in der Nähe, und als ich auf den Platz vor dem Hotel trat, sah ich die herrenlose Meute in einen Hinterhof laufen. In einem Gebäude, das an den Platz grenzte, war eine Fakultät der Universität untergebracht. Auf der breiten Treppe saßen Studenten, die scherzten und lachten. Einen Moment sah ich die Möglichkeit einer neuen Existenz, losgelöst von dem Paket und dem Flugschein, der in meiner Tasche steckte. Am Rand des Platzes brannte Feuer, davor saßen Indios, stumm und ohne sich zu bewegen, wie aus der Zeit gefallen.

Die Rezeption war nicht besetzt, und ich nahm mir meinen Schlüssel selbst vom Brett. Auf der unteren Veranda stand ein Paar; der Mann rauchte eine Zigarette und redete ununterbrochen. Die Frau lachte gurrend. Bisher hatte ich Dunkelheit nicht als bedrohlich empfunden, dazu fehlte mir wohl die Phantasie. Bisher hatte mich Dunkelheit auf fast mütterliche Weise beschützt; jetzt war das anders, und daran war das Paket schuld. Es lieferte Gründe für Vorstellungen, die die Dunkelheit in etwas Bedrohliches verwandelten. Die Nacht war sehr ruhig, und nur wenn ich ganz still stand, hörte ich einzelne Geräusche: das Plätschern eines Brunnens, Verkehrsrauschen, weit entfernte Musikfetzen.

Ich setzte mich in einen der Korbstühle der oberen Galerie, ein Stück von meinem Zimmer entfernt, um eine Zigarette zu rauchen. Die Glaskuppel lag direkt unter mir, ich sah die Schatten der Tische und Gäste. Es war vollkommen windstill, und doch brauchte ich eine Weile, bis ich begriff, dass ein weiteres Geräusch dazugekommen war; es war also nicht der Wind, der Steinchen über die Fliesen wehte. Ich war nicht allein auf der Galerie, ich hörte Schritte. Ich stand langsam auf, der Schaft des Messers lag kühl in der Hand, konnte mich aber nicht beruhigen. Zu Hause ist es Zeppelin, die mich vor gemeinen Träumen bewahrt, auch jetzt warnte mich eine Katze: Sie stob kreischend aus der Dunkelheit, und ich ließ mich aus dem Sessel zu Boden fallen. Der Schlag traf meine Schulter, ich rollte mich in den Schutz einer Säule. Ich handelte automatisch, und ich handelte richtig: Ich riss eine Zimmertür auf und hatte im selben Moment zwei Männer neben mir. Es gab keine Wahl: Ich trat dem einen voll zwischen die Beine, stieß ihn ins Zimmer und schloss die Tür. Gegen den andern hatte ich keine Chance. Der erste Faustschlag warf mich gegen die Wand, der nächste auf den Boden der Galerie. Ich hielt die Tüte mit dem Paket, als hinge davon mein Leben ab. Der Mann stand jetzt über mir. Er holte zu einem Schlag aus, zwischen seinen erhobenen Händen sah ich eine Stange. Mein Messer schnappte auf, nun war das Geräusch mit einem Mal mit einer Handlung verbunden. Vielleicht wollte der Mann zu viel Kraft in diesen letzten Schlag legen, jedenfalls war er für Sekundenbruchteile ohne Deckung. Mein Stiefel traf ihn am Bauch, er kippte vornüber und fiel auf mich. Die Stange glitt ihm aus den Händen, rollte über die Galerie und splitterte durch die Glaskuppel.

Der Mann hätte mich erwürgt.

Ich stieß ihm das Messer in den Rücken, und der Druck seiner Hände ließ sofort nach. Ich warf den Mann von mir und lief los. Die Nebentreppe hatte ich am Nachmittag entdeckt: Sie führte von der oberen Galerie direkt in den Hinterhof des Hotels. Dort standen Köche und rauchten, sie ließen mich laufen. In den Straßen war es immer noch sehr warm, ich hatte den idealen Schritt rasch gefunden. Ich lief wie früher; vornüber gebeugt und hechelnd. Meine Verfolger hatten keine Chance. Ich konnte die ganze Nacht in diesem Tempo weiterlaufen. Wohin, war egal. Ich lief, und anders als damals in Dänemark rannte ich diesmal nicht davon, sondern auf etwas zu. Daniel, dachte ich, ich hab das Paket, ich hab es gerettet für dich. Pass, Geld, Kreditkarte und Flugschein trug ich bei mir.

Mehrere Kilometer außerhalb von Puebla kam ich an einer Tankstelle vorbei, an der ein Greyhound-Bus stand. Einer der Fahrgäste, die sich die Beine vertraten, nannte mir das Ziel der Fahrt: Oaxaca, der Bus war die ganze Nacht unterwegs. Der Fahrer saß in der Cafeteria, und ich kaufte eine Karte. Im Innern des Busses war es dunkel, ich setzte mich in den hinteren Drittel auf einen Fensterplatz, bald darauf fuhr der Bus los. Den Kopf an die vibrierende, kühle Scheibe gelehnt, beruhigte ich mich. Draußen zog finstere Landschaft vorbei, wir kreuzten kaum je andere Autos. Der Himmel war hoch und weit wie nie in der Schweiz. Ich war viel zu durcheinander, um einschlafen zu können, und so beobachtete ich die anderen Passagiere, wie sie mit offenen Mündern in den Sitzen lagen, als zeigte ihnen der Schlaf etwas, das sie grenzenlos erstaunte …

FÜNFZEHN

Der Greyhound hatte bereits ein paar Mal angehalten, aber ich stieg erst kurz vor Sonnenaufgang das erste Mal aus. Die Raststätte lag mitten in kargem Hochland, weitab von jedem andern Haus. Ich trank Kaffee und erfrischte mich in einem Waschraum, aus dessen Fenster ich zusah, wie die Sonne hinter Bergketten aus nacktem Fels auftauchte. Die Wüste, eben noch eine Fläche ohne Konturen und Farben, verwandelte sich in wenigen Minuten in eine flirrende Ebene in den verschiedensten Braun- und Grautönen. Schon warfen die Kakteen, groß wie Männer, Schatten.

Der Platz des Fahrers war Cockpit und Altar zugleich; die Decke des Busses war mit Heiligenbildern tapeziert, unter einer goldgerahmten Madonna in Öl brannte ein ewiges Licht, quer über die Scheibe war ein Satz gepinselt, den ich erst nach etlichen Kilometern hatte lesen können: ›Guíame Diós, que soy ciego!‹ ›Führe mich Gott, denn ich bin blind!‹ Der Bus gehörte zum Fuhrpark der *de primera* Klasse und war mit verstellbaren Sitzen, Leselämpchen, getönten Scheiben und Klimaanlage ausgerüstet; trotzdem war ich froh, als der Bus morgens um acht endlich in Oaxaca ankam.

Ich frühstückte in der Imbissbar der Busgesellschaft und nahm ein Zimmer in einem kleinen Hotel in einer Seitenstraße. Das Gesicht in die heißen Wasserstrahlen der Dusche streckend wie ein Kind, das eine Ohrfeige erwartet, gab ich mir Mühe, nicht an den Mann zu denken. Ich hatte das Messer mit aller Kraft in seinen Rücken gestoßen und dann losgelassen. Ich fand nicht einen Tropfen Blut an meinen Kleidern. Plötzlich schossen mir Tränen in die Augen.

Neben dem Bett stand eine Kommode, auf der ich die Teile der zerbrochenen Tonfigur ausbreitete, als wolle ich den Körper wieder zusammenfügen. Nun wirkte die Figur wie eine Marionette mit gekappten Leitschnüren. Ich wischte sie von der Kommode und warf sie in den Papierkorb. Bevor ich mich unter die Bettlaken verkroch, legte ich das Paket unters Kopfkissen. Ich hatte nicht einmal versucht, es zu öffnen.

Ich erwachte am späten Nachmittag, hungrig und durstig. In einem Kühlschrank neben der Rezeption standen Glaskrüge mit trinkbarem Zitronenwasser, von dem man sich gratis bedienen konnte. Ich setzte mich an das Fenster meines Zimmers und trank einen ganzen Krug. Dann entschloss ich mich, das Hotel zu verlassen. Ich hatte kein Gepäck, es gab nichts, das ich hätte zurücklassen können. Ich würde mir neue Kleider kaufen, ich dachte an einen weißen Sommeranzug. Ich stand schon auf der Straße, als ich noch einmal umdrehte. Im Zimmer legte ich Pass, American-Express-Karte und ein paar Noten unter die Matratze, eingewickelt in ein Handtuch mit dem Schriftzug des Hotels.

Am zócalo saßen Indios im Schatten breitkrempiger Hüte. Ich ging herum, ziellos, und fand doch bald ein Geschäft, das Leinenanzüge führte. In der Kabine stopfte ich meine zerrissenen Jeans und das verdreckte Hemd in den Abfalleimer; ich kaufte auch neue Wäsche, Socken. Der beige Anzug stand mir erstaunlich gut, die Hosenbeine waren vielleicht etwas zu kurz, aber als ich mir das erste Mal seit vierundzwanzig Stunden im Spiegel der Ankleidekabine in die Augen sah, erschrak ich trotzdem.

Ich war in die falsche Richtung geflohen.

Oaxaca lag zwanzig Busstunden von Mexico City entfernt, und in zwei Tagen ging meine Maschine. Ich hätte mich beeilen müssen und tat das Gegenteil: Vor einer Kirche, auch sie hieß Santo Domingo, im Innern hatte ich einen Stammbaum Marias gesehen, der die Abstammung der Muttergottes drei Dutzend Generationen zurückverfolgte, stieg ich in ein Taxi und ließ mich nach Monte Albán fahren.

Die Ruinen der Zapotekenstadt lagen in kahler, von ewiger Sonne ausgebrannter Landschaft hoch über der Stadt. Der Taxifahrer stellte seinen Ford auf dem Parkplatz ab, und wir setzten uns in das Restaurant am Rand der historischen Anlage: Cesar sprach englisch; er hatte sich mir als Führer durch die Ruinen und Gräber angeboten und hatte nichts dagegen, dass ich zuerst etwas trinken wollte. Vor dem Restaurant staubte Erde über den Platz, an den Marktständen drängten sich Touristen, Katzen und Hunde jagten sich gegenseitig in die Sträucher. Die Sonne würde bald hinter den Felsmassiven verschwinden, aber noch war es unheimlich heiß. Cesar erklärte mir die Anlage, aber ich war mit meinen Gedanken bei der letzten Nacht. Ich begriff langsam, was ich getan hatte. In Monto Albán hatte man offenbar die wertvollsten Ausgrabungen von ganz Mexiko gemacht: Königsgräber, in denen sich Schätze von unglaublichem Wert fanden.

Als wir aus dem Restaurant traten, begann bereits die Dämmerung. Cesar führte mich zuerst auf einen etwas abgeschiedenen Hügel, wo er mir eine Baugruppe zeigte, die er ›siete venado‹ nannte, ›sieben Hirsche‹. In der Ebene funkelten Lichter, Autos zogen Staubfahnen hoch und hinter sich her, es kühlte rasch ab. Danach zeigte er mir den ehemaligen Ballspielplatz. Wir setzten uns hin, die Anlage würde in wenigen Minuten schließen, und die meisten Touristen waren schon unterwegs zu den Bussen, die mit laufenden Motoren auf dem Parkfeld warteten. Ich verstand Cesars Erklärungen nur zum Teil; jedenfalls sollte es in der ganzen Anlage kein Wasser gegeben haben, und so musste es aus dem Tal hochgetragen werden.

Schließlich gingen auch wir zurück zum Parkplatz; ich bezahlte Cesar und bat ihn, mich in zwei Stunden wieder vor dem Restaurant abzuholen. Ich hatte keine Lust, in Oaxaca zu essen. Das Restaurant war bis auf einige wenige Tische leer, ich setzte mich auf einen Fensterplatz, um die Sicht über den Talkessel und die weit verstreuten Lichter der Stadt zu genießen. Ich konnte mir Mühe geben wie ich wollte; jeder Gedankengang endete bei der vergangenen Nacht. Ich trank Bier, danach Tequila; die Limonen ließen sich zu einer Komposition auslegen, die im Licht der tief hängenden Lampe glänzte. Das Essen war lauwarm und schlecht, ich nahm es als Strafe. Als ich auf dem Parkplatz stand, war es vollständig dunkel. Ich hatte noch Zeit, über eine Stunde, aber ich wollte im Freien warten, trotz der unangenehmen Kälte.

Nach ein paar Minuten sah ich, wie sich ein Mann aus der Dunkelheit löste und auf mich zukam.

»Mushrooms?«, fragte der Mann, blieb aber etwa zwei Meter von mir entfernt stehen. Sterne stachen, der Himmel war ohne Ende.

»How much?«, fragte ich, und er nannte einen Betrag, den ich gleich akzeptierte. Der Wind fegte trockene Zweige über den Asphalt und rüttelte am Blechdach eines Unterstandes. Der Mann – er mochte fünfzig Jahre alt sein und war vermutlich Indianer – sah mich durchdringend an und drückte mir dann zwei Peyote-Stücke in die Hand.

»Masca?«, fragte ich und gab ihm das Geld.

Der Indianer lachte; ein Auto, ich hörte erst jetzt den Motor, kam langsam den Berg hochgefahren, seine Scheinwerfer glitten über leeres Feld und Felsbrocken.

»Yes«, sagte er, »chew it. But not here. Sit down and chew it.« Damit ging er in Richtung des Autos weg, trat aber von der Straße, bevor ihn die Scheinwerfer erreichten. Ich ging rasch am Restaurant vorbei und setzte mich, ein Stück vom Weg entfernt, an eine Begrenzungsmauer der historischen Anlage.

Das Auto von vorhin fuhr auf den Parkplatz des Restaurants, ich hörte Kies gegen das Bodenblech prasseln, dann stiegen mehrere Fahrgäste aus und verschwanden laut redend im Lokal. Der Wagen fuhr sofort wieder los, und für eine Weile klang Country-Musik durch die mexikanische Nacht. Der Wind war gar nicht so kalt, man musste sich nur auf ihn einlassen.

Ich nahm den ersten Peyote in den Mund und zerbiss ihn;

der bittere Saft betäubte Gaumen und Zunge in wenigen Sekunden. Ich kaute den Pilz einige Minuten lang und spuckte das faserige Stück dann aus. Auch das zweite Stück war grässlich bitter.

Was danach folgte, war kein Rausch, sondern ein Sturz ohne Ende: Die Welt ging mir entzwei. Der Riss war lang wie die Nacht und fuhr mir mitten durch die Brust, er wuchs und wuchs, bis ich endlich fiel, keuchend und in einer Sprache lügend, die ich gar nicht kennen konnte. Die Haut rot und heiß, Lachen, Weinen, Glück und schließlich Hiebe in den Nacken, Schüsse ins Genick, Ebbe, Flut, Gesänge in den Ohren, Stiefel schwer und Hemden bunt.

Als ich zu mir kam, lag ich am Fuß einer Felsplatte; die Sonne stand schon ziemlich hoch am Himmel, es mochte etwa zehn Uhr sein. Meine Armbanduhr war weg, genauso mein Portemonnaie.

Es dauerte, bis ich registrierte, dass auch die Hauptsache verschwunden war, ich hatte sie nicht vermisst. Die Tüte war weg und damit das Paket, der Grund meiner Reise.

Ich lag auf dem Rücken, unfähig, mich zu bewegen; am Himmel zogen Vögel Runden über mir, als sei ich Aas. Ich konnte mich nicht erinnern, während der Nacht gefroren zu haben. Jetzt schwitzte ich, der Schweiß lief mir über Gesicht und Rücken, und ich schloss die Augen. Ich war am Ende, endgültig am Ende, und das war immerhin ein neuer Anfang. Es blieb nur noch die eine Möglichkeit. Meine Schwester würde einen Bruder wiedersehen, der nicht weiterwusste. Von Villahermosa, eine Tagesreise mit dem Bus entfernt, gab es Direktflüge nach Barcelona, das war mir in einer Zeitung aufgefallen, die ich in der Imbissbar der Busgesellschaft durchgeblättert hatte.

Ich blieb noch ungefähr eine Stunde liegen, dann traute ich mir eine lange Wanderung durch die sengende Sonne zu. Im Hotelzimmer lagen meine Sachen, die ich für meine Flucht benötigte. Der Asphalt glühte, und trotzdem zog ich meine Stiefel aus.

Das Ende, dachte ich, das Ende gibt es gar nicht. Nur die Ruhe, die gibt es. Die Ruhe und die Gelassenheit. Es muss sie einfach geben. Die Ruhe, die Gelassenheit und die Langsamkeit. Ich hatte mich lange genug beeilt; jetzt gestattete ich mir ein neues Tempo. Die Landschaft lag ohne Bewegung in der flirrenden Luft. Kein Auto, kein Mensch, nur Vögel hoch am Himmel. Ich war zu meiner Schwester unterwegs, das musste genügen.

SECHZEHN

Meer, ein Licht wie nirgends sonst.

Die Tage vergingen im Flug. Roberts Haus lag am Abhang des einzigen Berges der Insel, auf dessen Hochplateau ein Leuchtturm stand und daneben eine Gedenktafel für Jules Verne.

Ein Pinienhain gab dem Anwesen Schatten, an der Mauer des Grundstückes wuchsen Thymiansträucher und wilder Rosmarin. Die vier Räume waren groß und bis weit in den Abend hinein lichtdurchflutet. Die wenigen Möbel gaben der Einrichtung eine nautische Note und Martina die Illusion, sich an Bord eines Schiffes zu befinden. Die Bücher der umfangreichen Bibliothek ließ sie stehen; lieber spielte sie mit Robert Boccia auf der Bahn vor dem Haus. Sie saßen Stunden auf der Terrasse und sahen übers Meer hin. Auf der oberen der zwei Terrassen hatte Robert im vergangenen Sommer ein offenes Zimmer aufgemauert, in dem sie die erste Nacht verbracht hatten, direkt unter dem Sternenfirmament.

Das Leben an der Sonne machte alles einfach: Sie schliefen jeden Tag bis in den späten Vormittag und frühstückten dann im Freien, weite Teile der Insel zu Füßen. Direkt unter dem Grundstück verlief der Camino Romano, und nach einem halbstündigen Fußmarsch gelangte man in eine felsige Bucht mit klarem Wasser und einer kleinen Strandsichel. Zum Haus gehörte ein R4, mit dem sie nachmittags meist unterwegs waren, um in irgendeinem Lokal an farbigen Tischchen im Sand zu sitzen und eiskaltes spanisches Bier zu trinken und Feigen und Oliven zu essen. Abends führte Robert Martina in die besten Restaurants der Insel, einfache Lokale, gut verborgen in Pinienwäldchen und hinter Sanddünen. Sie aßen Fische, vor wenigen Stunden gefangen, die sie in gläsernen Vitrinen auswählten.

Das Leben, ein Traum.

Es gab keine Auseinandersetzungen, sie ließen sich Zeit, Raum. Sie entdeckten Landstriche, kaum besiedelt, aller Welt verloren.

Vor den wenigen Hotelfassaden zappelten Fahnen in der Brise, die vom Meer her wehte, geschotterte Straßen waren gesprenkelt von tanzenden Schatten. Sie schwammen weit hinaus, dicht beisammen, bis nichts mehr war als seidige Bläue rundum. Auf dem hölzernen Tisch der Wohnküche lagen Tomaten, Zwiebeln, Eier, Paprikaschoten und Äpfel, Datteln in bunt bedruckten Holzkistchen, Wein, Gläser voller Oliven. Sie tranken und rauchten mit Behagen mehr, als ihnen guttat. Einen Namen hatte das Glück schon in Wien gehabt, jetzt hatte es auch einen Ort, und es war erst noch eine Insel. In der ersten Nacht hatten sie eine Bar besucht, die vor Jahren offensichtlich als Hippie-Treff gegolten hatte; direkt über der Jukebox, einer Wurlitzer mit herrlicher Lichtorgel, hing das Bild, wegen dem Robert Martina die Fonda Pepe unbedingt zeigen wollte: Das Bild hatte etwas von einer farbenfrohen Kinderzeichnung und stellte die Bar dar, vor allem aber Dutzende von Leuten, die wohl einmal zu den Stammgästen gezählt hatten und mit fein gepinselten Namen versehen waren. Martina fand bald, was Robert ihr zeigen wollen: Am Formatrand, an die Mauer eines Nachbargrundstückes gelehnt, standen eine Frau und ein Mann, die sich umarmten und eben im Begriff waren, aus dem Bild zu gehen:

Die beiden hießen natürlich Martina und Robert.

Am vierten Morgen erwachte Martina gegen acht.

Sie ließ Robert weiterschlafen und setzte sich in den R4, um frisches Brot zu holen, fuhr dann aber bis an den Hafen am anderen Ende der Insel. Sie parkte den Wagen hinter der Bar an der Anlegestelle der Fährschiffe und kletterte auf die Hafenmauer. Am Ende der Mauer, die als leichter Schwung ins Meer hinauslief und so die Hafenanlage schützte, führte eine Eisentreppe in einen rostgefleckten Ausguck hinauf.

Martina sah auch so die Fähre; sie würde wohl etwa in einer Stunde in Formentera einlaufen.

Sie hatte zwar keine Ahnung warum, aber sie würde das Schiff erwarten.

SIEBZEHN

Erst bei Anbruch des Tages beruhigte sich die See. Die Brecher flachten ab, und das Fährschiff geriet in leichte Schaukelbewegungen. Ich stand im Heck, durch die Aufbauten vom Fahrtwind geschützt. Drehte die Brise, sang sie dünn in der Blechverkleidung der Reling, um gleich darauf knallend in den Flaggen zu stehen.

Wenige Meilen voraus erkannte man Formentera.

Aus dem Dunstkranz wuchs die Kammlinie eines Hügelzuges, und um die Schornsteine kreisten erste Möwen. Andere Passagiere, kaum ausgeschlafen wegen der unruhigen Überfahrt, kamen an Deck und drängten mich von der Aussicht, aufgeregt die nahe Ankunft beredend. Brotstücke wurden geworfen, und die Möwen – eben noch umkurvten sie die Aufbauten – stießen nun streitsüchtig gegen das Deck nieder. Ich hätte mich wehren können, ließ mich aber bis vor eines der Rettungsboote schieben. Ein Paar duckte sich hinter den plachenverspannten Rumpf, befreit lachend; die stürmische Nacht war überstanden, jetzt küssten sie sich. Rundum riss man Streichhölzer an, rauchte man die ersten Zigaretten des Tages.

Da sah ich plötzlich meine Schwester Martina: Sie trat, keine zehn Meter von mir entfernt, aus der Tür, die zu den

Deckkabinen führte. Es gab keinen Grund zur Eile, ich war seit Tagen unterwegs. Als ich endlich auf sie zuging – sie stand mit dem Rücken zu mir und über die Reling gebeugt –, trat ein Mann aus den Kabinengängen, der eine Tasche trug – ich legte ihr rasch meine Hand auf die Schulter.

Die Frau drehte sich um, ohne Hast, natürlich hatte sie die Berührung ihres Mannes erwartet, und ich wusste im selben Moment, dass es nicht meine Schwester war. Die Fremde trug eine Sonnenbrille mit goldenen Bügeln, ich konnte nicht erkennen, ob sie erstaunt war. Wir blieben in dieser Stellung stehen, die mich an Vaters Wien-Foto vor dem Johann-Strauß-Denkmal erinnerte, bis uns der Mann erlöste.

»What's wrong, boy? Problems, honey?«

Er ließ die Tasche gleiten und baute sich vor mir auf, ganz in der Rolle des Liebhabers, der etwas zu verteidigen hat. Ich hatte Zeit, wie gesagt, und nahm erst jetzt die Hand von der Schulter der Frau. Sie lachte, schüttelte den Kopf und umarmte den Mann. In diesem Moment legten wir an, und die Fähre bollerte gegen die Hafenplanken und warf uns drei zusammen. Der Mann klopfte mir freundlich auf die Schulter und wollte ein Gespräch beginnen, aber ich machte mich los und verschwand im Gedränge.

Ich ging als einer der letzten von Bord.

Autobusse fuhren über den Hafenplatz, und am Ende des Piers stand ein R4 mit offener Hintertür, als werde ich erwartet. Ich zögerte einen Augenblick, aber dann fing ich an zu laufen …

Hansjörg Schertenleib
Das Regenorchester
Roman
234 Seiten. Gebunden
ISBN 978-3-351-03237-1

Eine Liebe in Irland

Irland sollte für einen Schweizer Schriftsteller zu einem Fluchtpunkt werden, zu dem Ort, an dem seine Frau und er ihre Liebe lebten. Doch nun sitzt er betrogen in seinem Haus. Da begegnet ihm Niamh, eine sechzigjährige Irin, die ihn zu sich einlädt, um ihn zum Chronisten ihres Lebens zu machen. Niamh reißt ihn aus seiner Trauer und führt ihm die Wunder des alten, untergegangenen Irland vor Augen. Mit betörend schönen Worten nimmt sie ihn mit auf die Reise zurück zu ihrer vielköpfigen Familie, zu ihrer deutschen Freundin, ihrer traurigen, verlorenen Liebe – und sie zeigt ihm eine andere Seite der Musik, die Musik des Regens, die man nur in Irland hören kann. Bald wird er zu ihrer Vertrauten und kann sich auf ihr letztes großes Geheimnis einlassen, das ihm nicht nur alles abverlangt, sondern ihm auch einen Weg in die Zukunft weist.

»Man überlässt sich gern Schertenleibs erzählerischem Talent, seiner schnörkellosen wie poetischen Sprache.«

Berliner Morgenpost

»Hansjörg Schertenleib versteht sich aufs Erzählen.«

Süddeutsche Zeitung

Mehr Informationen erhalten Sie unter
www.aufbauverlagsgruppe.de oder in Ihrer Buchhandlung

aufbau
AUFBAU VERLAGSGRUPPE

Thomas Lehr: »Ein Autor, der gewinnt, weil er wagt.« FRANKFURTER RUNDSCHAU

Thomas Lehr, geb. 1957, lebt in Berlin. Er erhielt zahlreiche Literaturpreise, u.a. den Förderpreis Literatur zum Kunstpreis Berlin, den Rheingau Literatur Preis, den Wolfgang-Koeppen-Preis und den Kunstpreis Rheinland-Pfalz 2006.

Zweiwasser oder Die Bibliothek der Gnade
Zweiwasser befindet sich nicht nur im Krieg mit den Verlagen, sondern auch mit der Liebe. Erzählt wird die Geschichte des Schriftstellers Zweiwasser, dessen Weg zum Erfolg von seltsamen Todesfällen gesäumt ist und dessen Bücher schließlich Eingang finden in eine alles verschlingende »Bibliothek der Gnade«. Der Roman ist ein Balanceakt zwischen Thriller und dessen Parodie, ein Buch der großen Leidenschaften und der tausend Morde.
Roman. 359 Seiten. AtV 1443

Die Erhörung
Ein Roman der Visionen, ein Roman voller Deutungsmöglichkeiten zwischen skeptischer Vernunft und philosophischer Phantasmagorie. In das reale Berlin der siebziger und achtziger Jahre schicken himmlische Boten ihre verrätselten Offenbarungen über Leben, Tod, Erlösung, Verdammnis, Liebe und den inneren Zusammenhang aller Menschengenerationen von Anbeginn an.
Roman. 463 Seiten. AtV 1638

Nabokovs Katze
Ebenso zärtlich wie obszön, so sprach- wie bildversessen: ein ironischer und cineastischer Roman über das Kopfkino einer erotischen Passion, über die Projektionen von Leidenschaften und über die Nach-68er-Generation, »die stets zu klug war, um an irgend etwas zu glauben. Sprachlich und erzählstrategisch höchst raffiniert dargeboten – ein wunderbares Buch.«
SIGRID LÖFFLER, DER SPIEGEL
Roman. 511 Seiten. AtV 2097

Frühling
Thomas Lehr hat nach seinem Erfolgsroman »Nabokovs Katze« in dieser Novelle erneut ein literarisches Wagnis unternommen: In 39 Kapiteln werden die letzten 39 Sekunden eines Mannes im Grenzbezirk zwischen Leben und Tod in einer Sprache berichtet, die so extrem ist wie die Situation und der Gegenstand – eine Meditation über Wahrheit und Schuld.
»Ein gewagtes und überwältigendes Stück Literatur.« DER SPIEGEL
Novelle. 142 Seiten. AtV 2184

Mehr unter www.aufbauverlagsgruppe.de oder bei Ihrem Buchhändler

aufbau taschenbuch
AUFBAU VERLAGSGRUPPE

Literatur der Gegenwart: Zwischen Traum und Realität

BARBARA FRISCHMUTH
Die Entschlüsselung
»Wie ein minuziös recherchierter Kriminalroman führt das Buch in die furchtbar schöne Steiermark mit ihren Originalschauplätzen der nicht allzu lang vergangenen Nazi-Geschichte und weiter zurück in die mythische Vorzeit der Druiden.«
NEUE ZÜRCHER ZEITUNG
»Barbara Frischmuth verdreht dem Leser mit einem ungewöhnlichen literarischen Puzzle den Kopf.«
DEUTSCHLANDRADIO
195 Seiten. AtV 1943

HANSJÖRG SCHERTENLEIB
Von Hund zu Hund
Geschichten aus dem Koffer des Apothekers
»Die Geschichten enthalten ein Geheimnis, das Schertenleibs lakonische Beschreibungsprosa um neue, fast kafkaeske Nuancen bereichert. Manchmal verdichten sich die Alltagsdetails und spröden Aussagesätze zu einer somnambulen Magie.« TAGESANZEIGER
208 Seiten. AtV 1912

LENKA REINEROVÁ
Das Traumcafé einer Pragerin
In all ihren Erzählungen beschreibt Lenka Reinerová, eine der letzten Zeitzeuginnen der Emigration, Stationen ihres Lebens – das Prag der 30er Jahre, das Exil in Frankreich und Mexiko, den Stalinismus in den 50ern und jüngste Erfahrungen. Trotz aller bitteren, furchtbaren Geschehnisse sind es menschen- und lebensfreundliche Erinnerungen, weise und wehmütig. 2003 erhielt Lenka Reinerová mit Jorge Semprún die Goethe-Medaille des Goethe-Instituts Inter Nationes.
Erzählungen. 269 Seiten. AtV 1168

KLAUS SCHLESINGER
Trug
Klaus Schlesinger treibt ein perfektes, suggestives Vexierspiel um zwei Identitäten und zwei Lebensentwürfe im geteilten Deutschland. »Schlesingers letzter Roman schließt auf eine paradoxe Weise Anfang und Ende eines Lebenswerks zusammen. Schlesinger ist ein begnadeter Erzähler gewesen.«
FRANKFURTER RUNDSCHAU
Roman. 190 Seiten. AtV 1785

Mehr unter
www.aufbauverlagsgruppe.de
oder bei Ihrem Buchhändler

aufbau taschenbuch
AUFBAU VERLAGSGRUPPE